DORIS

STÉPHANIE DES HORTS

DORIS

Le secret de Churchill

ALBIN MICHEL

À Joy des Horts, ma plus belle héroïne

« Le lit d'une Anglaise
est son royaume. »

Doris Delevingne

C'est un manoir du XIXe siècle, dans le Buckinghamshire, au nord-ouest de Londres. Certains le décrivent comme un abominable plum-pudding ; d'autres, plus retors, évoquent son style pseudo-Tudor, teinté de baroque hollandais ou de gothique victorien. Un dôme de cuivre, d'inspiration italienne, est étrangement posé sur l'aile gauche de la maison. L'intérieur est en piteux état : voûtes délabrées, boiseries massives aux fantaisies alhambresques, vitraux fendus… mais qui s'en soucie ? En cette matinée glaciale de décembre 1942, Bletchley Park fourmille de militaires, de civils en costumes trois-pièces, de secrétaires aux souliers éculés, de mathématiciens et autres génies, experts en apologie, universitaires, cruciverbistes, champions d'échecs, analystes, linguistes… Ils se nomment John Tiltman, Dilly Knox, Alan Turing, Josh Cooper, Stuart Milner-Barry, Mimi Galilee, Sarah Baring… Ils inventent des machines infernales, décryptent les messages occultes envoyés par les *U-Boote*, ou les divisions de Panzers, ils connaissent les cibles des bombardements de la Luftwaffe, ils cassent les codes et accèdent au cœur du dispositif ennemi. Ils ont appris la discrétion, la seule règle de Bletchley Park : « Ne parlez pas pendant les repas. Ne parlez pas dans les transports. Ne parlez pas en voyageant. Ne parlez pas dans votre cantonnement. Ne parlez pas au coin du feu… » Un jour, l'Histoire leur rendra hommage. Pour l'heure, ces hommes et ces femmes se démènent sans se douter qu'une crise imminente menace de ruiner leurs efforts.

Le commandant Stewart Menzies, patron du Secret Intelligence Service, a la charge de déminer la bombe. Une fille aux faux airs de Greta Garbo qui fiche la pagaille partout où elle passe. Menzies fait les cent pas, allume une cigarette, l'écrase. Sur le bureau en acajou, recouvert de maroquin rouge, des rapports cryptés s'entassent, des cartes militaires s'étalent. L'abat-jour vert émeraude d'une lampe en laiton diffuse une lumière chiche, elle a le mérite de dissimuler les plâtres du plafond qui s'effondre. Plus de cigarettes, Menzies froisse le paquet et le balance dans la corbeille. Il attend. La nouvelle lui est parvenue par le circuit habituel. Succincte, limpide, et pourtant il ne sait toujours rien. Dans l'ancien placard à balais, une ligne clandestine est connectée à un brouilleur. La secrétaire vient de raccrocher avec Winston Churchill. On perçoit le bruit d'une machine à écrire, les dactylos sont à l'œuvre. Menzies perd patience. Soudain des pas précipités, un brouhaha, la porte s'ouvre sur l'agent D., l'un de ces invisibles qui partagent le secret des dieux.

– Alors ?

– Ça y est, elle est… immobilisée, *sir*.

– Elle est… ?

– Pas complètement, *sir*, il s'en est fallu de peu.

– Cela peut s'arranger non ?

– Affirmatif.

– Les tableaux ?

– Introuvables, *sir*. On a passé tous les étages du Dorchester au peigne fin.

– Vous vous foutez du monde !

– Non, *sir*, nous pensions la chose plus aisée.

– C'est une putain, D. ! Une putain ! Ne me dites pas que vous vous êtes fait avoir par une pute, tout de même !

– Nous ne comprenons pas, *sir*, mes hommes…

– Vous la suivez depuis deux ans, j'ai des rapports quotidiens sur ses faits et gestes et…

– Elle a un frère et une belle-sœur, des gens bien d'ailleurs, je ne sais pas…

Le commandant Menzies enrage. Il se sent impuissant. Comment en est-on arrivés là ? Où se situent les déficiences ? Cette histoire empeste depuis le début, lord Beaverbrook n'arrête pas de le répéter.

Nous sommes le 10 décembre 1942. À Stalingrad, les troupes de l'Axe sont assiégées. Dans le désert de Libye, Rommel recule sous la pression de la VIIIe armée britannique. « Agissez comme s'il était impossible d'échouer », a lancé le Premier ministre, on appelle ça la foi ! Les Alliés sont gonflés à bloc et voici qu'un agent débarque dans son paletot beigeasse et ose prononcer : « Je ne sais pas. »

– Retrouvez ces foutues toiles, il s'agit du sort de la guerre, vous en êtes conscient ?

Menzies se laisse lourdement tomber dans le fauteuil en cuir. Son regard erre sur le papier peint orné de motifs Peter Rabbit. Dans cette pièce, qui devait être une nursery il y a peu, le patron du MI6 laisse éclater son désespoir. Il tourne la tête vers le bow-window. La silhouette de l'agent D. s'évanouit derrière les grands arbres sombres. À l'arrière-plan, le lac gelé sert de patinoire aux audacieux. Plus loin, les baraquements de décryptage ronronnent. Le feu est en train de mourir dans la cheminée. Un souvenir traverse l'esprit de Menzies. Eton, fleuron des *public schools*. Il y était un étudiant fameux, excellait dans le sport, à la chasse, à la course. Promis au plus grand destin, *Floreat Etona* ! Il ne lui serait jamais venu à l'idée d'attraper un pinceau et de barbouiller ! « Nom de Dieu », soupire le patron des renseignements britanniques, mais qu'est-ce qui a pris à Winston Churchill d'aller faire le portrait de cette gourgandine ? Pas une fois, non ! Mais quatre ! Cette affaire doit être réglée dans les deux jours. Le commandant Menzies empoigne le trench-coat qui pend à la patère et sort, déterminé. Sa mission : préserver les secrets, coûte que coûte.

Rebelle

1914-1928

1

Le mardi 4 août 1914, à 23 heures, la guerre referme ses mâchoires de fonte sur les Britanniques. À Streatham, quartier populaire au sud de Brixton, les ouvriers se précipitent pour s'engager dans l'armée. Ingénieurs, dockers, employés de bureau, tous se portent volontaires. Les rues se vident, les familles se barricadent, l'effort se concentre sur la production des munitions nécessaires au combat. Tensions et troubles, alimentés par la peur, mettent les Londoniens à rude épreuve.

Edward Delevingne craint pour l'avenir de sa mercerie, sise rue principale. Son fournisseur français n'envoie plus les dentelles et les soies que prisent ses clientes. On raconte que les villes de Calais et de Lille sont à feu et à sang, couturières et commis refugiés chez eux, et les fabriques closes jusqu'à nouvel ordre. Edward baisse le rideau de la boutique, il est soucieux. Où trouver des boutons de cuivre légèrement bombés ? La ride qui barre son front reste profondément marquée jusqu'à Beckenham où l'attend sa famille. Son épouse, Jessie, s'arrache les cheveux. Les enfants sont intenables, *baby* John hurle toute la journée, Dudley est pendu aux jupes de sa grande sœur, et

Doris, « ah ! Doris ! », soupire Jessie, en secouant la tête, cette gamine est son tourment. Non contente d'avoir été renvoyée du collège pour indiscipline, elle arpente le quartier en réinventant sa vie.

– De Le Vingne ! Oui, je suis une aristocrate française, n'est-ce pas, mon *daddy* ? lance-t-elle en accueillant son père sur le seuil.

– Belge, ma chérie, belge.

– Fais-la taire, Edward, cette enfant va nous attirer des ennuis. Surtout devant la bonne.

Jessie Delevingne n'est pas habituée aux domestiques. Son mari l'a sortie d'une pauvreté crasse, un logement humide à Lewisham, où elle subsistait chichement avec sa vieille mère, exécutant des travaux de raccommodage pour vivre. Edward lui a offert Copers Cope House, une maison d'inspiration georgienne, avec un vaste jardin et un court de tennis, au cœur d'une banlieue pimpante. Au rez-de-chaussée, un salon de belle taille, un piano à queue et une immense bibliothèque qui monte jusqu'au plafond. Trois chambres à l'étage et deux serviteurs installés sous les combles. Mais la misère laisse des traces indélébiles. Sales. Abjectes. Jessie Delevingne est une femme terne et austère, adepte d'une vie frugale ; elle respecte les préceptes de l'Église d'Angleterre et se demande bien comment elle a pu donner naissance à Doris, ce phénomène au tempérament explosif. L'adolescente a la silhouette élancée et des jambes infinies. Un teint de nacre, des yeux bleu pâle, une chevelure dorée qu'elle apprendra à oxygéner au fil des années, jusqu'à la rendre plus pâle que du dom Pérignon. Une sacrée gisquette qui n'a peur de rien !

– Bien entendu que je parle français, clame la gamine

dans les venelles de Beckenham, toute notre famille a été guillotinée. Il ne reste que moi, je suis une aristocrate.

– C'est quoi, guillotiné ? interroge Dudley, huit ans, agrippé à la main de son aînée.

– C'est quand tu as réussi ta vie, idiot ! Ça s'appelle « la postérité », assure-t-elle en pointant son joli nez vers l'axe du soleil. *Daddy*, s'écrie-t-elle en courant derrière son père qui hâte le pas vers l'épicerie du coin de la rue, je veux participer à la manifestation des femmes sur les rives de la Tamise, je veux voter, je veux fabriquer des obus, je veux…

– Tu as quatorze ans, Doris, quatorze ans ! soupire sa mère en saisissant son bras menu, viens, nous rentrons à la maison.

La bibliothèque est le refuge de Doris. Elle grimpe sur l'escabeau pour choisir ses ouvrages favoris et en redescend avec une dizaine d'entre eux. Puis elle s'installe au creux d'une bergère près de la fenêtre et y passe des heures, les livres ouverts, en vrac, entre ses jambes. Dudley, couché à ses pieds avec ses soldats de plomb, est en train de gagner la guerre. Doris dévore tout ce qui lui tombe sous la main, poussée par ses parents qui veulent lui prodiguer une véritable éducation. Il faut qu'elle intègre une université. Quelle serait sa vie si jamais elle ne se mariait pas ? Ses parents sont inquiets. Son caractère intrépide risque d'effrayer les prétendants. Une place de gouvernante la sauverait.

– J'épouserai un lord, mon *daddy*, je vivrai à Mayfair, assure la jeune rebelle en levant les yeux de son ouvrage. J'adore Becky Sharp…

Tricotant dans le renfoncement de la cheminée, Jessie

secoue la tête tristement. Elle ne comprend ni sa fille ni l'enthousiasme de son époux à son égard. Elle ne sait pas qui est Becky Sharp, n'a jamais lu Thackeray, ni caressé des doigts le clavier du piano. Non, la mère de famille rêve d'enfants dociles et d'une réputation sans tache.

– Qu'ils survivent à cette guerre, c'est tout ce que je demande, murmure Jessie Delevingne.

La germanophobie fait rage, les rues connaissent des violences sporadiques, une grande communauté allemande, installée dans les environs, subit les foudres de la population. Un gymnase est incendié ; le boulanger, dont la femme est bavaroise, est obligé de baisser son rideau. Le Premier Lord de la Mer, Louis de Battenberg, se voit forcé de démissionner et transforme son nom en Mountbatten, les Saxe-Cobourg et Gotha deviennent Windsor ; chez Sainsbury, la *german sausage* est renommée *luncheon sausage*. On découvre pendu un conditionneur de gramophones originaire de Saxe : il ne parvenait pas à retrouver un emploi. À côté de lui, une lettre exprimant son amour de l'Angleterre. Un soir, près de cinq mille personnes s'enflamment, la police appelle l'armée en renfort, les commerces sont pillés. Doris se fraye un chemin à travers la foule déchaînée, elle court prévenir le jeune Autrichien du bout de l'allée qui donne des cours d'allemand à l'école. On croise souvent des blessés ensanglantés, rapatriés de France et de Belgique vers le Beckenham Hospital. Plus de lumière, l'essence est rationnée, les aliments aussi, les soirées d'hiver sont interminables.

Sous la pression de sa femme, Edward Delevingne envoie sa fille en pension, à cinquante miles de là, entre

Windsor et Maidenhead. Les adieux sont déchirants, Doris adore ses frères, surtout Dudley, son petit page.

– Je reviendrai mariée à un lord et toi à une lady, assure-t-elle, en agitant la main.

Les raids de nuit se multiplient en cette année 1916. Bombardiers et zeppelins visent les centres-villes. Des dizaines de victimes civiles sont à déplorer, les premières à tomber sur le sol britannique. Les autorités tentent de se prémunir contre ce nouveau péril venu du ciel en instaurant un black-out total dans les zones considérées comme cibles potentielles des Allemands.

À Windsor, les chemins sont plongés dans l'obscurité et les fenêtres occultées. Les pensionnaires de la Downe House School sont chargées d'intercepter la moindre source de lumière. Doris supporte mal l'enfermement, elle s'inquiète pour sa famille restée à Beckenham. Les attaques aériennes constituent une menace omniprésente. Au moindre fracas, grondement ou vrombissement, les jeunes filles sont expédiées à la cave. On leur donne des aiguilles et de la laine.

– Tricoter calmera vos nerfs, affirme la principale.

– Hors de question, s'insurge Doris. Je n'abîmerai pas mes mains à de telles inepties. Je suis promise à un destin dans la haute société. Mes mains, mon privilège !

La directrice est bien trop préoccupée par les chasseurs Fokker pour réagir.

Alors que l'espoir d'une victoire alliée recule à grands pas, les premiers émois se font sentir chez les adolescentes. Doris se mue bientôt en enchanteresse. Elle connaît ses atouts. Des jambes si fines qu'on pourrait les briser ! Elle s'empresse de les exhiber dès qu'elle quitte l'enceinte de l'école. C'est une fugueuse émérite qui a découvert cette petite chose fort impertinente que l'on appelle « short ». Qu'il neige, qu'il vente, qu'il pleuve, elle ne porte que ça ! À la faveur du couvre-feu, Doris s'échappe sur une bicyclette rouillée. Certes, les routes de campagne sont sombres et lugubres, mais la demoiselle est téméraire. Quand les zeppelins s'en mêlent, elle se réfugie au King's Arms, le pub le plus proche. Un grog à l'eau-de-vie réchauffe le sang ; le tavernier, mû par un sentiment paternel, habitué à sa présence, conduit à chaque fois la fugitive près du feu.

Une veille de Toussaint, dans le reflet des braises, elle croise le regard ténébreux d'un capitaine de cavalerie en permission.

Gordon Halsey a vingt-six ans, une moustache taillée avec soin, un uniforme bien coupé, les manières d'un gentleman et le sourire d'un coquin. Il ne sait pas encore que la poupée trempée jusqu'aux os qui lui fait face est une sacrée friponne. Elle a beau jouer les oisillons tombés du nid, la demoiselle en détresse a une idée très précise en tête. C'est ce soir ou jamais. Alors que des éclairs zèbrent le ciel du Berkshire, le capitaine en goguette s'engouffre dans la cave du King's Arms, la blondinette pendue à son bras vigoureux…

– Baissez-vous, mademoiselle, les pilotes allemands ratent la plupart de leurs cibles, mais faisons tout de même attention, une bombe pourrait tomber sur votre jolie tête…

Doris découvre alors des quenottes écartées qui la rendent irrésistible.

– Les dents du bonheur, capitaine, je suis protégée, les canons ne m'effraient guère.

– Et la surveillante de votre collège ?

– Je m'en arrangerai ! Nous fuirons ensemble, vous et moi, n'est-ce pas ? Vous croyez qu'il y a la guerre sur la Riviera ? Vous m'emmènerez ? Dites que vous m'emmènerez…

– La guerre est partout, ma jolie, mais je reviendrai bientôt. Je vais ouvrir un night-club à Londres, et je vous y accueillerai avec joie.

– Pourquoi pas ici ?

– À Windsor ? Vous n'y pensez pas !

Le silence s'installe dans le cellier du pub. Et avec lui, la bagatelle. La famille de l'aubergiste est recroquevillée dans un coin. Le capitaine époussette ses épaulettes et tend la main à la jeune fille qui se lève avec grâce.

– Un zeppelin contient près de huit tonnes de charge et cela ne vous affole pas ?

– Non, affirme-t-elle, résolue.

– Venez, remontons à l'air libre.

Oh ! cette beauté en culottes courtes, on ne porte plus d'uniforme au collège ? L'atmosphère si masculine du pub, l'odeur tourbée de whisky, les vieux culs de bouteilles des fenêtres qui masquent la nuit, le capitaine défaille, il a perdu tout sens commun. La gamine grimpe sur un tabouret et apostrophe le barman :

– Je veux du champagne, mon brave !

– Il n'y a plus rien ici, ma petite, avoue le pauvre homme contrarié.

– Vous vendez quoi alors ?

– Il me reste du scotch… et des chambres !

– On prend les deux, n'est-ce pas, Gordy ?

Déstabilisé, le capitaine balbutie :

– Mais… vous avez quel âge, Doris ?

– Seize ans depuis un mois, est-ce un souci ?

– Non, mais…

– Si nous devons mourir demain, je veux connaître l'amour, suivez-moi, Gordy…

Que fait-elle de si terrible, cette enfant ? La vie est hasardeuse, et elle vit l'instant à cent à l'heure. Le tavernier, sonné, observe l'intrépide s'engager dans l'escalier de guingois, suivie par le militaire qui n'en demandait pas tant.

Le couloir est bas, Gordon se courbe, Doris sautille devant lui, ses cuisses sont écarlates et dures, elle doit être gelée. Elle pousse la première porte qui grince horriblement. Une bibliothèque tapisse tout un mur de la chambre. Des livres poussiéreux qui n'ont pas été ouverts depuis la nuit des temps. Doris y pointe le bout de son nez. Oh ! si Puck et Titania sont de la partie, l'instant promet d'être enchanteur, songe-t-elle en reposant *Le Songe d'une nuit d'été*. Dans la cheminée, le bois est cassant, le feu prend immédiatement. Des tableaux sont accrochés de façon désordonnée, portraits de famille et paysages de campagne se meuvent étrangement dans la lueur ambrée, on les croirait vivants. Doris allume les chandelles en jacassant. Son corps svelte se déplace avec lenteur, le capitaine est fasciné.

Elle se précipite sur le lit à baldaquin, y bondit comme un elfe. Elle éclate de rire, effectue une galipette en arrière tandis que des particules de poussière restent en suspension dans les rais de lumière cuivrés. Le capitaine, incrédule, fixe la jeune fille. Il ne s'attendait pas à tomber ce soir sur un pub ouvert, encore moins sur une vierge incandescente.

Doris retire son chandail en le faisant passer par-dessus sa tête, puis fait glisser son short en gros drap. Ses gestes sont délicats. Et sa culotte minuscule. Gordon Halsey se repaît de tant de grâce, ses jambes sont interminables, ses seins ronds, ses joues rosées... Ses lèvres sont un peu fines, mais le nez est court et droit. Gordon effleure la peau d'albâtre. Doris s'étire, l'air altier, ses yeux bleu pâle se voilent doucement, et la lourde masse de cheveux blonds caresse l'oreiller. Offerte avec sensualité et innocence. Halsey songe aux muses et modèles des préraphaélites. *L'Enfance de la Vierge*, Dante Gabriel Rossetti, la promesse d'Éden, les bourgeons de fleurs...

– Ophélie, murmure-t-il...

« Je vous aurais bien donné des violettes, mais elles se sont toutes fanées... »

La gisquette connaît ses classiques. Il s'émeut plus qu'il ne le souhaiterait. Il se souvient de cette journée passée à musarder à la Royal Academy, quelques mois avant le début de la guerre, il en était tombé fou. L'Ophélie de sir John Everett Millais. L'animalité derrière la pureté, la sauvagerie derrière la sérénité, cette passion de la vie plus puissante que la mort, un ange salvateur, une beauté dangereuse... Souiller l'innocence ? Il la recouvre du drap trop rêche :

– Je ne dois pas, cela serait...

– Les bombardements m'effraient un peu, dit-elle en se

jetant à son cou. Serrez-moi dans vos bras. À moins que vous ne préfériez le corps des hommes…

– Pour qui me prenez-vous ? s'offusque-t-il.

– Alors quoi ? Je ne vous plais pas ?

– Je vous adore, Doris ! Je vous aime, je vous veux, mais…

Dans l'obscurité, les flammes des chandelles vacillent. Shakespeare s'étale, obscène, sur les rayonnages du sol au plafond, les plaids en laine écossais sont rugueux, le vent s'engouffre dans le conduit mal ramoné et ravive le feu. Ce soir-là, Doris Delevingne connaît son premier orgasme et en redemande. Le capitaine Halsey ne se fait pas prier. Il maîtrise la science érotique, apprend à sa maîtresse la chair et ses arcanes, la volupté est affaire de maestria et la jouissance, la plus exquise des parures. Où se dissimule la félicité et comment la retenir ? Oh ! le creux de ses reins, son ventre plat, la rondeur de sa poitrine, sa nuque si chaude, les lèvres du capitaine explorent le corps d'une nymphe, objet de désir à l'état pur, il s'attarde sur son nombril et plonge en elle avec allégresse. C'est la danse des sept voiles. Salomé se meut avec ravissement, elle ensorcelle ce pauvre Hérode, il va y laisser son âme. Le capitaine Halsey raconte l'appétit de Cléopâtre, la féminité au cœur du pouvoir égyptien. Doris se veut divine adoratrice, elle ouvre ses cuisses et s'empare de l'intimité de son amant, elle serre, elle le compresse, le séquestre pour empêcher qu'il ne se disperse. C'est lui qui demande grâce, l'instant est sacerdotal.

– J'aime le sexe et le sexe m'aime, affirme la gamine au lendemain de sa nuit tumultueuse en allumant une cigarette.

Elle devient cramoisie, s'étouffe, le capitaine, fort galamment, lui apprend à fumer, puis lui promet le mariage.

À peu près au même moment, alors que Londres subit les incessantes attaques des dirigeables germaniques, le jeune vicomte Castlerosse, Valentin Brown, s'exhibe au Savoy au bras d'une certaine Forzane. Elle est incroyable avec son collier de chien de diamants autour du cou. On grimpe sur les chaises pour les apercevoir.

Valentin est le mouton noir de sa famille. Une famille de très haute lignée qui règne sur les terres, les lacs et les montagnes de Killarney, en Irlande, depuis que la reine Elizabeth leur en fit don en 1588... Lord et lady Kenmare, arc-boutés sur leurs traditions féodales ancestrales, ne sont préoccupés que d'eux-mêmes. Ils savent réprimer les impulsions, les transports irréfléchis et l'enthousiasme excessif qui pourraient choquer les convenances. La spontanéité du cœur leur est inconnue, ils aiment à se conformer aux conventions, et l'hérédité de leur fortune les rassure. Ils considèrent les émotions terriblement ordinaires, les convictions déplacées, répugnent aux doutes, critiques et autres soubresauts vulgaires. Ils ont donné naissance à un certain nombre d'enfants, dont trois garçons. Valentin étant, selon eux, superflu et insignifiant, ils s'en seraient bien passés.

Et pourtant... Pourtant Valentin est flamboyant, Valentin est Falstaff, Valentin est tonitruant, drôle, intelligent ! Il aime les femmes et l'alcool, les chevaux et les paris, Valentin est le plus merveilleux des compagnons. Quel physique, quel coffre ! Immense, imposant, c'est un ogre ! Quelle générosité dans le rire comme dans le bon mot. Quelle carrure ! C'est une canaille, un aristocrate, c'est un géant. Ses amis l'adorent, ses maîtresses le dorlotent, sa famille le renie depuis toujours et les caricaturistes le prennent pour modèle. C'est un prince de la Renaissance, Henry le huitième avec un rien d'Edward VII. Drôle, léger, il possède un visage fin et racé. Il porte toujours sur lui une boîte de cigares, comme un prêtre son missel. Brillant et fou, il est bien trop gourmand, c'est un problème pour son tailleur de Saville Row, mais aussi pour le bon docteur Dengler à Baden-Baden. Valentin se plaît à raconter l'histoire de son ancêtre, évêque de Fierres et bandit de grand chemin, qui convia les jeunes nobles de Dublin à un poker enflammé dans un endroit de perdition. Avant de les détrousser à leur retour, récupérant ses pertes, le visage dissimulé sous un grand foulard de soie. Valentin Castlerosse aime le jeu, les croupiers de Biarritz, Cannes, Monte-Carlo le connaissent par cœur. Ses parents rêvent pour lui d'une carrière dans la marine. Valentin se consacre au golf. Il ne quitte jamais son énorme flasque de whisky, et souvent, quand on lui adresse un signe de la main, il répond en agitant le précieux nectar dans son flacon.

Or, la guerre, farceuse, redistribue les cartes. À la mort au front de son aîné, Valentin Castlerosse devient l'héritier du royaume de Killarney. La guerre, quoi la guerre ? Si, si, il faut y aller, jeune homme !

À vingt-trois ans, enrôlé dans le 1er bataillon des Irish Guards, il se bat sans enthousiasme contre des gens qu'il appelle ses cousins. Le 31 août 1914, alors qu'il ordonne la retraite à Villers-Cotterêts, le bras levé, le verbe haut, une balle fuse, traverse son coude, ricoche contre un platane et se niche dans son poignet. Il est fait prisonnier par les Allemands, son régiment est massacré, son uniforme arraché et son caquet rabattu. Il parvient à s'échapper en se déguisant. Une jupe, un fichu à pois et un panier le métamorphosent en matrone accomplie ; il arrive à Paris où les médecins se penchent sur son cas et s'interrogent sur l'éventualité d'une amputation.

– Non, pas mon bras ! hurle Castlerosse.

On lui injecte une bonne quantité d'héroïne pour calmer la douleur et on le renvoie à Londres. Il fait un crochet par Deauville, perd tout ce qu'il peut au casino et croise en jouant au backgammon une jolie Française répondant au doux prénom de Forzane. C'est une cocotte des plus réputées. Bienvenue dans le demi-monde, si romanesque et nébuleux ! La jeune femme, blonde exaltée d'origine suédoise, a la peau douce, le nez charnu et des lèvres en bouton de rose. Ses yeux ronds barrent son long visage pâle et lui confèrent un regard brûlant. Son allure est magnifiquement ambiguë, sa grâce est exquise et sa silhouette originale. Elle a la gaieté de l'instant propre aux courtisanes. Brillante et cultivée, ornée de chinchilla et de plumes d'autruche, elle se pavane l'air las, tel un oiseau de paradis, en promenant deux barzoïs en laisse. Forzane est une grue de haute volée.

Valentin est amoureux, il a besoin d'une infirmière et la ramène à Londres. Héritier, dorénavant héros, Valentin Castlerosse installe Forzane dans une maison luxueuse de Portland Place. Elle le traite avec beaucoup d'affection, peut-être même un peu d'amour, qui sait ? Valentin lui propose bientôt le mariage, car les Françaises, c'est bien connu, sont fidèles, bonnes ménagères et pas vénales pour un penny. Le fiancé devant hériter d'une fortune, l'union à venir s'annonce de bon augure ! Les fleurs exotiques ne sont-elles pas toujours cultivées dans des serres onéreuses ? Lord et lady Kenmare peuvent commencer à se faire du souci.

2

Nous sommes en 1919, l'avenir regorge de promesses ; la reconstruction bat son plein. Milliardaires et gangsters rivalisent d'élégance, le prince de Galles affole les foules, il est la beauté personnifiée et vit entouré d'une bande de noceurs, il idolâtre la culture américaine. George V et la reine Mary sont terrifiés par tant de modernité. Longue vie à la vieille Angleterre ! Ce n'est pas gagné, sire.

Doris devait entrer à l'université. Ses parents souhaitaient pour elle une carrière de gouvernante, de préceptrice ou – pourquoi pas ? – de dactylographe. La chose est en vogue en cet immédiat après-guerre, et la position de secrétaire très prisée. Mais elle claque la porte de la demeure familiale et se précipite à Londres pour y retrouver son cher Gordy. Or, Gordon Halsey n'est plus là. Il vient de s'envoler pour la Riviera, où il espère rassembler les fonds nécessaires à l'ouverture d'un club très privé.

À Monte-Carlo, les dés roulent, les cartes claquent, l'effervescence est palpable. Black-jack, craps, roulette, poker, baccara, faites vos jeux ! Sur la terrasse entourée de jardins, Halsey fume une cigarette égyptienne, la vue s'étend sur la Méditerranée jusqu'à la pointe de

Bordighera, en Italie. Il fait le tour du vaste salon, jouit du décor baroque et clinquant, tapisseries somptueuses, tableaux immortalisant les divas de la Belle Époque, lustres, boiseries, quelle splendeur, faites vos jeux, messieurs, faites vos jeux ! Il y a ceux qui jouent pour tuer l'ennui, ils n'ouvrent pas leurs rideaux le matin, ils traînent dans leur bain pour gagner quelques heures, ils n'attendent que le soir, la démesure et la perte de contrôle. Il y a ceux qui se nourrissent de lumière, de femmes pareilles à des phalènes, d'inconnu, d'irrationnel. Il y a ces mains fines, manucurées ou grossières, elles abattent les cartes, tripotent les jetons, avec leurs doigts avides, crispés, désespérés. Il y a ceux qui perdent et qui continuent à perdre, quel que soit l'enjeu… Et puis, il y a Gordon Halsey, les yeux rivés sur une petite bille de bakélite noire, dans son smoking à la coupe parfaite, la taille prise dans une large ceinture de satin à plis. Il est 2 heures du matin. La bille sursaute sur les cases de la roulette. Faites vos jeux, messieurs ! « Ici, nous offrons du rêve », assure le barman en secouant son shaker. Personne ne l'écoute, « rien ne va plus », assène le croupier ! Ce soir, le capitaine Halsey a la baraka. Il joue 13, impair et gagne, le râteau glisse sur le feutre vert de la table de jeu, le cliquetis des jetons amassés résonne joliment à l'oreille, Gordon Halsey vient de faire sauter la banque et laisse un pourboire royal.

Abandonnée par son amant, Doris ne se laisse pas abattre. À dix-neuf ans, elle entame chaque journée comme si elle allait arracher Excalibur de son socle. Triomphante, le regard insolent, narcissique en diable, la jeune femme ne craint ni le danger ni l'incertitude des lendemains. Elle court les théâtres du West End, achète et revend des vêtements d'occasion aux actrices et aux *chorus girls*. Elle les répare, les agrémente : rubans, paillettes, sequins n'ont aucun secret pour elle. Son père fournit soies, dentelles, accessoires, elle amasse un petit pécule qui lui permet de gagner son indépendance. Une nuit, au Murray's, à Soho, elle croise la route d'une sirène à la bouche immense, barbouillée de rouge à lèvres, qui se fiche d'elle allègrement. Elle va bouleverser son existence.

– Quoi, s'exclame Gertie Lawrence, en se contorsionnant pour retirer son costume aquatique, tu surgis là comme ça pour acheter mes oripeaux ? Tu es complètement folle ?

– Je les rafraîchis, répond Doris, interloquée, et les revends plutôt pas mal.

– Tu m'as vue sur scène ? Tu as aimé ?

– Oui, j'ai adoré ton numéro. Émerger de la coquille Saint-Jacques, quelle idée sensationnelle !

– Et les perles sont véritables, ajoute Gertie en faisant mine de les croquer. Dis-moi, beauté, pourquoi tu t'esquintes les doigts alors qu't'es si jolie ? L'amour, ça rapporte pas mal. Regarde autour de toi. Regarde bien. Tu vois quoi ? Regarde-moi, tu sens quoi ?

Doris balaye la loge encombrée d'un rapide coup d'œil. Des fleurs par centaines, des plumes et des fourrures, des robes de prix qui s'entassent sur un canapé défraîchi, la nageoire de la sirène… et puis cette fille provocante et sensuelle qui la toise avec son sourire moqueur. Elle n'est que contrastes avec ses cheveux rouges, ses yeux charbonneux, son étrange visage simiesque et la couleur de son teint qui ne doit rien à la nature. Elle fume des cigarettes avec l'air de sortir du lit. Et puis cette gouaille, ce vocabulaire outrancier, elle jure tous les trois mots, d'une voix à la fois criarde et douce, on ne peut l'arrêter.

– Mon père était alcoolique, chérie, un poivrot, une horreur. Ma mère s'est tirée avant qu'il m'tripote et m'a jetée sur scène à six ans. Et j'ai gagné mon premier souverain. Mama a croqué dedans, fallait vérifier qu'c'était pas du toc. Tu sais pourquoi ? J'ai une voix ! Et un cul qui vaut de l'or. Merci, Seigneur Jésus ! Alors, Doris, tu veux vraiment bousiller tes mirettes à raccommoder des pouilleries dans ta soupente humide ? Ou…

– Ou ?

– Tu viens partager mon appartement, mon lit et mes amants.

Doris acquiesce, sourire aux lèvres.

– Tu vas aller loin, toi, sur tes longues jambes !

C'est le début d'une amitié qui ne résistera ni aux années ni aux événements. Gertie vit dans un appartement coquet à Holborn avec sa fille Pamela d'à peine un an. Doris s'y installe, lui donne un coup de main en songeant à ses frères qu'elle adore : Dudley, John et Peter, le bébé né à la fin de la guerre. Elle se répète qu'elle ira les voir bientôt, ils lui manquent terriblement mais les nuits sont douces ici. Doris a un visage que l'on peut déchiffrer pendant des heures, un corps à damner un saint et Gertie s'y perd avidement. Elles dorment l'une contre l'autre, en se tenant la main, en se cherchant dans l'obscurité. Doris écoute Gertie chuchoter à son oreille les secrets de toute bonne hétaïre qui se respecte.

– Ne tombe jamais enceinte. Pas d'enfant, pas d'avortement, pas de problèmes.

– Ne pose pas de questions, tu n'aimeras pas les réponses.

– Dévore le corps de l'autre à pleine bouche, la poitrine des hommes est souvent plus sensible que la nôtre.

– Ça c'est le point G, montre-le à ton amant, il est incapable de le trouver seul, et jouis allègrement, il sera fasciné.

– Il n'y a pas d'hommes impuissants, il n'y a que des femmes maladroites !

– Ne dis jamais ce que tu penses d'eux, souris toujours.

– Apprends à faire semblant. Entre l'homosexualité des uns et la frigidité des autres, la vie intime d'une femme n'est pas simple.

– Conserve toujours cet air de distance glaciale, tu vas les rendre dingues.

– Résiste, résiste à tout. Il n'y a rien de plus excitant qu'une fille tenace qui a de l'esprit.

– Si on te traite de putain, n'oublie jamais que chaque putain a, un jour, été vierge.

– Coucher sert l'ambition, tu fais une bonne action.

– Le sexe est notre meilleur allié, il nous permet d'arriver à nos fins. Les hommes sont si bêtes.

– Ne t'endors jamais avant leur départ.

Auprès de Gertie, Doris apprend la vie. Doris connaît l'amour. L'indolence lui sied si bien. Elle dégage ses fines épaules, pose du rouge sur ses pommettes et décolore ses cheveux d'un ton presque blanc. Elle noircit ses paupières, accentue l'intensité de son regard, sa bouche brille d'un éclat gourmand. Elle emprunte les robes de son amie, toutes fendues jusqu'à l'aine. Et se transforme en un authentique abîme de péchés. Doris était belle, elle devient pire. Une fleur du mal, dépourvue de tout sens moral, une amazone, une scandaleuse. Magnétique et frivole. Son allure est insolente et sa soif de liberté la pousse vers tous les extrêmes. Sa sensualité déstabilise les hommes et son nom est bientôt synonyme d'allégresse et de volupté. On dit partout qu'elle possède les plus belles jambes au monde.

C'est alors que Gordon Halsey en a vent et revient avec un pactole digne d'un producteur hollywoodien. Il ouvre une boîte à succès dans le *basement* des fameuses Grafton Galleries, à Mayfair, et y installe aussitôt Doris. Le capitaine est un gentleman, il tient ses promesses. Elle devient la fille aux longs gants de satin cousus d'or. Perchée sur un tabouret de bar, moulée dans un entrelacs de perles et de paillettes, elle a le courage des impertinentes et l'art d'entortiller ses colliers ou de courber sa nuque, le sens exquis du chic, et pas celui de la beauté qui passe. Il n'y a pas mieux qu'elle pour délester les milliardaires de leur argent. Elle fait le succès du night-club. Tout Londres s'y précipite.

Mais la boîte est obligée de fermer quand sa licence est révoquée par les magistrats de Bow Street. Qu'à cela ne tienne ! Halsey lance The Lambs à Leicester Square. Nouveau triomphe, Doris est toujours à ses côtés. Or, la police n'en démord pas, certaines ventes d'alcool ont lieu après minuit, *exit* The Lambs. Gordon Halsey a la rage au ventre et un bon paquet de livres sterling. Opiniâtre, il s'associe à

Desmond Young et au capitaine Dawes pour fonder The Quadrant.

Le lieu devient un tourbillon de plaisir entre Regent Street et Piccadilly. L'éclairage y est tamisé, la chaleur diffuse. Un fox-trot accueille les nouveaux venus dans un boudoir tendu de soie mordorée bouillonnée. On y contourne une fontaine de mauvais goût, trois cygnes dorés tendent leur long cou vers un bassin d'écaille où flottent des pétales de roses. La moquette est en peau de panthère, quelques marches mènent à un salon aux panneaux laqués noirs, ciselés de filets dorés. Plus bas encore, le bar, avec ses murs roses et ses portes cramoisies. Au plafond, des pivoines par milliers. Dans les renfoncements, des coussins aux imprimés sauvages, les tables basses ploient sous les seaux à champagne. Des noceurs furieusement à la mode dansent le charleston au son de l'orchestre de Kendall Grimston. Au bar, l'incontournable Edgar en smoking rouge, ses cocktails sont fameux, il en conserve la recette religieusement. Et recevant les invités avec fièvre, Doris Delevingne, la Circé blonde, elle est d'une beauté à couper le souffle.

Un saxophone surgit, le ragtime s'en mêle. Les hommes sont en habit, plastron piqué et cravate blanche, les femmes portent des souliers multicolores, des toilettes piquées de strass et de plumes, elles arborent des fume-cigarettes télescopiques et des tiares dignes des antiques tsarines. Tous boivent tellement qu'ils en oublient leurs exploits passés. Le Quadrant, il n'y a jamais eu rien de tel à Londres ! Bientôt, une file de Daimler et de Bentley occupe la rue adjacente. On n'a pas connu d'endroit aussi épatant depuis une éternité !

Au bout de la nuit tout est possible, les mystères de Cléopâtre valent bien une étole de vison, il suffit d'y mettre du sien et Doris est une travailleuse acharnée. Elle tressaille, frissonne, le plaisir est à portée de main. Tous les hommes en sont toqués, elle leur promet l'amour, leur offre son corps et ses secrets ultimes. Plus on est de fous, plus on rit. Ils lui font des scènes, elle s'esclaffe et découvre ses merveilleuses dents du bonheur. Attention, ses yeux d'un bleu Nattier peuvent être dévastateurs quand on l'irrite. Arrogante parfois, d'une finesse déroutante, totalement indifférente à sa réputation de courtisane, elle a cet air de supériorité absolue qui plonge les hommes dans un état second. Elle donne l'illusion d'être inaccessible, quand elle n'est que sex-appeal.

Ce soir, on fête la chute de l'Empire romain au Quadrant. Doris a la taille drapée dans une toge de soie ivoire, une couronne de feuilles de vigne mordorée sur le front et des spartiates qui grimpent le long de ses jambes : à tomber par terre ! Aux inconnus qui lui chuchotent des niaiseries à l'oreille, elle sourit et acquiesce avec ardeur. Ce petit blond est si chou avec son teint de pêche et sa cape doublée de soie rouge. Il rit en se trémoussant, Doris murmure à l'oreille du barman :

– J'attendais vraiment un peu plus d'originalité de la part du prince de Galles !

Car au Quadrant, on croise des rois et des aristocrates, des magnats de la presse et des financiers. Qui est cet homme à la silhouette ronde dont le visage disparaît derrière la fumée d'un cigare ? Le ministre de la Guerre,

Winston Churchill en personne, venu s'encanailler et tombant en admiration devant Doris.

– Qui êtes-vous, une apparition ? J'aimerais vous peindre. L'accepteriez-vous ?

– De vous, monsieur, j'accepte tout.

Elle ose lui dire qu'il est temps que les femmes aient le droit de vote.

– Et pourquoi pas les aliénés pendant qu'on y est ! rétorque Churchill.

En rentrant chez Gertie, alors que les premiers rayons de l'aube percent l'obscurité, Doris s'arrête au Cavendish Hotel et boit un dernier verre avec Rosa Lewis, la patronne. Une pipelette sur le retour qui s'abreuve de ragots en tout genre.

– Ah ! le prince de Galles, soupire Rosa en sirotant son gin fizz, une véritable lopette celui-là, à mon avis un petit pédé. Oh ! moi, ma belle, j'ai connu l'excellence. J'ai connu Bertie, mon prince de Galles à moi, il en avait, ça je peux te le dire. Et il la trempait partout, le coquin ! Quand tu penses que sa chaude-pisse a été à l'origine de la mort de son père ! Oui, Albert est venu sermonner Bertie sur son lit d'hôpital, il a pris froid, il en est mort et Victoria ne s'en est jamais remise… La chaude-pisse, c'est peut-être la mienne, je l'avoue… Ah ! c'est pas comme le nouveau, là, le blondinet qui souffre d'éjaculation précoce. Ce dont il aurait besoin, c'est d'une bonne fessée. Tu devrais t'y coller. En attendant, sniffe un coup, chérie, ça permet de tenir jusqu'au matin, aucune dépendance, mon p'tit, c'est de la cocaïne.

Elle s'interrompt, fixe Doris et lui lance :

– Tu sais quoi, tu as tellement bien appris les leçons de Gertie que tu devrais écrire un livre !

– Bien entendu, réplique Doris en éclatant de rire. On l'appellerait *Le Tour du monde en quatre-vingts lits* !

C'est alors que la vie prend un tournant radical pour les aventurières du West End. Un soir, au Murray's, un capitaine, un certain Philip Astley, tombe fou amoureux de Gertie Lawrence. Il entraîne la sirène dans un coin sombre et lui raconte son enfance. Chequers, ce manoir du XVIe siècle au pied des Chilterns, vendu par ses parents, il y a une dizaine d'années. Non, il ne s'en remet pas. Gertie acquiesce. Et puis la dernière charge à cheval, une attaque de diversion sur la ligne Hindenburg, près d'Arras. Accompagnés par les hommes de la 10e des hussards royaux, Astley a foncé à travers les fils de fer barbelés sous les tirs des mitrailleuses allemandes. Il y a perdu les deux tiers de sa compagnie. Gertie bat des paupières et caresse la joue de son guerrier. Il commande une nouvelle bouteille de champagne : il vient de rencontrer la femme de sa vie. Il l'installe dans un appartement garni à Park Lane, lui apprend à se vêtir avec chic, à se maquiller un peu moins et corrige son accent cockney. En six mois, il en fait une dame ; la véritable carrière de Gertie Lawrence peut commencer. Elle relègue sa fillette chez sa mère à Clapham, et se lance dans le théâtre et le cinéma. On se l'arrache ! Le dramaturge Noël Coward compose pour elle la musique de *London Calling*.

Doris est de tous les instants, elle suit avec sérieux les leçons de maintien, apprend les usages et emménage à Park Lane. Une Rolls-Royce et son chauffeur sont affectés à ces dames pour leurs emplettes. Quand Philip passe la nuit avec Gertie, Doris rejoint Gordon au Cavendish Hotel. Elle est couverte de bijoux, de cadeaux sensationnels, elle connaît la jouissance ultime, sait comprimer les muscles du vagin pour emprisonner son partenaire. On raconte que le fils d'un joaillier vient d'être expédié en Nouvelle-Zélande après avoir ruiné sa famille pour elle. Doris est née pour le luxe. Elle est bientôt aussi à l'aise au bar du Quadrant que dans les salons de Belgravia. Elle se pavane, beauté éthérée, dans une jupe drapée gorge-de-pigeon, une toque serrée sur sa tête de poupée blonde, du chinchilla au cou et aux poignets. Et, quand elle passe devant une église, fervente, elle fait son signe de croix, se touche le front, le cœur et les épaules en chantonnant : « Tiare, broche, clip, clip ! »

Grue de haute volée, Doris Delevingne est véritablement le « toast de Londres ». Une allure insolente, excessive et hors d'atteinte, c'est une walkyrie casquée d'or, sa cohorte d'admirateurs à la traîne.

– Oui, bien sûr, je vais t'épouser, assure Gordon Halsey.

L'esprit romanesque de la jeune fille s'enflamme ; après tout, la scandaleuse n'a pas vingt ans.

3

Toute sa vie, on l'a pris pour une potiche, une potiche ventrue. Parce que benjamin, donc moins que rien. Son aîné excellait à l'aviron, lui n'aimait que la chasse, la pêche et le golf. Aujourd'hui, héritier du royaume de Killarney et du comté de Kenmare, Valentin Castlerosse doit se plier aux exigences ancestrales...

– Noblesse oblige, scande sa mère, lady Kenmare, altière.

On la dirait dégringolée d'un portrait d'ancêtre.

Hors de question, Valentin tape du poing sur l'immense table de chêne de la bibliothèque en faisant tressaillir les chandeliers deux fois centenaires. Il imposera sa Forzane. Lady Kenmare, de plus en plus proche de lady Macbeth, psalmodie :

– *Afin que notre maison reste unie, et que ses piliers ne tombent point,*
Parce que vous êtes fils du sang et m'appelez toujours mère,
Parlez maintenant à ceux de notre race ; et eux vous parleront

Allez à votre tâche et soyez forts, n'hésitant pas en chemin…

– Oh ! mère, soupire Castlerosse, je vous en conjure, ne me refaites pas le coup du sang. J'ai trente ans, vous ne me terrifiez plus avec vos jérémiades.

– Kipling, mon fils, Kipling !

– *Good old chap*, ce bon vieux Kipling…

Et Valentin Castlerosse de quitter au plus vite l'Irlande et l'Angleterre, la dame de ses pensées l'espérant vivement à Paris. Forzane récolte enfin le grain semé, même si c'est de l'ivraie. La position, la reconnaissance, l'argent et un compagnon facile à vivre. Ils s'installent au Ritz, comme tout petit couple bourgeois qui se respecte. Il profite, elle le gâte. Il décide, elle le comble. L'homme possède un appétit gargantuesque, il est grand, gros, vaniteux, excentrique. Il descend cul sec du champagne dans des chopes à bière et les cogne sur le bar en braillant « encore ». Quand il est triste, Valentin Castlerosse sanglote comme un enfant, il pourrait noyer un orphelinat. Rien ne surprend Forzane, qui sait si bien s'affairer entre ses jambes, alors qu'il épluche l'*Evening Standard* en sirotant un Clacquesin. Leurs amours, touchantes, sont nimbées de légèreté.

Ils ont leurs chères habitudes, musardent en fin de matinée dans les allées ombragées du Palais-Royal ou des Tuileries. L'après-midi, ils déambulent boulevard Saint-Germain. Lui toujours tiré à quatre épingles, gilets de velours cramoisi d'évêque ou vert émeraude, pantalons extravagants et capes doublées de soie, cravates en crêpe de soie bleu de Prusse et bottillons vernis à boutons. Elle, les joues fardées, la bouche en cœur et la redingote juponnée, a toujours l'air de se dérober, c'est terriblement excitant. Ils déjeunent chez Prunier, dînent chez Maxim's.

Elle est aussi svelte qu'il est rond, aussi délicate qu'il est robuste, le couple est étrange, attachant, inattendu. On les croise en compagnie d'Aristide Briand et d'Anatole France, discutant du dernier prix Goncourt. Castlerosse lit le français, cela a du bon tout de même, Trinity College ! Il est heureux, il aime cette existence sans éclats, cette femme qui lui fiche la paix, il jouit de conversations de qualité en ingurgitant choux à la crème et Château-Yquem. Forzane se pique de traditions, se veut amoureuse des valeurs vieille France. Le quotidien lui va bien au teint. Pour une putain, la respectabilité est essentielle ! Elle est poursuivie par les photographes à la mode, croquée par le caricaturiste Sem, on la dit cultivée et drôle, ses portraits paraissent bientôt dans *L'Illustration* et *La Gazette du bon ton.*

– Allons chez Voisin ce soir, mon ami, propose-t-elle, en accrochant son bracelet de diamants.

– Voisin ?

– Un endroit fameux, chéri. Sais-tu que, pendant le siège de Paris, on y servait du chameau rôti et du civet de kangourou ?

– Et où diable les a-t-on trouvés ?

– Au Jardin des Plantes !

– Va pour Voisin, ma belle, nous y dégusterons peut-être de l'ours et du loup ! J'ai une de ces faims !

Voisin est le seul endroit à Paris où l'on peut trouver du Haut-Brion 1875, l'hétaïre sait y faire, assurément.

Mais la douce félicité disparaît à l'arrivée d'un télégramme de l'armée, provenant d'Angleterre. Castlerosse est mandé toutes affaires cessantes. Il semblerait que certains mouvements militaires soient en cours en ce début d'année 1921. La chose est singulière, Castlerosse imagine plutôt un coup fourré de ses parents. Forzane l'accompagne gare du Nord et lui fait des adieux déchirants. Son joli mouchoir brodé en prend un coup. Il est temps de retourner régner chez Maxim's, on dit que le shah d'Iran est en ville, il se lave peu, mais l'homme est généreux.

À 9 heures sonnantes, le lendemain matin, Valentin Castlerosse surgit avec pertes et fracas à Carlton House Terrace, une magnifique demeure néoclassique dont la façade en stuc domine le Mall. Au-dessus du fronton du porche d'entrée, la devise de l'ordre de la Jarretière : « Honni soit qui mal y pense ». Castlerosse sourit. Ah ! la perfidie anglaise !

Il est convoqué chez son oncle, lord Revelstoke. Ses parents, lord et lady Kenmare, tout juste débarqués d'Irlande, l'y attendent de pied ferme. Valentin prévoit le pire. Laissant son chapeau, ses gants de chamois et sa canne à pommeau d'ivoire au valet de pied, il se dirige d'un pas raide vers le petit salon. Valentin est crispé. Il aime pourtant cet endroit tendu d'un papier peint à l'esthétique flamboyante : plumes de paon vert d'eau et beige sur fond jaune pâle. Lady Kenmare, assise très droite sur une méridienne en acajou, a le nez perdu dans un flacon de cristal ciselé à bouchon d'or, ses sels assurément. Son époux fait les cent pas. L'oncle Revelstoke signe une missive et referme aussitôt l'abattant du secrétaire à l'arrivée de son neveu, il est livide. Lord Kenmare semble avoir du mal à se contenir. Son fils est son portrait craché, en grand et gras. La vue même de son rejeton le révolte.

– Je suis convoqué au ministère de la Guerre dans une heure, j'ai peu de temps pour les…, commence Valentin.

– Vous êtes marié ? coupe son père en le fusillant du regard.

– Non.

– En êtes-vous certain ? insiste sa mère.

– Oui.

– Vous comprenez que vous êtes en train de créer un terrible scandale à Paris en vous affichant avec cette…

– Ma chère Forzane vaut bien mieux que ma propre sœur, rétorque Valentin en ouvrant son étui à cigarettes.

– Dorothy Margaret a épousé le fils du duc de Westminster, s'étrangle sa mère. Cela vaut toutes les excuses ! Vous dépensez votre rente, Valentin. Vous ruinez notre nom. Vous êtes trop gros. Les caricatures s'étalent, honteuses, dans la presse étrangère.

– J'aime la bonne chère.

– Vous avez plus de trente ans, intervient son père. Valentin, qu'allez-vous faire de votre vie ?

– L'élégance est de ne jamais rentrer dans le rang.

– Fadaises ! explose lady Kenmare. La discipline vous ferait le plus grand bien. Notre ami Beaverbrook a choisi de vous aider.

Et c'est là que Max Aitken entre en scène. Né au Canada, il y a une cinquantaine d'années, anobli à la fin de la guerre, le nouveau lord Beaverbrook a bâti le premier empire de presse britannique. Il a commencé à treize ans en fondant le *Quotidien du Nouveau-Brunswick*. On le surnomme « le dictateur de Fleet Street », car ici sont installées les différentes publications, *London Evening Standard*, *Daily Express*, *Globe*, *Sunday Express*…

Pour lui, le journalisme est synonyme d'évasion et de provocation. Il vend près de dix millions d'exemplaires par jour à travers le pays. Millionnaire à trente ans, député conservateur, isolationniste, impérialiste, protectionniste, hostile à toute réforme, il dirige en monarque absolu. Pas très grand, la tête ronde, des yeux proéminents et écartés, il est aussi à l'aise avec les puissants qu'avec les miséreux. Il paraît s'amuser énormément de l'extravagance du rejeton Castlerosse et comprend vite ce qu'il peut en tirer.

– Vous causez énormément de peine à votre famille en vous affichant ainsi avec une cocotte, Valentin.

– Mes parents sont coriaces. Les Irlandais se remettent de tout.

– Un cigare ? propose Beaverbrook. Tout cela est éminemment abject certes, poursuit-il en tirant sur son barreau de chaise, mais pensez-vous que la demoiselle accepterait quelque argent pour vous rendre votre liberté ?

– Forzane n'aime que la poésie, les livres, la peinture…

Idiot ! songe Beaverbrook. Il fait porter illico un chèque aux bons soins du Ritz, à Paris, agrémenté d'un écrin rouge de chez Cartier. Il organise l'emménagement de Forzane dans un appartement boulevard des Capucines et pourvoit à son ameublement raffiné. Jamais plus elle ne donnera signe de vie à Valentin Castlerosse. Qui, pris par sa nouvelle vie, l'oublie aussitôt.

Beaverbrook lui offre trois mille pounds par an et flatte son ego démesuré. Il en fait un de ses espions. Espions ?

Le nom savant des journalistes ! Il croit en son génie, et son outrecuidance lui plaît, ce côté racaille des beaux quartiers est moderne et audacieux. Ses informations salaces, ses scandales d'aristos, sa position dans le monde, sont autant de promesses pour le pire des salopards.

Nommé depuis peu à la tête du ministère de l'Information de Lloyd George, lord Beaverbrook veut tout savoir, tout connaître, tout restituer à sa manière. Car c'est ainsi que l'on dirige un pays : en choisissant au mieux les ingrédients que l'on jette dans la soupe des pauvres. Il jouit de son pouvoir et narre ce qui sert ses intérêts et ceux de ses amis. Soudain, le monde entier apprend les efforts de l'Angleterre au lendemain de la victoire, quels sont ses sacrifices, ses idéaux, ses espoirs ! Et Beaverbrook redore le blason britannique. À ses côtés, une équipe de rédacteurs hors du commun, chargés d'écrire la légende.

– J'use de mes journaux comme d'un outil de propagande, précise Beaverbrook.

Bientôt, dans le *Sunday Express*, Castlerosse évoque les derniers potins, il joue avec les noms, sous-entend le pire, il est le *Londoner's Log*. Il ne quitte plus Londres et, dans son lit, bien calé entre quatre oreillers, le crayon vissé entre les lèvres, il se jette avidement dans la carrière de chroniqueur.

– Je donnerai à la vie mondaine la saveur d'un conte de fées populaire, se répète Castlerosse.

Entre Beaverbrook et Castlerosse, c'est le début d'une amitié à la vie à la mort. L'un envie le titre héréditaire et le côté sans foi ni loi de l'autre, lequel est fasciné par le pouvoir et l'argent du premier. Castlerosse vénère sa toute nouvelle liberté. Il ne dépend plus de la rente familiale et Beaverbrook le protège. Plus qu'un ami, il est son confesseur, son grand frère, son conseiller intime, son mentor. Castlerosse a pour spécialité de créer des problèmes, Beaverbrook, celle de les résoudre. Ils ne pouvaient pas mieux tomber. Il faut dire que Castlerosse commençait à s'ennuyer dans sa vie maritale et Beaverbrook avait soif d'un mouchard au sein de la haute société. Ces deux-là vont bientôt former le couple le mieux informé du tout-Londres.

Le play-boy parisien devient journaliste. Trois mille mots, chaque dimanche. Son point de vue cynique, sa connaissance de la nature humaine, son humour, la distance qu'il prend par rapport aux événements révèlent un talent fou. Il relate les derniers soupers en ville, décèle le pire, attend les réactions en chaîne qu'il croque dans sa chronique la semaine suivante. Toujours plus de noms connus : le peuple raffole des hauts faits des aristocrates.

Castlerosse affiche un intérêt certain pour le jeu, donne des astuces pour engager les paris en course, révèle les stratagèmes du poker, comment manœuvrer dans un casino, enfin toutes ces petites choses indispensables aux gens du monde. « Si j'étais vous, écrit-il, je ne tiendrais aucun pari avec George Morton, 58 Pall Mall, car il ne paye pas. » Apparemment, il sait de quoi il parle. Fasciné par les riches, il dresse le portrait de Joseph Pulitzer, puis du magnat américain William Randolph Hearst. Il tombe amoureux de sa femme, la ravissante Millicent, qui s'épanche sur son épaule avec son irrésistible accent du Sud, si traînant. Il n'hésite pas à révéler la liaison de Hearst avec l'actrice Marion Davies pour mettre Millicent dans son lit. Il est intenable, rien ne l'arrête.

« Lady Astor me demande ce que je penserais si mon énorme estomac était sur une femme. Il y était, il y a une heure à peine ! »

Les ventes du journal sont multipliées par dix, Beaverbrook se frotte les mains. Valentin Castlerosse devient un monument national. Il se promène en costume à fines rayures, sous un manteau gris perle à col de vison, coiffé d'un chapeau derby brun, le cigare aux lèvres. Il possède une pointe d'excentricité propre à la société aristocratique post-victorienne, le prestige du gratin et la légitimité du goût. Il connaît tout le monde et tout le monde le connaît. Il parle beaucoup ; ses interlocuteurs se laissent embobiner, puis lui soufflent mille secrets inavouables qu'il restitue dans son papier la semaine suivante. Il parle, il boit, il trinque, il aime les femmes, l'alcool et les bons repas. On l'appelle le fou du roi, et le roi c'est Beaverbrook !

Doris Delevingne découvre ses papiers, un soir, plongée dans un bain moussant parfumé au muguet. Elle lit le *Sunday Express* et le commente avec bonne humeur à Gertie Lawrence qui enfile ses bas. Une folle nuit se prépare. Doris apprend que le ministre de la Guerre, Winston Churchill, a perdu sa mère et sa petite Marigold à six semaines d'intervalle. Cela lui fait une peine folle. Elle verse une larme en pensant à cet homme charmant, croisé à plusieurs reprises, avant d'éclater de rire à la page suivante.

– Mais qui est le *Londoner's Log* ? demande Doris.

– La coqueluche du tout-Londres, chérie, le vicomte Castlerosse en personne !

– Alors, je l'épouserai.

4

Depuis une semaine, tout le monde se rue au Café de Paris, à Soho, pour y apercevoir l'étonnante Tallulah Bankhead. L'endroit est furieusement à la mode, la scandaleuse y chante et danse le charleston. Exubérante, sautillante, hilarante, cette fille est complètement frappée.

– Quoi, vous ne savez pas ? Elle est lesbienne !

– Divinement immorale, mon chou, son père l'a fichue dehors. Oui, c'est un sénateur américain.

– Républicain évidemment !

– Il paraît qu'elle vit avec une négresse !

– Pis ! Elle l'a ramenée ici, à Londres…

– Son père ?

– Sa négresse !

On se croirait dans une cage à oiseaux. Le prince de Galles descend l'escalier en fer forgé doré à double révolution. Tous les regards convergent vers lui, Dieu qu'il est plaisant avec sa tête de garçonnet en attente de coups de semonce.

« Qu'est-ce qu'elles sont chichiteuses ! » songe-t-il alors que force donzelles se prosternent à ses pieds. « Vivement que j'en trouve une avec de la poigne. » Nancy Mitford et Cecil Beaton conversent face à la scène :

– J'ai besoin de plusieurs châteaux pour exister, j'en ai marre de ma famille de romanos, je suis terriblement en vogue, non ? Oh là là ! je ne suis vraiment pas faite pour la disette !

– Épouse un riche pédé, chérie. Les dynasties en sont remplies, elles ne savent qu'en faire !

Lord Berners fait une indigestion de caviar, Barbara Cartland, de soupe à la tortue. Diana et Duff Cooper sont accoudés au balcon avec un Pym's. Diana est d'une incroyable beauté, Duff, toujours aussi digne. Des feuilles de vigne en bronze courent le long de la galerie, c'est d'un baroque excessif. Un gigantesque lustre pend au plafond, tombera-t-il, tombera-t-il pas ? La moquette bleu roi, luxueuse peluche victorienne, laisse présager des fins de soirée infernales. Fox-trot, valse, tango, on se trémousse sur tout et n'importe quoi, les hommes sont en habit, les femmes en robes à paillettes trop courtes, des tiares de diamants ceignent leur front, des fume-cigarettes prolongent leurs mains gantées de satin.

– Hé, c'est l'orchestre de Teddy Brown, allons danser, chérie !

Doris et Gertie sont poursuivies par une tripotée de bellâtres, chevaliers servants à leurs heures. L'ambiance est enfumée, la musique aguicheuse. Gertie retire son vison, elle porte un pantalon de flanelle grise, un dos nu en soie bleue à pois blancs, quel esclandre ! Elle dévore des yeux le pianiste, mais n'y touchera pas. Son sourire se tord et donne à son visage un singulier aspect simiesque.

Elle appartient à Philip Astley, elle sait pourtant qu'il ne l'épousera jamais, elle ne sort pas de la cuisse de Jupiter. « Quelle poisse, j'aimerais tant me frotter à ce joli musicien ! »

Doris est divine dans son fourreau ivoire de chez Molyneux, son regard humide balaye l'assistance à la recherche de l'oiseau de paradis qui l'installera dans un nid douillet. Le mariage avec un aristocrate, son rêve le plus fou ! Être l'égérie d'une jeunesse dissipée ne lui suffit plus. Leurs cigares, leurs milliards, leurs aveux, elle les connaît par cœur. Ils boivent comme des trous, jettent l'argent par les fenêtres, et ne respectent rien. Scintillants et légers, narcissiques et mondains, ils n'ont qu'une idée en tête, les secrets de Cléopâtre, s'en gorger à en crever. Doris, fine mouche, choisit, évalue, sourit, s'amuse, une belle garce ne s'offre pas à n'importe qui. Et, s'ils le prennent mal, tant pis pour eux.

– Cherche au fond de ton cœur, beauté, et donne-moi un glaçon, mon whisky est tiède.

Doris se déhanche, *lindy hop*, shimmy, ça va, ça swingue, on se croirait à Harlem. Ils ne la quittent pas des yeux. Elle est belle, mystérieuse, terriblement chic et sulfureuse en diable !

– Si tu as le bonheur de partager une de ses nuits, mon vieux, tu ne t'en remettras jamais. C'est le chemin vers le paradis assuré.

Mais celui à qui s'adresse cet éloge n'écoute pas. Il fixe Doris depuis un moment déjà, fasciné par son air lointain et cassant. Elle le dévisage à son tour, ouvre son étui à cigarettes, il s'approche, s'incline et lui tend une allumette enflammée. Il n'est pas du genre torturé ni éjaculateur précoce, elle s'y connaît. Elle aspire, lui souffle la fumée dans les yeux. Il hausse les épaules. C'est un beau gosse, au regard sombre, profond. Il est très bronzé, ses cheveux plaqués à la gomina se rejoignent sur sa nuque en une pointe curieuse. Il possède un sourire irritant. Comme s'il savait déjà ce qui allait se passer. Doris s'interroge, va-t-elle lui céder ou non ?

Il se nomme Stephen Sanford, mais tout le monde l'appelle Laddie. C'est un crack, un champion de polo. Multimillionnaire, intelligent, il est allé dans les meilleures universités, Yale et Cambridge, puis s'est installé en Floride. Il vient de gagner le Grand National. On raconte qu'il a servi de modèle à Scott Fitzgerald pour Tom Buchanan, le mari de Daisy, dans *Gatsby le magnifique*.

– Buchanan n'est pas sympathique, explique-t-il, mais Fitzgerald est un écrivain au talent immense. Je l'ai rencontré à Paris chez les Murphy, un couple charmant avec des enfants magnifiques. Vous aimez les enfants, Doris ?

– Je les adore, j'ai trois frères dont le dernier vient d'avoir six ans. Dudley, John et Peter. Ils vivent à Beckenham avec mes parents, je déjeune en leur compagnie tous les dimanches.

– Sentimentale donc ? coupe-t-il, surpris.

– Bien plus que je n'ose le montrer, avoue-t-elle.

Oui, Doris est une fille bien, Laddie en est persuadé. Elle flirte sans minauder, elle séduit, égare, ensorcelle avec bonheur, mais demeure fidèle… parfois. Elle maîtrise l'art de la conversation, sait écouter son cavalier pendant des heures. Cela tombe bien, Laddie est bavard. Il lui raconte le polo, les courses, le steeple-chase et le derby. Et sa famille, descendante des premiers colons ; en d'autres mots, l'élite américaine ! Ils ont fait fortune dans la fabrication et le tissage de tapis, puis dans l'élevage de chevaux à grande échelle, ils sont républicains jusqu'au bout des ongles. Il semblerait que la réputation de la jeune femme ne le gêne pas outre mesure, il n'est pas au fait des traditions britanniques. Il aimerait rencontrer le duc de Beaufort, être convié aux chasses à courre, reçu à Badminton House et Worcester Lodge.

– Rien de plus simple, chuchote Doris, sibylline.

Laddie Sanford est sous le charme. Doris tient toujours ses promesses et l'introduit auprès de son ancien amant, Henry Somerset, le tout nouveau duc de Beaufort. La jeune duchesse est la nièce de la reine Mary de Teck. Laddie Sanford ne sait plus où donner de la tête. La monarchie le terrifie, mais Doris agit dans l'ombre. Elle lui apprend les titres et les usages, comment s'adresser aux membres de la famille royale, s'il venait à les croiser, les secrets de la révérence, tous ces rituels essentiels qu'une demi-mondaine connaît si bien. Laddie n'est pas ingrat, il lui offre un appartement coquet sur Park Lane. C'est normal de doter sa *girlfriend*, comme il dit. Doris est bouleversée par tant de sollicitude. Elle n'est jamais fatiguée, toujours dispose pour un dîner, une fête, un bain chaud en compagnie de son cher amoureux.

Doris est entretenue certes, mais enfin indépendante. Elle est couverte de bijoux, Cartier, toujours Cartier, Jacques Cartier compte parmi ses amis fidèles. La mode est aux clips agrafés au décolleté. Son préféré est orné de deux plaques de jade gravées de feuillage, renforcées de motifs géométriques, serties de diamants et ponctuées d'éclats d'onyx. Une splendeur ! Dans son dressing, des toilettes de Paul Poiret, Jean Patou, Madeleine Vionnet ; les Français sont si talentueux ! Laddie a tout pour lui, sauf un titre, mais Doris s'en balance, sa fortune équivaut à quatre quartiers de noblesse. Soudain, l'argent n'est plus un souci. Doris se découvre un goût immodéré pour les achats dispendieux. Elle rapporte de Milan deux cent cinquante paires de chaussures, les souliers se déforment si vite ! Elle fait venir de Paris des bas de soie à une guinée la paire et ne les porte qu'une seule fois. Elle possède pléthore d'écharpes en tulle, brodées en filigrane, des aigrettes, des robes d'une saison qu'elle ne mettra jamais plus... Tout ce que Doris veut, Doris l'obtient. Ses tiroirs regorgent de tenues raffinées, de fleurs artificielles, de châles en tartan écossais, de métrages de satin, d'étoiles de diamants...

Dispendieuse, elle est aussi très généreuse avec ses proches. Un soir de novembre, alors que le fils du duc de Bedford les raccompagne, Gertie et elle, elle note que le jeune homme ne possède qu'un pardessus élimé, alors qu'il fait un froid de gueux. Il avoue que son père est d'une avarice rare et ne lui verse pas de rente. Doris glisse dans sa poche une carte avec l'adresse de son tailleur : « Allez-y de ma part, je le préviens dès demain, il vous confectionnera la plus chaude des pèlerines. »

– C'est mon côté Robin des Bois, souffle-t-elle à Gertie, qui s'étonne de cette générosité.

– Les choses ne vont pas dans ce sens, Doris, tu es entretenue, tu reçois des cadeaux, tu n'as pas à en offrir.

– Et pourquoi pas, si Laddie n'y voit pas d'embarras ?

Laddie s'en moque, l'argent n'existe pas, c'est un Américain. Il n'aime rien tant que le sourire de sa blonde incandescente, les soirées en tête à tête et l'arrangement avec les Beaufort. Lovée à ses pieds devant la cheminée de la bibliothèque, Doris le contemple amoureusement tandis qu'il gobe un œuf à la coque en sirotant du champagne. Elle en est folle, elle l'aime avec son cœur, avec son corps, elle est prête à tout pour lui. Il lui a tourné la tête. Ce n'est pas une aventure, c'est celle de sa vie. Aujourd'hui, elle veut être heureuse, fonder une famille peut-être. Et pourquoi pas ? Elle est persuadée qu'il va l'épouser et s'attend à sa demande à chaque instant. Elle a même prévenu ses parents qui n'osent y croire.

Le 31 octobre 1924, on les croise au Criterion pour le nouveau show d'Eric Howard. Elle, splendide dans sa robe à sequins, lui si plein de désinvolture.

– C'est pour ce soir, souffle-t-elle à Nancy Cunard, une fille de la bonne société, aux yeux de jade, qui collectionne les bracelets d'ivoire et les amants.

Un mois plus tard, au Savoy, enveloppée de soie moirée, elle rayonne, Laddie se pavane. Frôlant lord Berners, elle murmure : « Cette nuit, je deviens américaine pour la vie. »

L'Embassy est bondé, Laddie plus tendre que jamais. Diana Cooper en demeure bouche bée, c'est effroyablement déplacé, ces caresses. Diana est née Manners, c'est une aristocrate au sang pur, baignée dans le lait d'ânesse depuis son plus jeune âge. Entourée d'esclaves attentifs, cette femme à l'intelligence vive et à la discipline de fer est une amie rare et sans médisance.

– Oui, elle a retiré ses gants, et non elle ne portait aucune bague.

Au Café royal, Laddie couvre Doris de baisers.

Au Claridge, il lui présente son cousin.

Au Four Hundred, il lui ordonne de bloquer les deux prochaines semaines pour une escapade au Mexique.

Au Kit-Kat, il repousse le voyage.

Tout Londres retient son souffle…

Et c'est chez le duc de Beaufort, un matin d'hiver 1925, que Stephen Sanford, celui-là même que l'on surnomme Laddie, droit comme un *i*, sanglé dans sa tenue vert bouteille, pibole autour du cou et fouet à la main, tombe fou amoureux d'une amazone. Et plus rien n'existe. Elle a les joues rougies par le froid, ses yeux pervenche lancent des éclairs d'impatience. Les chevaux piaffent, les chiens, superbes et racés, vont de l'un à l'autre en donnant de la voix. Une meute de trente-cinq foxhounds, élevés et dressés pour une seule chose : la chasse au renard.

– Charlie, on l'appelle Charlie, explique la charmante à Laddie.

– Qui ?

– Le renard, bien entendu.

Elle franchit les haies au galop. Murets, clôtures, ruisseaux, bosquets, fourrés, rien ne l'effraie. Elle cambre les reins, tellement sexy avec son tricorne de feutre noir de jais. Sa longue jupe cache des jambes que Laddie imagine galbées, sa cravache frôle sa jument, l'Américain s'enflamme. Elle a le visage sculpté telle Artémis et fait de l'ombre au soleil. Laddie s'essouffle à poursuivre l'intrépide et voit avec bonheur le jour mourir et la chasse finir.

– Edwina Mountbatten, fait-elle en lui tendant la main, aidez-moi à descendre…

– Laddie Sanford, je suis…

– J'aime faire plaisir à mes chiens, j'aime les voir courir, suivez-moi, j'ai besoin d'un sherry.

Elle vient d'avoir un bébé qu'elle a oublié à la campagne, elle s'ennuie terriblement, son mari, Louis, que tout le monde surnomme Dicky, ne la touche jamais. La plupart du temps, il est en mer, obnubilé par sa carrière. On raconte qu'Edwina change si souvent d'amant que l'on ne sait même pas si la petite Patricia est la fille de son père. On dit que le beau Dicky s'en moque complètement et qu'il trouve ailleurs ce qui lui fait défaut, un ailleurs peu recommandable, assure-t-on de source sûre.

Adieu Doris, sans regret et sans rancune, Laddie tourne la page. Prestement, à l'américaine. Doris est dévastée. Son orgueil en prend un coup, elle devient amère et s'enferme dans sa douleur.

Et là tout Londres s'esclaffe : quoi, elle l'aimait, cette sotte ?

Oui, elle l'aimait, et n'ose pas l'avouer. Un chagrin d'amour, oh ! non, elle ne s'y attendait pas. Détruite, elle pleure en cachette, refuse de sortir, cherche dans les magazines les photos témoins de leur romance passée. Elle les découpe, les colle dans un *scrapbook*, inscrivant en face la date précise des instants de grâce. Ses parents s'inquiètent, ils ne l'ont jamais vue ainsi, elle est défaite et perd le goût de tout.

– Secoue-toi, ordonne Gertie.

– L'amour, c'est vraiment trop bourgeois, mon chou, estime Nancy Mitford.

– Ma grande sœur chérie, si belle et si triste, murmure John, son petit frère de treize ans. Je vais concocter quelque chose de magique qui te rendra le sourire.

Et il court s'enfermer dans la remise au fond du jardin de Beckenham. Cet enfant sera inventeur, il n'aime rien tant que bricoler des machines démoniaques et jouer avec les substances chimiques. Doris se rapproche de sa famille qu'elle avait négligée. Ses parents ne remettent pas en cause sa façon de vivre, mais ils seraient rassurés de la voir enfin mariée.

– Reviens vivre avec nous, tente sa mère.

– Non, répond son père, elle ne sera pas heureuse ici. Mais Dudley peut la rejoindre à Londres. John grandit, il remplacera son frère à la mercerie.

Et Dudley Delevingne s'installe à Park Lane. Dix-neuf ans, les mêmes yeux bleu cobalt que sa sœur, des cheveux d'un ton de miel, des traits fins comme les siens. Il est immense et possède la nonchalance qui sied à l'époque. Il adore son aînée, la voir sangloter toute la journée le bouleverse. Il répond aux invitations à sa place et organise leur vie sociale. Ils sont bientôt reçus partout, on se les arrache. Deux anges descendus du ciel, un couple de héros sortis d'un roman de Fitzgerald. Non, ne jamais plus mentionner Fitzgerald, l'ami de Laddie.

Le rire cristallin de Doris résonne à nouveau, ses dents du bonheur lui donnent un de ces charmes ! Doris est une fille loyale et appréciée, certes elle couche, mais pas avec votre mari, si vous le lui demandez gentiment. Elle s'attaque à tout ce qui tombe sous sa main, sauf interdit. Elle connaît les usages de l'aristocratie, la folle hypocrisie, l'élégance et la distance. Le sexe est essentiel, mais on ne l'évoque jamais. Elle a un esprit singulier, l'inviter en week-end est gage de réussite. Elle mène une vie brillante et mondaine, son impertinence affole et ravit. De l'esprit britannique… Un soir, au Kit-Kat, elle aperçoit l'un de ses amants réguliers. Lord Arlington dîne avec sa mère ; il ne la salue pas alors qu'il lui a administré la fessée deux jours auparavant. Elle se lève pour aller poudrer son nez et, en le frôlant, chuchote à son oreille :

– Eh bien, lord Arlington, vous ne me reconnaissez pas quand je suis habillée ?

Il est minuit. Gertie et Philip Astley s'invitent à Park Lane avec Edward Mackay Edgar, un Canadien riche à millions de près de soixante ans. Allez savoir pourquoi tout le monde l'appelle Mike ! On dit que sa fortune provient de placements véreux et Londres lui ferme ses portes. Il a besoin d'une compagne pour sortir et briller. Une femme de la haute société refuserait sa compagnie, mais une courtisane y trouve son compte. Mike offre à Doris une maison pimpante de trois étages au 6 Deanery Street, « C'est normal de doter sa *girlfriend* », comme il dit. Doris y installe un cocon, un écrin, une garçonnière si pleine de nonchalance et de féminité. Rien n'a l'air arrangé, le fouillis est soigneusement organisé, brocarts gris et voiles nacrés sur les murs, rideaux de mousseline mauve à volants, bouquets de muguet dans l'entrée, pois de senteur au salon et roses légèrement effeuillées dans les chambres. Dans la salle à manger, des chaises à haut dossier avec des incrustations d'émail, une table ronde en acajou rouge, des plats d'argent pleins d'olives ou d'amandes salées. Doris privilégie le vert d'eau à la Kate Greenaway et les chintz discrets de Morris. Une alcôve dans sa chambre abrite un lit à colonnes tapissé de velours de Gênes cramoisi, un paravent de Coromandel occulte une coiffeuse en bois de rose. Des bibelots exquis sur les guéridons, des statuettes chinoises, des abat-jour en forme de pagode, la mode est à l'orientalisme. Un chauffeur, une Rolls-Royce Phantom, une domestique, Swayne, parachèvent le tableau.

Doris se met à recevoir pour Mike qui lui assure ce train de vie faramineux. Elle donne les fêtes du moment les plus onéreuses, les plus drôles. Les filles sont belles et ce ne sont pas toutes des filles de joie. Diana Cooper ne porte que des couleurs claires mettant en valeur son teint de rose. Nancy Mitford est entourée de jeunes gens à la joie de vivre insensée, aux manières exagérément désinvoltes : Nina Blount, Adam Fenwick-Symes ; ainsi que le dramaturge Noël Coward, luisant, satiné, élégant, tenant toujours une cigarette ou un cocktail, il a l'assurance de ceux qui sont conscients de leur charme…

– Tellement divin, ma chérie, avise Nancy Mitford, en s'avachissant dans le canapé Chesterfield, c'est gai, douillet, profond, c'est tout toi.

« Tout est d'un goût épouvantable, explique-t-elle plus tard à Cecil Beaton, cela devrait te plaire, un intérieur à pédé, il y a du rose, des plumes de cygne et de la peau de panthère partout, oh ! comme je me suis pâmée ! »

Doris est riche et peut se permettre toutes les extravagances. Invitée pour la Toussaint à Madresfield chez lord Beauchamp, elle fait la connaissance de son cousin qui vient d'installer une piscine intérieure dans son château voisin de Himley Hall.

– Venez nager, lui propose-t-il, l'air fiévreux.

Comme elle ne manquerait pour rien au monde l'occasion de parader en maillot, elle envoie immédiatement son chauffeur et sa Rolls à Londres récupérer six ou sept costumes de bain que Swayne emballera avec soin.

On la croise partout, de Cliveden à Chatsworth, de Belvoir à Blenheim. Ses malles cabine et ses bagages Louis Vuitton la précèdent. La plus grosse est remplie de lotions pour le visage, de pots de crème, de boîtes à poudre et de produits de beauté. Le carton à chapeaux peut en contenir six, à peine assez pour un week-end. Swayne serre contre elle le vanity case qui contient les bijoux ; attention aux souliers et à la lingerie fine ! On l'admire, car elle n'a peur de rien, ni de sa condition ni de ses envies. Elle est très populaire parmi les hôtesses et fait de n'importe quel dîner un succès. On peut évoquer son statut de courtisane, mais aussi sa loyauté et sa fidélité à ses amis. Elle s'exprime sur tout : la domination sociale, sexuelle et économique des hommes. Elle a lu *World Crisis*, le volume que vient de publier Churchill sur la guerre passée. Elle devient une figure féministe et entraîne à sa suite les jeunes aristocrates à marier.

– Un jour, nous aurons le droit de vote et cela sera grâce

à des filles comme elle ! peut-on entendre dans les dîners en ville.

Très mauvais gestionnaire, Mike fait faillite et s'enfuit au Canada. Bon vent ! Doris souffle un peu, car elle n'y tenait pas du tout à celui-là. Dans le petit salon de Deanery Street, elle tartine des toasts de caviar en se confiant à Phyllis de Janzé. Cette fille, au visage de puma, ne s'habille qu'en Patou avec des jupes droites et courtes, des blouses à taille basse, porte des bonnets de bébé sur ses cheveux lisses. Elle est amoureuse depuis qu'elle a quitté son mari, amoureuse chaque jour.

– Si tu crois que c'est drôle de coucher avec un vieux cochon ! confie Doris.

– J'adorerais rencontrer un vieux cochon, répond Phyllis, en tordant sa bouche charnue pour engloutir le caviar.

Un vernissage à Chelsea, un cocktail à Kensington, les voilà chez Sovrani, le nouveau restaurant italien de Jermyn Street. Dans la lueur ambrée, Doris s'appuie sur le bras de son frère Dudley, ses lèvres corail s'ouvrent sur un sourire divinement sensuel. Son regard aigue-marine évalue l'endroit, ses joues sont d'un rose éclatant. Elle est vêtue d'une robe vermeille, porte un long collier de perles noires et des talons hauts en cuir rouge avec une barrette autour de la cheville qui fait l'effet d'un bracelet. C'est vulgaire et sexy, osé et scandaleux : elle est grandiose. Quand elle éclate de rire, en secouant ses pendants d'oreilles, Doris Delevingne se mue en une véritable œuvre d'art. C'est un cœur à prendre ! Le maharajah de Jaipur est submergé d'émotions contradictoires.

Le vicomte Castlerosse, attablé près de l'entrée, rumine. Il a perdu une fortune aux courses de Newmarket, il voulait parier sur Nipisiquit mais, au dernier moment, il s'est ravisé, et se ronge les sangs, quelle inconséquence ! Il s'ennuie ferme auprès de sa compagne, une amie de Beaverbrook, qui caquette à tort et à travers et dont il a déjà oublié le nom. Il tire sur son cigare et jette un coup d'œil discret à sa montre. La bavarde agrippe son bras et le fait tressaillir.

– Regardez, Valentin, regardez cette grue épouvantable, voici le genre de personne que l'on ne voudrait jamais voir ni dans les journaux ni dans les clubs à la mode, elle est d'une indécence !

Castlerosse est frappé par la foudre. Pétrifié, transi. Il l'observe et se sent vivant, non, bouillant. Il la fixe, prêt à exploser. Cette froideur qu'elle porte comme une amertume la rend tellement désirable. Castlerosse est sidéré, il a l'impression d'être changé en statue de pierre. Sa vie vient de prendre un tournant dramatique, il s'y précipite avec une allégresse enfantine qui ne le quittera jamais plus.

– Qui est-elle ? Qui est cette blonde aux jambes interminables, à l'air altier ? La finesse de ce visage, l'allure de ces gestes, ce chic fou… Une aristocrate suédoise, une princesse russe en exil peut-être ? C'est la créature la plus sophistiquée que j'aie jamais croisée. Elle a reçu en héritage le charme et la distinction, elle est mystérieuse et fascinante. Dites-moi, qui est-ce ?

5

Cela tourne à l'obsession. Il est fiévreux, agité, terriblement excité. Obnubilé par ce qu'elle représente, ce qu'elle fait, qui elle voit. Il est obsédé par le moment présent, par hier, demain aussi, forcément. Il la veut, il l'aura, elle est sa fougue, son ardeur, son tourment, elle le poussera à bout, le tuera certainement, il s'en moque complètement. Tout ce qui compte, c'est elle. Il n'est pas au mieux de sa forme, il vient de subir une perte faramineuse au derby d'Epsom, il faut qu'il se refasse. Pour elle, pour la couvrir de joyaux. Il la poursuit sans répit. Dès le matin, il campe devant sa porte avec des fleurs, des bijoux, des douceurs. Elle est assez désemparée. Flattée par tant d'attentions, mais embarrassée. Elle en a assez de jouer les putains et voudrait tomber amoureuse. Or, la blessure infligée par Laddie Sanford est si profonde qu'elle a un mal fou à imaginer une autre vie.

Et puis, Valentin Castlerosse n'a rien d'un play-boy. C'est un ogre au visage d'enfant, au sourire désarmant certes, mais il est énorme ! Doris lui refuse sa porte. Il s'incruste. Il fait le pied de grue et n'en démord pas. Il est prêt à se galvauder pour un sourire, un dîner. Il est en embuscade. Seul. Devant le 6 Deanery Street. Dès 10 heures du matin.

– Madame, ose Swayne, en apportant le café de sa maîtresse.

– Oui ?

– Le monsieur d'hier et d'avant-hier et d'avant-avant-hier…

– Oui, Swayne ?

– Il est toujours là.

– Non ?

– Approchez-vous, madame.

Doris sort de son lit et rejoint la domestique devant le bow-window qui donne sur Deanery Street. À genoux sur la banquette, elle se penche et l'aperçoit à travers les carreaux. Il regarde le ciel, avance jusqu'au bout de la rue, revient. Il disparaît dans Deanery Mews, puis réapparaît. Il va pleuvoir, c'est certain, le temps est instable.

– Je devrais lui proposer de s'installer au Dorchester, s'amuse-t-elle. De sa chambre, il pourrait me guetter.

– Oh ! madame, voulez-vous lui écrire un mot ?

– Non, cela serait se moquer et j'avoue qu'il me fait de la peine. Cela fait combien de temps maintenant ?

– Près de trois semaines, madame. En voilà un qui vous aime !

– C'est bien possible, je ne sais pas, j'ai l'impression…

– C'est parce qu'il est gros, madame ?

– Non, Swayne, bien entendu, il est si gros, c'est juste que… j'ai l'impression de voir un enfant, un enfant enfermé dans un corps d'adulte, ses sentiments m'effraient et, en même temps, m'attirent. C'est la première fois qu'un homme me place au centre de sa vie.

– Oh ! regardez, madame, un livreur.

– Descends vite. Allez, file, nigaude !

Doris aperçoit Valentin en grande conversation avec l'employé de chez Harrods. Un commis apparaît au coin de la rue avec une boîte de belles dimensions chargée sur un chariot. De là où elle est, Doris ne peut voir la porte s'ouvrir, ni Valentin expliquer quelque chose à Swayne, ni les deux employés disparaître à l'intérieur. Doris se précipite dans le couloir et se penche par-dessus la rampe de l'escalier vernissé. Elle perçoit un léger brouhaha, des éclats de voix et la porte se ferme enfin. Doris court à sa fenêtre en serrant son déshabillé contre elle. Les livreurs s'en retournent, le chariot est vide. Le vicomte Castlerosse recule, distingue Doris à travers la fenêtre, retire son chapeau, s'incline bien bas et lui envoie un chaste baiser avant de s'évanouir en direction de Hyde Park. Elle ne peut s'empêcher de sourire, pourquoi la trouble-t-il autant ?

– Madame, madame, s'écrie Swayne, venez voir ! Une merveille ! Je suis certaine que c'est une merveille !

Doris dégringole l'escalier quatre à quatre, sa mousseline de soie flotte derrière elle, Dudley émerge de sa chambre.

– Que se passe-t-il ? Laddie est revenu ?

– Oh ! monsieur, madame a un prétendant sérieux. Il n'est pas si joli mais qu'est-ce qu'il est sympathique ! Madame, poursuit Swayne en se tournant vers sa maîtresse, il m'a donné une guinée pour vous remettre cela, fait-elle en désignant la carte et la boîte, déposées sur la table de la salle à manger.

– Tu n'es qu'une vilaine nouille, Swayne, tu te fais

acheter comme une vulgaire gourgandine… Bon, voyons ce qu'il y a là.

Dudley allume une cigarette et serre la ceinture de sa robe de chambre écossaise. Il s'amuse de l'empressement de sa sœur qui se démène avec les nœuds du paquet. Swayne retire le couvercle, enlève le papier de soie. Soudain, une exclamation, bonheur, ravissement, joie, surprise, tout y est… Doris découvre une pelisse en zibeline aux pointes argentées.

– Elle descend jusqu'à terre. Oh ! madame, essayez-la !

– Non, vas-y, mets-la, toi. Je veux me rendre compte de l'effet.

Swayne ne se le fait pas dire deux fois. Elle enfile la fourrure brune et tourne sur elle-même. L'effet est saisissant. Même Dudley, qui n'y connaît rien, lance un cri d'admiration.

– C'est de la zibeline de Bargouzine, ça vient de Sibérie, madame, je m'y connais bien ! Ma mère servait chez la duchesse de Devonshire, j'en ai vu passer pas mal, mais rien d'aussi beau.

– Tourne encore, poursuit Doris, les yeux brillants.

Elle connaît les zibelines de Bargouzine, elle n'est pas née de la dernière pluie ! Elle caresse la peau à la douceur sensuelle en songeant à Saint-Pétersbourg, elle a de folles envies d'exotisme. Cet homme est riche certes, mais surtout il est fou. Et Doris adore les fous. Elle retourne au lit, sa lourde fourrure sur les épaules, elle s'étend dessous, s'étire et décide de se reposer encore pour donner de l'éclat à son joli teint. Elle lit la carte aux armes gravées : « Vous téléphonerai à midi pour notre dîner de ce soir. » Elle ne sait pas que Valentin Castlerosse s'est endetté pour cette splendeur. Et ce n'était déjà pas brillant ! Il va peut-être falloir en finir avec les paris douteux, Valentin, si tu veux fréquenter une putain.

C'est au Ritz de Londres qu'il la retrouve, dans un décor d'inspiration classique à la française ; cela tombe bien : elle a quelque chose de Marie-Antoinette. Un tête-à-tête qu'ils espèrent tous deux grandement. Elle ne sait pas pourquoi, elle s'attend au pire, lui au meilleur. Elle est plus divine que jamais, lui si drôle et subtil. Elle pensait rencontrer un balourd et dîne avec un homme à la finesse rare, à l'humour ravageur. Sa personnalité compense son absence de beauté. Et, ce qui la trouble au plus haut point, c'est son caractère d'enfant mal aimé qu'il est incapable d'exprimer. Il la dévore des yeux, il en fait trop, il veut l'impressionner. Excentrique et mauvais garçon, il est couvert de dettes et cela ne le soucie pas outre mesure. Il est très sensible à la flatterie, comme la plupart des hommes. C'est un hédoniste, il dévore pour quatre, il est exubérant et sympathique ; mais, quand il sourit, il dépose le monde à ses pieds. Il parle à tort et à travers, il connaît tous les derniers ragots et s'empresse de les raconter.

– Vous saviez qu'Edwina Mountbatten a troqué Laddie Sanford contre un Noir qui triomphe au Savoy Theatre ?

L'émotion empourpre les pommettes de Doris. Et puis ça passe.

– Vous avez l'air de beaucoup lui plaire, fait son voisin de table en se penchant dangereusement sur sa chaise dorée. Méfiez-vous, toutes les filles en sont folles, il y en a encore une qui s'est jetée dans la Tamise ce matin.

– Je l'ai payé, Doris, assure Castlerosse en saluant lord Moyne, tout nouveau ministre de l'Agriculture.

– Je vous lis chaque dimanche, Valentin, avoue Doris, en repoussant une mèche, j'aime énormément votre ton piquant.

– Des millions d'Anglais achètent les journaux et se contentent de les feuilleter. Je ne m'interdis rien dans ma chronique, je me moque d'eux, ils ne s'en rendent pas compte. Puis-je prendre votre main ?

Doris a la tête qui tourne, pourquoi cet homme lui plaît-il autant ? Elle ne veut plus de promesses. Pourquoi le vicomte Castlerosse, futur comte de Kenmare, s'encombrerait-il d'une courtisane ?

Il la raccompagne jusque devant sa porte, essaie de l'embrasser mais elle tourne la tête et lui présente sa joue. Castlerosse attrape son menton et s'empare de sa bouche, Doris se laisse aller. Oh ! la force de ses lèvres, l'agilité de ses mains, tiens cela faisait longtemps qu'elle n'avait goûté à tant de plaisir ! Elle le laisse entrer à sa suite. Swayne jaillit du *basement* quand elle entend du bruit.

« Seigneur Jésus, souffle-t-elle, quelle énorme carcasse, j'espère que le lit ancien de Madame résistera à ses coups de reins. »

– Elle m'obsède. Bien sûr que je l'aime, mais avant tout elle m'obsède ! explique-t-il à Beaverbrook, qui se demande comment il va pouvoir annoncer la nouvelle à lord et lady Kenmare.

Il n'y a pas un jour sans que Valentin écrive ou téléphone à Doris. Il ne peut vivre sans elle, il a besoin d'entendre sa voix, de toucher sa peau, de se repaître de son corps, de ses baisers. Les secrets de Cléopâtre, tu parles ! Toutes les déesses de l'Olympe peuvent se rhabiller, rien n'est comparable à Doris Delevingne.

Il ne vit pas très loin, à Brook Street, et passe son temps à rôder près de chez elle. Il ne supporte pas de ne pas savoir où elle est ou ce qu'elle fait. Elle est perplexe, car elle aime sa liberté, cette précieuse indépendance ; or, Castlerosse l'envahit. D'accord, s'il l'entretient. Si les hommes aiment à maintenir son train de vie, pourquoi s'en priverait-elle ? Et Doris Delevingne de continuer à coucher allègrement en attendant de voir quel tournant prendra sa frivole existence.

Lord Castlerosse possède la clé des cercles les plus fermés de Londres. Sa famille cousine avec les Windsor. C'est pour cela que l'alliance du jeune vicomte est décisive : elle doit obtenir l'assentiment des souverains. Beaverbrook voit rouge, il vient de raccrocher au téléphone avec lady Kenmare, qui elle-même était en réunion avec son banquier.

– Il faut que cela cesse, Valentin ! Tes parents me disent que tes dettes sont faramineuses.

– Je viens d'offrir à Doris la plus somptueuse des fourrures.

– Arrête avec cette femme ! Je ne veux plus entendre parler d'elle !

– Impossible, Doris est ma vie.

Ce que ne savent ni Doris ni Swayne, encore moins Beaverbrook, c'est que Castlerosse a profité d'une nuit à Deanery Street pour s'emparer des clés de la maison. Elles étaient posées sur le plateau d'argent dans l'entrée. Personne ne s'en est aperçu. Quelques jours plus tard, ce brigand de Valentin s'introduit sans un bruit à l'aurore, quand tous sommeillent à poings fermés. Il monte l'escalier à pas de loup, tourne doucement la poignée de la porte de Doris et entre. Les rideaux bouillonnants, baissés, n'occultent pas l'éclat de la lune gibbeuse. Dans le lit en bataille, deux corps endormis. Un inconnu est allongé sur le ventre. Doris, en chien de fusil, lui tourne le dos.

– Oh ! rugit Castlerosse.

Doris se réveille en sursaut.

– Tu me trompes ! Tu me trompes ! Salope ! Putain ! Saleté !

Il se précipite vers l'interrupteur, renverse un guéridon. Doris est aveuglée, ses cheveux sont emmêlés. Dieu qu'elle est belle au naturel ! Oui, elle le trompe, c'est vrai et elle ne se souvient plus avec qui. Elle n'avait pas compris qu'elle devait demeurer fidèle. Elle se tourne vers son amant. Castlerosse, pris d'une rage folle, se rue déjà sur l'impétrant, plus fluet et très rapide, qui disparaît aussitôt sans demander son reste.

– Qui est-ce ? Réponds-moi !

Cramoisi, il attrape le bras de Doris et la secoue comme un prunier. Et s'il y a bien une chose que la jeune femme déteste, c'est d'être réveillée brutalement. Et puis, elle ne sait plus qui était là. Elle essaie de se souvenir, mais les cris de Valentin, sa violence, tout cela la trouble tant, son esprit est comme paralysé. Et puis elle ne se sent coupable de rien.

– Tu es complètement fou, Valentin ! Pour qui te prends-tu ? On a dîné cinq fois ensemble, tu n'as aucun droit sur moi.

– C'est faux ! Tu es à moi, pour la vie. Je t'aime, Doris.

– Alors là, mon petit bonhomme, tu t'y prends très mal ! répond-elle en bondissant furibonde hors de son lit.

Elle lui fiche une claque qu'il lui rend avec hargne. Elle le bombarde de coups de pied, il ne sent rien, elle se précipite vers ses mules à talons aiguilles et le frappe au visage. Il lui retourne une troisième gifle, elle se met à saigner au coin de la lèvre. Folle de rage, elle se jette sur lui et lui mord le bras. Il hurle. Ils roulent ensemble sur le lit, puis tombent par terre. Quel vacarme ! Swayne accourt, elle songe à une bête sauvage, un guépard, peut-être échappé du zoo de Regent's Park. Dudley est déjà dans la chambre, il sépare les amants terribles. Cela va trop loin, il est grand temps pour lui de s'installer dans son propre appartement, les histoires de cœur de sa sœur le dépassent.

Castlerosse s'effondre sur le lit, en pleurs. Elle s'assied à côté de lui, sidérée par tant de violence. Dudley apporte une carafe de sherry, Swayne tente de remettre un peu d'ordre, il est 6 heures du matin.

– Valentin, tu es si jaloux…

– Je t'aime comme un fou, petite fleur, promets-moi de m'aimer, Doris, ma chérie, mon amour, pardonne-moi.

– Chéri, murmure-t-elle en lui caressant la joue, calme-toi. Il faut que tu comprennes que le lit d'une Anglaise est son royaume, elle y règne en monarque absolu. Soit tu l'acceptes, soit tu pars.

– Je peux rester jusqu'au matin, puisque l'autre s'est carapaté ?

– Non, j'attends mon coiffeur.
– Maintenant ?

C'est avec un œil au beurre noir et le bras en écharpe que le vicomte Castlerosse débarque à la rédaction du *Sunday Express*. Il pénètre sans frapper dans le bureau aux boiseries ambrées de Beaverbrook et lui tend sa dernière chronique. Perturbé par le visage de son protégé, Max Beaverbrook glisse le papier sans le lire dans le casier qui part à l'impression. Il dévisage Valentin avec stupeur.
– Qu'est-ce qui s'est passé ?
– Oh ! nous nous sommes disputés, Doris et moi.
– Mais enfin, Valentin, tu as l'œil à moitié arraché.
– C'est une vraie tigresse, et encore tu n'as rien vu !
Il pose sa jambe sur le bureau et soulève son pantalon. Son mollet est noir, par endroits la peau est déchiquetée, Beaverbrook secoue la tête, blafard.
– Ce n'est pas fini, regarde ça, poursuit Castlerosse avec un certain orgueil.
Il retire sa veste et remonte sa manche de chemise.
– Mais…
– Je me suis bien défendu. Tu peux être fier de moi, Max, je lui ai filé une de ces torgnoles !
– Valentin, je…
– Ne dis rien, je sais. On ne frappe pas une femme, mais je crois que je lui ai cassé une dent, je file chez Cartier pour me faire pardonner.
Horrifié, Beaverbrook s'effondre dans son fauteuil. Son regard se perd sur les gravures anciennes accrochées aux lambris : elles racontent l'histoire du *Spectator* et du premier *Tatler*. Addison, Steele et Swift avaient moins de

problèmes que lui, le petit peuple ne s'embarrasse pas de conventions absurdes. Que vont dire les Kenmare ? Comment leur faire part du nouvel engouement de leur rejeton ? Forzane était un problème, quand Doris Delevingne est une catastrophe. Beaverbrook réfléchit vite. Et agit en conséquence.

Il organise au pied levé un voyage d'agrément. Il embarque Castlerosse sur la Riviera, pour « changer d'air ». Pour retrouver l'inspiration, se reposer, aller à l'accessoire et panser les blessures infligées par la troublante hétaïre. Valentin, qui a toujours adoré le soleil de la Côte d'Azur, est ravi et embarque avec moult malles. C'est vrai que l'homme est coquet, mais Beaverbrook s'étonne, ils ne partent que huit jours ! À peine arrivés au Carlton de Cannes, Beaverbrook lui propose de rayonner alentour, au Cap d'Antibes, à Monte-Carlo, mais Valentin paraît souffrant et préfère garder la chambre. Il s'est pris de passion pour les romans de Richardson, *Pamela ou la vertu récompensée*, la quête d'une ascension sociale, lui explique-t-il. Un prénom de putain, songe Beaverbrook en répondant :

– Qu'à cela ne tienne, repose-toi, nous nous retrouverons plus tard.

Il fait terriblement chaud et la ville souffre d'une pénurie d'eau. Max Beaverbrook goûte aux plaisirs de la plage. On le croise à la Garoupe en compagnie des Murphy et d'une bande d'artistes en quête de gloire : Picasso, Cole Porter, Fitzgerald… Valentin, quant à lui, commande de l'eau minérale chauffée à quarante et un degrés pour sa baignoire. Sa baignoire et celle de la chambre voisine.

Castlerosse peut se raser de près et batifoler. Détendu, il rejoint Beaverbrook pour de longues promenades à la nuit tombée. Ils dînent parfois ensemble ; curieusement, le nom de Doris n'est jamais prononcé. Pourtant, l'un et l'autre ne pensent qu'à elle. Beaverbrook ne peut s'empêcher de trouver la chose singulière. D'autant que Castlerosse, qui est un coureur invétéré, ne regarde aucune des beautés sévissant sur la Riviera. Il ne sort jamais accompagné, pas la moindre poulette ni effeuilleuse à son bras alors que l'hôtel en regorge. On les trouve agglutinées au bar, assises autour des tables de jeu de Monte-Carlo, arpentant la Croisette à moitié nues.

Non, Valentin ne s'y intéresse guère. Beaverbrook choisit de croire en sa bonne étoile, celle de la maturité et de la prise de conscience. Il est temps de rentrer à Londres.

Mais quand le directeur du Carlton lui tend la note, Beaverbrook défaille. Les huit nuits sont multipliées par trois chambres. Comment ça, trois ? Et pourquoi huit cents bouteilles d'eau minérale, trente magnums de Roederer, des sandwichs au concombre à foison ? Beaverbrook n'a jamais été radin, certes, mais cela mérite une explication...

– Qui occupe la suite 10 ? s'enquiert-il auprès du directeur. Il doit y avoir une erreur certainement, nous sommes...

– La fiancée du vicomte Castlerosse. Oh ! une demoiselle charmante qui parle parfaitement le français. Grâce à ses origines familiales, m'a-t-elle expliqué, et elle est d'une immense... intelligence.

Beaverbrook s'étrangle en demandant son nom.

– Miss Delevingne, ajoute le directeur, l'air complice.

Et Beaverbrook de rugir d'indignation.

– Miss Delevingne n'est la fiancée de personne, et j'en ai pour une fortune !

– Oh ! certainement l'eau de Vichy pour leurs bains du soir.

– Comment ça, leurs bains ?

– Vous savez, à cause de la pénurie, l'eau est coupée dans la journée.

– Ils ne pouvaient pas prendre le même bain ?

– Oh ! monsieur !

Choqué, le directeur vérifie discrètement la nationalité de son client et comprend qu'il est canadien, un sauvage, quoi… Ivre de rage, Beaverbrook s'acquitte de la facture avant de monter quatre à quatre les escaliers qui mènent au second étage. Il surgit dans la chambre de Castlerosse sans frapper. L'apoplexie le guette, il est prêt à éclater. Or, le spectacle qui s'offre à ses yeux le cloue sur place. Doris est en larmes, le visage défait. Valentin la serre dans ses bras en lui caressant les cheveux comme si elle était une petite fille. Lugubre, il tend un télégramme à Beaverbrook.

« Accident STOP John mort STOP Électrocuté STOP Rentre vite STOP Daddy. »

– Je ne sais ni qui est John ni qui est *daddy*, c'est quoi ? éclate Beaverbrook.

– Mon petit frère, il a quinze ans tout juste.

Elle sanglote bruyamment. Un flot de larmes que rien ne peut tarir. Dépassé, Valentin fait de grands signes à Beaverbrook pour qu'il quitte la pièce. Ce dernier refuse de comprendre.

– Max, finit par expliquer Castlerosse, John est le petit

frère de ma Doris, un jeune inventeur, toujours enfermé dans la remise, derrière le terrain de tennis.

– Quel tennis ? demande Max Beaverbrook d'une voix blanche.

– Il devait être en train de trafiquer je ne sais quoi avec l'électricité, explique Doris. Il fait des expériences tout le temps. *Daddy* pense qu'il a dû patauger dans l'eau. Il a plu toute la nuit, et le toit fuit, oh ! Valentin, mon chéri.

Et Doris se lamente de plus belle.

– Ma chérie, je suis là, je ne te quitterai jamais. Je vais te protéger, ta famille aussi. Je te jure sur la tête de tous les Kenmare que je vais t'emmener à Killarney, et que rien ne pourra t'atteindre, jamais plus.

Il va finir par l'étouffer à la comprimer ainsi, songe Beaverbrook. Et puis, c'est quoi cette histoire de Killarney ? Est-ce qu'elle pourrait arrêter de renifler ainsi ? C'est vrai que Doris hoquette, elle s'essuie les yeux et répète inlassablement, comme si elle refusait d'y croire :

– Quinze ans seulement… Quinze ans… Quel est le sens de cette vie ? Je dois rentrer, retrouver ma famille au plus vite.

Max lève les bras au ciel. Il ne manquait plus que ça, l'apitoiement, cette sottise. Il essaie d'attirer l'attention de Castlerosse, mais ce dernier est tout à son éplorée.

– Petite fleur, mon amour, je t'aime, je t'aime plus fort que tout et je refuse de te laisser affronter ce drame seule.

– Valentin…, tente Beaverbrook.

– Je ne suis pas seule, gémit Doris, en lui caressant le front, il y a Dudley, il y a le jeune Peter, mes parents, mon Dieu, mes parents !

– Je viens avec toi, ma chérie, je t'accompagne à Beckenham, rentrons.

Il l'aide à se lever, la soutient par la taille et tous deux sortent de la chambre en se tenant par la main, passant devant Beaverbrook sidéré qui se demande où est Beckenham.

– Valentin ! rugit-il, les mains sur les hanches. Valentin, j'aimerais tout de même que tu m'expliques ces huit cents bouteilles d'eau minérale !

Valentin lâche Doris, qui en profite pour arranger sa coiffure dans le miroir du corridor. Il revient sur ses pas en souriant, comme si de rien n'était.

– De l'eau de Vichy. Pour les bains de Doris. Elle en prend deux par jour.

Doris se dirige vers l'ascenseur, altière, royale. Castlerosse se précipite vers elle comme un toutou. Les liftiers transportent les malles cabine et tout est chargé prestement sur les voitures. De dos, ils forment un couple étrange. Plus tard, les plus grands caricaturistes s'amuseront à les croquer. Pour l'heure, le vicomte Castlerosse entoure de ses bras puissants la frêle jeune femme aux cheveux platine. Elle s'appuie sur lui, elle n'a que lui, elle le choisit, il est l'homme de sa vie, même si une vie, cela ne dure pas si longtemps.

L'église de Saint-Edmund est bondée. Beckenham tout entier se rassemble autour des malheureux Delevingne accablés par le sort. Le cercueil blanc paraît si léger, il est recouvert de muguet et d'ancolies. Oui, les habitants, les voisins, les amis de toujours et même les autres ont choisi d'être là. Pour réconforter cette famille anéantie, lui offrir tendresse et amitié. Ils devraient baisser la tête et cacher leur peine, ils devraient sécher leurs pleurs, s'agenouiller, courber le dos, mais ils ne peuvent s'empêcher d'avoir le regard braqué sur l'imposant étranger qui serre la petite Doris dans ses bras. On dirait le chef du clan. Et c'est tout naturellement que, à l'issue de la cérémonie, ils viennent présenter leurs condoléances au vicomte Castlerosse.

La voici radieuse à nouveau, Valentin ne la quitte pas d'un pouce. Il a décidé de la sortir, de la faire rire, de l'aider à retrouver sa gaieté. À l'Embassy Club, ce soir, elle est d'une élégance inouïe dans sa tenue en crêpe de Chine de chez Poiret. Ducs, comtesses, Sud-Américains, parasites et échotiers, tous se retournent sur son passage. Le prince de Galles serre la main de Valentin et souffle à son oreille :

– Elle est merveilleuse, bravo !

Doris ne s'est pas amusée depuis si longtemps. Valentin est le roi de toutes les indiscrétions et bafoue les secrets les mieux gardés. Et puis, il lui raconte Killarney, ses paysages sauvages et majestueux, l'harmonie des grands espaces, la magie et le folklore irlandais :

– Nous possédons trois lacs, Muckross Lake, Lough Leane, et Upperlake, ils regorgent de poissons, tu aimes pêcher, Doris ? Il y a des vallées étroites où l'on ne passe qu'à cheval, des vues à couper le souffle, des cascades et des montagnes, la maison date, oh ! oui, elle date. Nous avions près de soixante-cinq pièces, je crois, la reine Victoria adorait y séjourner… Tout a brûlé il y a près de dix ans, sauf mes parents, deux affreux rabat-joie, ma chérie, dont on se passera !

À Fleet Street, Max Beaverbrook s'arrache les cheveux, il lui en reste si peu. Tout va mal. Castlerosse va mal. Doris est plus coriace que prévu. Les Kenmare sont dans un état proche de la folie. Le parti travailliste a dépassé le parti libéral. Les conservateurs serrent les fesses et la grève générale fait rage ! La faute aux mineurs, jamais contents de leur sort, ceux-là ! L'éditorial du *Daily Express* est prêt à sortir, une condamnation radicale du mouvement, avec à la une : « Pour le roi, et pour le pays ! » Mais, à l'imprimerie, les ouvriers bloquent les machines et n'en démordent pas. Débrayage !

– Quoi, ces pouilleux vont finir par ruiner l'Angleterre ! Quand les journaux ne sortent pas, la catastrophe est en marche ! hurle Max au téléphone.

À l'autre bout de la ligne, Winston Churchill, le chancelier de l'Échiquier, ne fait qu'aggraver les choses en tentant de jeter l'opprobre sur les grévistes :

– Soit le pays va briser la grève générale, soit la grève générale va briser le pays ! Nous sommes en guerre. Il faut aller jusqu'au bout !

John Reith, directeur général de la BBC, refuse que sa station relaye le discours gouvernemental :

– Débrouillez-vous ! fulmine-t-il.

Et Doris trouve porte close chez Molyneux, c'est la grève, chérie !

– Oh ! cela va s'arrêter bientôt, j'espère !

Heureusement, le dimanche suivant, cette idiotie de débrayage est levée, les émeutes s'évanouissent et le *Sunday Express* peut enfin sortir. On y lit, sous la plume du *Londoner's Log*, un formidable dialogue entre l'auteur et une certaine Margaret. Il y est question d'une relation tumultueuse, d'un homme et d'une femme que tout sépare, qui passent leur temps à se haïr, puis à se reconquérir. Comment nommer cette force prodigieuse qui n'en finit pas de les pousser l'un vers l'autre ? À la fin, l'auteur demande à Margaret de l'épouser. C'est parfaitement troussé, drôle, enlevé. Margaret ressemble comme deux gouttes d'eau à Doris Delevingne. Beaverbrook en a des sueurs froides. Et Londres comprend que Valentin Castlerosse, futur comte de Kenmare, propriétaire de la moitié de l'Irlande, va demander en mariage la plus grande putain que le royaume d'Angleterre ait jamais engendrée.

6

Le lundi suivant, on aperçoit lord et lady Kenmare sur les quais de Liverpool. Ils débarquent du bateau de Dublin. Leur démarche est saccadée, comme s'ils portaient le poids du monde sur leurs frêles épaules. Ils sont pourtant suivis par une tripotée de porteurs et quantité de malles en cuir de Russie, rescapées de la révolution bolchevique. Des témoins racontent qu'ils les ont vus prendre le train pour Londres. Il semblerait que lord et lady Kenmare soient terriblement pressés d'atteindre la capitale. Sont-ils venus faire la connaissance de leur future belle-fille ? Lui souhaiter la bienvenue au sein de leur illustre lignée ? Non, rien de tout cela. Ils se sont débarrassés, il y a peu, de l'indésirable Forzane avec un gros chèque et s'apprêtent à en signer un encore plus important à l'intention de Doris Delevingne. Et c'est à Max Beaverbrook de régler les menus détails, car les Kenmare n'ont pas la moindre intention d'approcher Doris, ni de près ni de loin.

Et lord Beaverbrook de se présenter au 6 Deanery Street le jour suivant. Swayne installe le visiteur dans la bibliothèque, qu'il juge fort bourgeoise. Il remarque que le feu brûle déjà dans la cheminée, les tapis sont épais, et les gravures tout ce qu'il y a de plus conventionnel. À quoi s'attendait-il donc, à Sodome et Gomorrhe ? À des méridiennes aux pieds sculptés d'angelots, à un lit avec des cariatides moulées sur le modèle des bacchantes, à des peaux de panthère jetées sur l'ottomane ?

– Monsieur et Madame ne sont pas encore réveillés, explique Swayne.

– Monsieur ?

– Monsieur Valentin, *sir*.

C'est une semaine qui débute bien mal pour Beaverbrook, il s'en retourne dépité. Comment approcher la catin quand Castlerosse fait barrage de tout son corps ?

À Carlton House Terrace, chez lord Revelstoke, le frère de lady Kenmare, Valentin est attendu par sa famille. Une bande de conspirateurs assoiffée de sang frais, celui d'une jeune fille de mauvaise vie.

La nuit a été tendre. Valentin, d'humeur badine, les embrasse, faisant fi de leur extrême raideur. Il réclame un sherry, puis un thé, s'effondre dans un fauteuil et allume un cigare. Lady Kenmare laisse échapper une moue de dégoût, son époux claque des talons, l'oncle Revelstoke a avalé un parapluie sculpté.

– Levez-vous, Valentin, ordonne son père, et puis éteignez cette puanteur.

Castlerosse obéit, espérant que cela arrangera ses affaires. C'est mal parti.

– Ainsi, elle veut se faire épouser ? commence lady Kenmare, sèche et cassante.

– Elle se nomme Doris, mère, et ne souhaite pas se faire épouser, c'est moi qui souhaite l'épouser, c'est différent. Et j'ai l'impression d'avoir déjà eu cette conversation.

– Elle n'en veut qu'à notre argent ! Elle va ruiner notre famille, entacher notre réputation, salir notre nom ! s'étrangle son père. Vous êtes à la croisée des chemins, Valentin.

– Et je choisis celui qui mène à Doris.

– Partons, Elizabeth, je n'en peux plus !

Exsangue, lord Kenmare quitte la pièce, suivi par son épouse qui se retourne vers son fils et lance, telle une malédiction :

– Nous vous coupons les vivres !

Au même moment, recroquevillée sur l'ottomane dans le petit salon de Deanery Street, Doris est soucieuse. Elle n'a pris aucune décision, elle se pose tant de questions. C'est vrai qu'un lien insolite l'unit à Valentin, et cela la terrifie. La passion, elle ne l'imaginait pas comme ça. Elle l'aime certainement, il la rassure. Est-ce sa carrure ou sa capacité de tout tourner en dérision ? Et puis ce titre, vicomtesse Castlerosse, future lady Kenmare, ç'a une sacrée gueule tout de même ! Leurs disputes sont affolantes, elle les adore, cela la revigore. Quel piment dans une vie, oh ! elle ne risque pas de s'ennuyer, il est Falstaff et Puck à la fois !

– Il n'y a pas à hésiter, insiste Dudley qui la voit égarée dans ses pensées. Accepte !

Swayne sert le thé, il y a des muffins, des scones et de la confiture de groseilles. Doris aime la crème, elle la fait venir de Jersey par bateau spécial. Les vaches là-bas ont des yeux de biches amoureuses. Dudley adore Castlerosse. C'est un grand frère. Il lui apprend tous les mauvais coups, aux cartes comme aux courses. Ils discutent pendant des heures de toutes ces choses que Dudley ne partage plus avec son père. Ce dernier s'est renfermé dans sa douleur depuis la mort de John, la maison de Beckenham est sinistre, triste et froide.

– Valentin est un joueur invétéré, il est couvert de dettes. Et s'il n'avait pas suffisamment d'argent, Dudley… J'ai été habituée à plus avec Laddie, Mike et les autres.

– C'est l'héritier de Killarney. Tu seras comtesse, Doris. D'autres se marient pour moins que ça !

En fin d'après-midi, Castlerosse retrouve Beaverbrook à l'International Sportsmen Club du Grosvenor House Hotel. Quelle journée interminable !

– C'est d'une bêtise d'épouser une fille avec un passé !

– Je ne pourrai jamais plus connaître le plaisir sans elle.

– N'est-ce pas un peu excessif ?

– C'est bien plus que cela, Max. Son corps est incandescent. Quand tu le touches, tu te brûles, tu hurles, tu as juste envie de te perdre en elle. Elle s'agrippe, se referme sur toi, t'avale, tu n'existes plus, Max, tu es mort !

– Donc, c'est uniquement sexuel, soupire Beaverbrook, rassuré. On va t'en trouver une autre. Ou reste avec elle si tu veux, mais ne l'épouse pas !

– Je veux qu'elle m'appartienne !

– Continue à lui offrir des fourrures alors.

– Mais il y aura d'autres hommes.

– Il y en aura aussi quand tu seras marié, c'est une prostituée, Valentin.

– Elle est croyante, j'ai rencontré ses parents, des gens très bien.

– Je sais, ils tiennent une mercerie à Beckenham.

– Comment tu le sais ?

– Oh ! depuis l'escapade à Cannes, je me suis renseigné. Je sais tout d'elle, les parents, le frère mort, le court de tennis, tu veux que je te dresse aussi la liste de ses amants ?

– Peu importe le passé, notre couple est prodigieux.

– Ouvre les yeux. Vous vous entretuez à longueur de journée, vous êtes couverts de sang l'un et l'autre, vous vous déchirez à coups de talons aiguilles et de vases en cristal. Un jour, vous attraperez les chenets de la cheminée, c'est pour votre vie à tous les deux que je crains, Valentin.

– C'est vrai, il est instable, parfois malhonnête, avoue Doris à Gertie dans sa loge, chez Murray's, juste avant son entrée en scène.

– Il est riche. Épouse-le, tu en tireras toujours un bénéfice.

– Il est si possessif.

– Mais très intelligent.

– Fascinant et drôle, il a de la repartie, le mot juste.

– Il connaît tout Londres, il t'ouvrira les portes.

– C'est un panier percé.

– Mieux vaut passer quelques mois avec un panier percé que quarante ans avec un avare.

– Il est tellement gros qu'il ne peut pas lacer ses souliers.

– Il a un valet pour ça, non ?
– Il est menteur, joueur, coureur…
– Et toi, une catin, chérie !

C'est alors qu'elle débarque, furieuse, à son bureau de Fleet Street. Sans se faire annoncer. Il ne manquait plus que cela ! Des ouvriers en colère, ça se gère, mais Doris Delevingne, quelle mégère ! Troublé, Beaverbrook ne peut s'empêcher de l'admirer malgré tout. Il a perdu sa femme, il y a quelques années, et assouvit une sexualité imparfaite avec des amies de son âge. Doris retire son chapeau-cloche et le dépose sur son bureau. Elle déboutonne sa gabardine. Il essaie de prononcer un mot, elle l'interrompt d'un regard cinglant. Elle ouvre son caraco, défait une jupe de tweed qui glisse le long de ses jambes. Elle n'a plus qu'une gaine sur le dos et des bas de soie.

Beaverbrook en a le souffle court.

Elle les déroule l'un après l'autre. Puis dégrafe sa gaine. Elle est nue devant lui. Son corps parfait, si pâle, est couvert de bleus. Il y en a partout. Sur le ventre, les bras, le haut des cuisses. Elle se retourne et lui présente son dos. Son regard s'accroche à ses fesses rebondies.

– Levez les yeux, Max.

Il obéit et ce qu'il voit le fait tressaillir. Deux coups de fouet ont lardé les reins de la jeune femme. Dans le plus simple appareil, elle s'assied sur le bureau, ouvre son étui à cigarettes, il se précipite avec un briquet. On frappe, la porte s'entrouvre.

– Non ! hurle Beaverbrook à la secrétaire. Ce n'est pas ce que vous croyez…

La pauvre femme referme prestement, elle ne croit plus en rien depuis quelques minutes.

– Voilà ce qu'il m'a fait, explique Doris Delevingne. Votre protégé me bat. Il a failli me tuer la nuit passée. Tout cela parce que je dormais avec un homme. Sauf que cet homme était mon petit frère qui souffre de la grippe, j'ai voulu le garder près de moi. La fièvre est tombée ce matin. Dudley est traumatisé. Faites quelque chose, Max, sinon je me précipite, telle que vous me voyez, chez votre concurrent. Ils seraient certainement contents, là-bas, de savoir que le *Londoner's Log* tabasse les femmes.

– Couvrez-vous, je vous en prie, Doris. Je vous aime beaucoup, vous savez.

– Je ne crois pas, Max.

– Si, vous êtes très belle, vous êtes intelligente, et vous tenez Valentin entre vos doigts, vous pouvez le détruire.

– Je n'en ai pas l'intention.

– Quelle est votre intention ?

– Je ne sais pas, Max, répond-elle en se levant.

Elle se rhabille, elle est lasse maintenant.

– Je ne peux me passer de lui et ce n'est pas une question d'argent. Je ne peux me passer de son désir, de sa voracité. Il a fait de moi la personne la plus importante de l'univers. Je préside à la destinée d'un petit garçon au cœur pur, je l'aime profondément. Je suis incapable de vivre sans lui et pourtant je sais que nous allons nous détruire. Cela me terrifie, Max. Pensez-vous que l'on doive prévenir la police ?

Et puis…

– Épouse-moi, petite fleur.

– Je ne suis pas celle qu'il te faut.

– Je t'aime.

– Je suis une femme simple et honnête, ta famille me hait. Tes amis me détestent.

– Ils apprendront à t'aimer.

– Je te tromperai, je ne peux pas m'en empêcher.

– Alors, je te filerai une bonne claque.

– Et je te casserai un vase sur le nez.

– Je te tuerai peut-être, j'étranglerai la vicomtesse Doris Castlerosse, future lady Kenmare.

– Quel scandale !

Et tous deux roulent sur le lit.

C'est John Gordon, le rédacteur en chef du *Sunday Express*, qui repère l'information dans un journal concurrent. Un entrefilet du *Times* datant de la veille : « Le 16 mai 1928, à 10 h 30, Doris Delevingne épouse Valentin Brown, lord Castlerosse, à la mairie d'Hammersmith. Les témoins sont le greffe et la secrétaire de mairie. »

Qui va l'apprendre aux Kenmare ? Beaverbrook est désespéré. Valentin aussi. Qui va oser ? Il s'agit d'affronter la fureur… Impossible de leur téléphoner, cela va les tuer, il faut y aller, mais Valentin est un couard. Beaverbrook s'y colle. Il file à Liverpool par le premier train et embarque sur le bateau pour Dublin, puis traverse en taxi le pays jusqu'au comté de Kerry. Kenmare House est bâtie sur les ruines des anciennes écuries de Killarney House après qu'un feu accidentel a tout détruit en 1913. C'est aujourd'hui une belle demeure victorienne aux murs blanchis à la chaux. L'architecte Edwyn Lutyens l'a dotée de toutes les commodités. Elle surplombe le lac inférieur de Killarney avec, en toile de fond, les majestueuses MacGillycuddy's Reeks, les plus hautes montagnes d'Irlande.

– Êtes-vous attendu, *sir* ? demande le valet de pied à Max.

– Non, mon ami, je vous prierai de m'annoncer illico et veuillez prévenir le docteur que lady Kenmare se sent mal.

– Madame se porte comme un charme.

– Pas pour longtemps, croyez-moi. Que le médecin vienne au plus vite, c'est une question de vie ou de mort.

Max est introduit dans le petit salon, auprès d'un bon feu de tourbe. Il n'a pas le temps de laisser son regard musarder alentour, les portes s'ouvrent avec grand fracas sur lord et lady Kenmare. Max se lève :

– L'horrible chose est faite.

– Mon Dieu !

Elle s'effondre.

– Les sels, trouvez les sels de Madame, s'exclame lord Kenmare. Expliquez-nous, Max.

– La mairie de Hammersmith, il y a deux jours.

– Pas d'église, c'est parfait, coupe lady Kenmare en se reprenant, ce mariage n'existe pas. Ventilez, ventilez, idiote, ordonne-t-elle à la bonne qui agite un éventail.

– Est-elle catholique ? demande lord Kenmare.

– Oui, ment Beaverbrook.

– Je ne la rencontrerai jamais, assure lady Kenmare.

Le médecin arrive en trombe, la maîtresse de maison en profite pour s'évanouir à nouveau.

– Je vous conseille de publier une annonce officielle, que les journaux reprendront, sinon on risque de voir apparaître n'importe quoi dans la presse.

– Vous voulez dire officialiser la chose, Max ?
– Officialiser est un bien grand mot, l'annoncer suffira.
– *Sunday Express* ?
– Non, *Daily Express*. Quelque chose comme : « L'annonce du mariage secret de lord Castlerosse et Doris Delevingne a pris Londres de court, lord Castlerosse étant connu pour son goût du célibat. Quant à lady Castlerosse, c'est une femme ravissante, de grande taille et à l'esprit acéré. Le grand romancier Michael Arlen nous assure qu'elle va devenir l'une des hôtesses les plus courues de notre capitale. »
– Ne pouvons-nous pas passer outre ?
– Non.

Poussé par sa jeune épousée, Castlerosse accepte une trêve et rentre en Irlande pour tenter d'assurer son héritage. Il aime sa terre comme personne et rêve de respectabilité. C'est le problème avec les brigands, la respectabilité… Quand elle apprend que son fils est arrivé, lady Kenmare s'étouffe.
– Monsieur Valentin est en train de déjeuner, madame.
Cet imbécile ne se fait même pas annoncer, et s'installe comme si de rien n'était. Lady Kenmare le trouve attablé dans la salle à manger, devant un poulet de ferme ruisselant, accompagné de pommes de terre nouvelles aux herbes.
– Valentin, entendons-nous bien, de mon vivant, cette putain ne mettra jamais les pieds ici !
– Mère…
– Taisez-vous !
– J'ai trente-huit ans, ne me parlez pas comme à vos

bonnes ! Ma femme chérie se prénomme Doris. Délicieux cet oiseau…

– Vous êtes un moins-que-rien, vous avez épousé une grue ! Revenez quand vous aurez divorcé !

– C'est contre nos principes, mère. Doris est protestante, mais tout de même…

– Protestante ? Beaverbrook a affirmé qu'elle était catholique…

– Max est le plus grand des menteurs, vous ne le saviez pas ?

C'est là que le médecin de famille aurait été véritablement utile. Lady Kenmare s'effondre, elle gardera le lit pendant un mois.

Certes, Doris n'a eu droit ni à la robe de mariée imaginée par Madeleine Vionnet, ni au bouquet de muguet, ni aux demoiselles d'honneur avec leurs couronnes de lierre et leurs jupons en tulle. Elle s'en balance pas mal, tout occupée à aménager sa nouvelle maison du 8 Balfour Place. Sur les taies d'oreiller en crêpe de Chine, Doris fait broder des couronnes de vicomte. Puis elle se vautre dans les draps avec d'autres âmes que son tendre époux, bon sang ne saurait mentir. Le vicomte Castlerosse ressemble de plus en plus à Henry VIII ; elle ferait peut-être bien de commencer à se méfier.

Mariée

1928-1937

1

– Je ne la recevrai jamais. Ni à Londres ni à la campagne. Tes parents m'en voudraient terriblement. Non, non et non, et arrête de plaider sa cause ! Ta mère, Valentin, ta mère ne me le pardonnerait pas ! Et sache que je ferai tout ce qui est en mon pouvoir pour que vous divorciez !

Sauf que Max Beaverbrook s'ennuie. Les gens qu'il croise sont ternes et dépourvus de la moindre fantaisie. Certes, il est terrifié par ce dragon de lady Kenmare, mais Max adore Valentin. Quant à l'esprit et à la beauté de Doris, ils sont plus qu'appréciés dans les dîners mondains.

N'y tenant plus, Max finit par convier le couple infernal pour un week-end bucolique entre gens de bonne compagnie.

« Je vous attends à Cherkley Court, quelques amis et la douceur du Surrey. »

Chic alors, songe Doris, la reconnaissance, enfin !

– Swayne, les bagages, vite, presse-toi ! Nous partons pour trois jours, attention à mes bijoux, une fourrure suffira, non deux en fait. Tout ne tiendra pas dans la Rolls, pense à commander une voiture supplémentaire. Et, cette fois-ci, n'oublie pas le carton à chapeaux !

À deux heures à peine de Londres, au détour d'une route qui serpente sous une voûte ombragée, un imposant manoir victorien se dresse sur une colline ensoleillée. D'inspiration néoclassique, il a quelque chose d'éclectique avec ses colonnes étranges dont on ne peut dire qu'elles soient doriques, ses ornements en stuc et ses deux ailes hexagonales. La demeure surplombe une terrasse ceinte d'une balustrade en pierre, un escalier s'en échappe : il mène au verger et à la piscine. C'est splendide et détonnant, tout à fait le genre de Max Beaverbrook. Les vingt chambres sont tapissées de chintz, avec des oiseaux de paradis, des branches de cerisier ou des roses épanouies. Les salles de bains sont dans les tons de vieux rose, vert malachite ou bleu nuit.

– Comme c'est fin ! murmure Doris en caressant du bout du doigt un vitrail peint à la main, un profil androgyne croqué sur le vif.

– Mon ami Jean Cocteau a un talent fou. Venez, très chère Doris, continuons la visite. Voici ma chambre. Ma tendre épouse y a poussé son dernier soupir. Cette si jolie vue a adouci ses derniers instants.

Trois immenses fenêtres s'ouvrent sur un balcon. Le panorama sur la vallée de la Mole est saisissant.

– Nous y prenions le petit déjeuner dès les premiers soleils de mars.

Beaverbrook essuie une larme. Doris est touchée par l'ami de son mari. Voilà près d'un an qu'il pleure Gladys et élève seul ses enfants. On a pu entendre évoquer quelques aventures, mais l'homme reste discret.

En début d'après-midi, les invités arrivent, le chagrin est chassé par les intrigues de cour. Beaverbrook dévale le grand escalier, suivi par Doris dont la robe s'envole et laisse apparaître les jambes merveilleuses. Winston Churchill et son épouse sont accompagnés par leur fils qui s'essaie au journalisme et compte bien sur Max pour l'y aider.

Certains passeront la journée à dormir, d'autres écriront. Winston installera son chevalet sur la terrasse et Doris fera le tour de la propriété au bras de Max, Randolph Churchill à la traîne, tentant de capter son attention, en vain.

Un dîner léger est servi dans la grande salle à manger. Huîtres, filets de sole, fraises à la crème et fontaines de champagne. Il est prévu ensuite de regarder un film dans la toute nouvelle salle de cinéma aménagée à Cherkley.

– Je l'ai acheté en 1910, une aubaine, explique Beaverbrook. Nous allions déjeuner, Gladys et moi, chez Rudyard Kipling à Bateman's. Nous avons aperçu la maison perchée sur les collines au loin. Nous avons fait un détour pour nous en approcher. Quand nous avons vu le panneau À VENDRE planté au bout de l'allée, Gladys m'a fixé avec un sourire déterminé ; la chose a été décidée en moins d'une heure.

– Ce genre de décision me plaît, assure Doris.

– Il a fallu installer l'électricité, le chauffage, la piscine, le cinéma que vous allez découvrir.

– J'aimerais tant une maison à la campagne, Valentin chéri, ose Doris à l'intention de son mari.

– Nous en avons une, en Irlande, petite fleur.

– Je n'ai pas le droit d'y mettre les pieds, ma belle-mère

me hait, explique Doris en se penchant vers Winston Churchill, assis à sa droite.

– Je ne peux y croire, répond son fils, Randolph, placé à sa gauche.

– On me donne toujours une chambre à l'arrière, car j'aime à être tranquille pour écrire et peindre, poursuit Winston, sans tenir compte de son fils.

– Oh ! vous peignez ?

– Et j'adorerais faire votre portrait, je crois vous l'avoir déjà dit, non ?

– Parlez plus fort, Winston, on ne vous entend pas, s'exclame son épouse, Clementine, de l'autre côté de la table.

– J'évoquais ma peinture, Clemmie.

Puis à Doris :

– La peinture à l'huile est bien difficile, mais c'est beaucoup plus beau que la peinture à l'eau.

– C'est la première salle de cinéma privée du pays, même Buckingham Palace…

Valentin n'écoute pas, Valentin bouillonne, il s'irrite de voir son épouse plaire tant aux Churchill, père et fils. Tout le monde sait que le rejeton est un incapable dont personne ne fait grand cas ; quant au père, il a perdu tous ses avoirs américains lors de la crise d'octobre noir, et n'a pas été réélu aux dernières élections générales.

– Après quelque trente années à la Chambre des Communes, j'ai été congédié et écarté, rejeté et détesté… mais je me relèverai, soyez-en certains !

Randolph en a assez que son père monopolise l'attention, une habitude crasse.

– Vous êtes d'un sexy, je n'ai jamais rencontré une fille

pareille ! lance-t-il à Doris en vidant la bouteille de champagne dans un hoquet.

– Pardonnez à mon fils qui ne sait pas ce qu'il dit, madame, s'excuse Winston Churchill. Randolph, comment oses-tu user de tant de trivialité devant une lady ?

Doris rosit, elle aime l'œil infaillible de Winston, elle y discerne un reste de férocité et un enthousiasme enfantin, qui lui fait penser à celui de Valentin. Le vieux lion n'est pas mort. Doris en est persuadée. Il ronronne, prêt à bondir. Castlerosse se rengorge, fier comme un paon. Pour une fois que l'on ne traite pas sa femme de putain ! « Lady », le mot lui plaît.

Après le dîner, Valentin coince Doris dans le corridor, la plaque contre le mur ; elle cambre les reins et fait ressortir ses seins, il plonge le nez dedans.

– Il te plaît, n'est-ce pas qu'il te plaît ? chuchote-t-il en s'égarant dans le décolleté de son épouse.

– Lequel, père ou fils ? Donne-moi une cigarette, idiot !

– Le fils, sale garce !

– Mon amour, il a dix ans de moins que moi.

– Le père, alors ?

– Mon amour, il a vingt-cinq ans de plus que moi.

– Oh ! petite fleur, tu n'es qu'à moi.

Ce que Valentin ignore encore, c'est que, un jour prochain, vraiment prochain, Doris plaira non seulement beaucoup au fils, mais aussi énormément au père… D'ailleurs, c'est déjà fait. Pour l'heure, elle passe des moments divins à Cherkley Court. La soirée se termine avec la projection du dernier film de Douglas Fairbanks, *Reaching for the Moon*. Les appliques Art déco s'éteignent progressivement et se fondent dans les boiseries en chêne.

Doris sent une pression sur son bras, et ce n'est pas Valentin, resté discuter dans la bibliothèque avec leur hôte.

– Tu penses sérieusement que ton mariage va marcher ? demande Beaverbrook, en tirant sur son cigare.

– En toute honnêteté, non, répond Valentin, désemparé.

Au 8 Balfour Place, lord Castlerosse sirote son thé. En savourant des scones avec de la confiture de groseilles. Et de la marmelade d'écorces d'oranges amères. Les œufs brouillés sont trop cuits, Valentin fronce les sourcils. Doris émerge dans un déshabillé de soie aux motifs japonais. Elle déteste l'odeur du bacon, oh ! les inconvénients de la vie à deux !

– J'ai un M. Smith pour vous au téléphone, annonce Swayne en apportant un plateau avec des toasts dorés, une gelée rose pâle et des coquillettes de beurre roulées sur un lit de glaçons.

– Débarrassez-vous de lui, c'est un raseur.

– Il dit que c'est urgent, monsieur.

– Tout est toujours urgent. Dehors, vous dis-je.

Doris sait pertinemment que M. Smith est le banquier de son mari. Et pourquoi il appelle. L'argent vient à manquer. Lord Kenmare a supprimé la rente de son fils et le jeune ménage vit sur le salaire du *Sunday Express*. Ce soir, Doris reçoit. Au menu, caviar et foie gras, Saint-Jacques et sole meunière, magnums de champagne, whisky. Doris portera ses plus beaux diamants et une toilette neuve de chez Schiaparelli. Elle n'a pas l'intention de changer de train de vie, il va bien falloir que le dénommé Smith fasse quelque chose. Ou bien Valentin. Mais Valentin est occupé à commander toujours plus de costumes, plus de manteaux, plus de cigares et de souliers.

– Aurions-nous des problèmes, chéri ? interroge Doris en croquant dans son toast.

Ses petites dents cruelles apparaissent sous ses lèvres ourlées, sa peau est translucide. Dieu que cette fille est belle, même de bon matin !

C'est vrai que, au début, cela ne se passe pas trop mal. Au début, cela dure deux semaines. Il la bouleverse, elle l'amuse. Mais il est vulnérable et elle l'est moins. C'est lui qui souffre, elle s'en sort. C'est lui qui perd son sang-froid quand elle reste de glace. Il est couvert de dettes, elle n'y peut rien. Valentin doit plus de deux mille livres sterling à son tailleur, cinq cent cinquante à son coiffeur, mille trois cents à son club. Ses souliers et ses pantoufles sont monogrammés, il ne fume que des Corona, il est redevable d'une fortune à son fournisseur de tabac.

Un jour, il arpente le Strand en compagnie de John Gordon, le rédacteur en chef du *Sunday Express*, ils s'arrêtent chez Dunhill. Valentin achète trois énormes boîtes de Cohiba pour ses collaborateurs.

– Envoyez la note à lord Beaverbrook, ordonne-t-il au vendeur.

Or, Valentin sombre bientôt dans l'embarras. C'est à Doris de trouver l'argent. Bien entendu qu'elle le trompe, c'est ça ou vendre Deanery Street. Si, au moins, il lui fichait la paix, s'il la laissait coucher à tout-va et se pavaner au bras de n'importe quel idiot, elle pourrait sauver leur couple…

– Un mariage qui commence dans une boîte de bruit finit en enfer, se plaît à répéter Valentin.

– File chez tes parents, plaide ta cause, Valentin. C'est ton héritage. Refuser de te recevoir, c'est te voler, lui rétorque Doris. Va à Killarney chercher ce que l'on te doit, espèce de mauviette ! Et laisse-moi amasser la fortune que tu es incapable de constituer.

Il est pris d'une rage absurde : ne jamais toucher à Killarney. Sa famille et son domaine sont essentiels et passent bien avant Doris ! Il lui assène une de ces gifles, elle se défend et manque de lui crever un œil avec un bougeoir. Puis ils font l'amour et se perdent dans le stupre, ce sont quelques heures de répit bien méritées.

Car Doris réclame toujours plus, une nouvelle voiture, une parure Cartier, une maison sur la Riviera, et Valentin croule sous les dettes. Il vénère sa femme, mais ne peut s'empêcher de la haïr, la jalousie l'assaille. Il se réfugie dans la nourriture, grossit, devient un pachyderme ! Il la dégoûte, elle lui refuse son lit, l'offre à d'autres, elle va chercher l'argent là où il est. Pas lui. Elle le lui reproche. Ce sont des querelles sans fin. Il se maudit de l'aimer, elle ne se gêne pas pour s'afficher avec des hommes qui la gâtent, elle adore être choyée, elle sait recevoir les cadeaux comme personne, c'est un art.

– Ce n'est pas qu'elle soit une mauvaise femme, raconte Millicent Hearst à Elsa Maxwell, ce n'est juste pas la femme qu'il faut à Valentin.

Millicent est bien placée pour le savoir, elle a couché avec lui.

Lord et lady Castlerosse se sont mariés en connaissant parfaitement les qualités et défauts l'un de l'autre. Il est fou d'elle et elle éprouve une véritable tendresse pour lui. Mais cela ne suffit plus.

Ils deviennent le couple dont on parle à Londres. On se gausse, on se répand, on persifle. Il n'y a pas une réunion de famille, un conseil de société sans que le mariage Castlerosse soit évoqué. On les cite en exemple à éviter ou pour s'en moquer. On les invoque dans les dîners en ville et les cabinets secrets, dans les boîtes de nuit, à la Chambre des Communes, à celle des Lords et même à Buckingham Palace. On s'esclaffe, on les adore, on ironise. Les caricaturistes s'en emparent. Anthony Wysard tient le pompon avec ce dessin incroyable qui paraît dans le *Tatler*, à l'automne 1929. Valentin gonflé, comme un ballon de baudruche qui va exploser, avec un cigare et un haut-de-forme, et Doris si fluette, son regard aigue-marine, son vison blanc, ses perles à l'orient parfait. On raconte que, à chaque gifle, il lui offre un nouveau joyau pour se faire pardonner, on affirme que les banques refusent dorénavant de le créditer.

On lance des paris. Combien de temps le couple durera-t-il ? Les parents ont-ils enfin rencontré la jeune mariée ? Et le domaine de Killarney, entre les mains de qui tombera-t-il ? Pourrait-il être hypothéqué ? Les nouveaux restaurants se les arrachent. Les Castlerosse présents à l'ouverture de Quaglino's, et c'est le succès assuré ! On les croise au Gargoyle en compagnie d'une bande de jeunes gens impossibles, Rothschild, Guinness, Sitwell, ils boivent, font du bruit, et la plupart du temps se déchirent comme des chiens. Plus besoin d'assister aux spectacles, de courir au théâtre, les Castlerosse sont arrivés, sortez vos tout nouveaux Rolleiflex et immortalisez la scène !

Cela les détruit peu à peu, l'un et l'autre. Elle est souvent si près d'éclater en sanglots, lui-même à plusieurs reprises va se cacher pour étouffer ses pleurs. Ils sont aussi émotifs l'un que l'autre, mais elle le cache mieux que lui. Valentin est persuadé qu'elle ne ressent rien, et qu'il est le seul à souffrir de leurs querelles, elle a l'air arrogant, toujours maîtresse d'elle-même, alors qu'il s'effondre à chaque pugilat. Son énorme corps disparaît dans un bain parfumé ou sous des monceaux de couvertures et il se fait porter pâle pendant quelques heures, le temps de s'en remettre. Car il l'aime par tous les pores de sa peau et elle le torture. À moins que cela ne soit le contraire. Glaciale, certes, quand ils viennent de se disputer, et pourtant si vulnérable. Il lui téléphone, elle n'est pas à la maison, où se cache-t-elle ? Il n'en peut plus, il imagine mille scénarios qui se terminent dans un lit. Elle exhibe une parure de brillants, un manteau de fourrure, une manchette de saphirs, une tiare de platine.

– Qui ? Qui ? Qui ?

– Quelqu'un de plus riche que toi. Quelqu'un qui n'a pas à pleurer auprès de sa chère maman pour obtenir quelques subsides !

Personne ne sait le désespoir qui les habite. Car ils s'aiment et se haïssent en même temps. Ils offrent au reste du monde des visages joyeux et resplendissants. Lui, attablé au Savoy et tirant sur son cigare ; elle, se noyant dans le champagne à l'Embassy Club. Mais, dans leur regard, un abîme de détresse, le même qui parfois mène au suicide. Quoi, le suicide ? Non, personne n'y croit, pourtant… La gaieté de Castlerosse est fausse, la froideur de Doris affectée, ils sont terrifiés par ce qui leur arrive, ils se demandent comment s'en sortir. Castlerosse ajoute des oreillers dans son lit. Doris ouvre son boudoir à encore plus d'amants. Six semaines après leur mariage, les Castlerosse s'installent au Claridge. Dans des suites opposées, à un étage différent.

Le 18 février 1930, le père de Doris s'éteint, il a cinquante-quatre ans. Il ne s'était jamais remis de la mort de son jeune fils, John. Dévastée, Doris s'appuie sur Dudley. Il vient d'épouser la jeune aristocrate Angela Greenwood, une débutante des plus lancées, présentée à la cour l'an dernier. Éduquée dans les meilleures écoles, Angela a passé son temps à s'en faire renvoyer, pour cause de mutinerie certainement, une manière d'assurer son indépendance qui ne peut que séduire Doris. À sept ans, elle a failli être enlevée par les membres de l'IRA, des terroristes sales comme des peignes qu'elle a mordus jusqu'au sang avant de s'enfuir en braillant. Un autre bon point pour Angela. Les Delevingne s'installent à Berkeley Square, à deux pas du Claridge. Doris trouve, en sa chère Angela, celle à qui elle ose enfin dévoiler l'horrible vide qui ronge son cœur.

À chaque fois que Valentin croise son épouse dans les couloirs du palace, ce ne sont que hurlements ou règlements de comptes, questions sans réponse, controverses.

Les femmes de chambre oublient leurs plumeaux, les porteurs, leurs malles, les clients jaillissent de leurs chambres, le directeur se précipite, tous veulent assister à leurs disputes homériques !

– Doris ! Doris ! glapit Castlerosse en la poursuivant au troisième étage.

Et elle de se précipiter dans l'ascenseur et d'ordonner au liftier de descendre illico. Au rez-de-chaussée, Valentin l'extirpe de l'habitacle, avec rage. Il a toujours été rapide, malgré son poids.

– Je t'ai attendue toute la nuit, j'ai dormi devant ta porte, tu n'es pas rentrée. Où étais-tu ? Tu vas me le dire, où tu étais, sale garce ?

– Valentin, on nous regarde, lâche-moi !

– C'est hors de question ! Où étais-tu ? Avec qui ? hurle-t-il.

Dans le hall, nouvellement décoré par Oswald Milne, le personnel retire en vitesse les vases Daum, les cendriers Lalique, et les sculptures délicates de Basil Ionides.

– Où étais-tu ?

– Au Kit-Kat. Tu me fais mal, avoue-t-elle en se dégageant de son étreinte.

– Avec qui ?

– Avec des hommes, imbécile, plusieurs. Regarde-moi, idiot, je suis un aimant à mecs, tu ne t'en étais pas rendu compte avant de m'épouser ?

Les mains ancrées sur les hanches, elle se penche en avant, si frêle et pourtant on dirait qu'elle va l'avaler. Ses cheveux sont en bataille et elle a l'air fatiguée, mais elle est plus belle que jamais.

– Je t'aime, Doris, comme je t'aime !

Épuisé, il se laisse aller, il aimerait tant, mon Dieu !, mais qu'aimerait-il ?, il ne le sait même pas. Il s'effondre dans un fauteuil. Elle le domine de toute sa hauteur, elle en profite pour lui administrer l'estocade.

– Tu n'as plus un penny, tu n'es pas capable de m'offrir un train de vie décent, tu es un raté, Valentin Castlerosse, ta saleté de mère a raison !

Il se lève d'un bond et lui flanque une de ces raclées ! Des claques et des gifles, elle recule et trébuche contre les panneaux Lalique, il la pousse en arrière, des coups dans le ventre, les gens sont stupéfaits, elle s'écroule, le directeur se précipite pour la rattraper, un photographe du *Times* n'en perd pas une. Une touriste française s'étonne des usages britanniques. Barbara Cartland, qui vit à l'hôtel, et prend des notes pour son prochain livre, lui explique :

– Les hommes virils, il n'y a rien de mieux.

– Tout de même, s'indigne la Française, celui-ci la bat !

– Oui, mais elle résiste !

– Ce n'est pas une raison...

– Je suis écrivain, chère amie, c'est toujours la même histoire. Lady Castlerosse en fait trop, voyez-vous, il n'y aura pas de fin heureuse.

Doris se redresse, toise son mari et sort de l'hôtel la tête haute. La foule amassée lui fait place ; provocante, majestueuse et fière, elle s'engouffre dans un taxi. Castlerosse, complètement perdu, prend sa tête entre ses mains, sanglote, se plaint, crie son amour, puis retrouve sa vigueur. Pour se faire pardonner, il va la couvrir d'orchidées. Mais allez savoir pourquoi, cette année-là, c'est la pénurie en Angleterre. Et la fureur de Castlerosse atteint des proportions inimaginables.

– Trouvez-en ! rugit-il à l'intention du directeur du Claridge. Au Nicaragua, s'il le faut !

Le pauvre homme passe mille coups de fil, en France, en Belgique, en Allemagne, aux Pays-Bas, et bientôt la chambre de Doris est noyée sous des centaines de fleurs, il y en a pour une fortune.

– Envoyez la note à lord Beaverbrook ! ordonne Castlerosse.

Nous sommes le 24 septembre 1930, tout le monde se presse à la première de *Private Lives* (« Les Amants terribles »), au New Phoenix Theatre de Londres. On se bouscule sur Charing Cross et Old Compton Street, et ce n'est certainement pas pour Noël Coward qui a écrit la pièce. Ce n'est pas non plus pour les acteurs, certes sensationnels, Gertie Lawrence et Laurence Olivier, oh ! non, pas du tout ! Non, si on se précipite, c'est pour savoir si les Castlerosse vont assister ou pas à cette pièce inspirée de leur vie privée.

– Mais oui !

– Mais non !

– Ils ne peuvent pas faire autrement !

– On dit qu'ils ne s'adressent plus la parole !

– Il a failli la tuer hier.

– Ils ont à nouveau emménagé ensemble.

– A-t-elle rencontré sa belle-mère ?

– Elle couche avec lord Arlington.

– Lady Kenmare ?

– Mais non, enfin, le vieux dragon a cent ans. Doris !

– Elle couche avec le monde entier !

Ils arrivent. Chacun de leur côté. Et c'est l'émeute. Noël

Coward se frotte les mains, il est leur ami pour la vie. On se bouscule, mais où sont-ils ? Dans la même loge ou pas ? Orchestre ou balcon ? Que porte-t-elle ? Une robe dorée ! Quoi, Paquin ou Chéruit ? Des bleus sur les bras ou des bagues à tous les doigts ?

La pièce est un succès. Elle se donne à guichets fermés. On publie le livret quelques jours après la première. La Voix de son Maître s'en empare et enregistre certaines scènes. On joue bientôt à qui saura déclamer les plus belles répliques de *Private Lives*. La pièce s'envole à Broadway, puis à Paris, Monte-Carlo, Mexico, Dublin. Les critiques du monde entier chantent les louanges des Castlerosse, alors qu'ils se demandent ce qu'ils peuvent bien avoir à faire là-dedans !

– Oh ! c'est formidable, amusant, mais enfin totalement cousu de fil blanc, des gens comme ça, ça n'existe pas, explique lady Kenmare à Noël Coward, à qui elle vient d'être présentée au Gaiety Theatre de Dublin.

– Apparemment, madame, vous ne connaissez pas les Castlerosse !

Cette fois-ci, c'est fini. Doris claque la porte du Claridge, épuisée. Elle a besoin de respirer, loin de lui. Elle retourne s'installer à Deanery Street. Lord et lady Castlerosse se sont déclaré la guerre, ils sont mariés depuis moins de deux ans. Lady Kenmare se démène auprès du pape afin qu'il fasse annuler le mariage. D'une manière ou d'une autre, cette union doit être brisée !

2

On le dit sur la touche. Oublié de tous, sa carrière derrière lui. Pourtant, le 13 décembre 1931, à New York, Churchill fait les gros titres de la presse… Il est renversé par un taxi. Ce n'est pas très malin de traverser en regardant du mauvais côté, Winston !

Sa corpulence et son pardessus en peau de phoque l'ont protégé. Mais l'accident est suffisamment sérieux pour qu'il annule toutes ses conférences et demeure quelques semaines à la clinique de Manhattan. Le véritable souci pour Churchill, c'est la prohibition ! Il connaît heureusement un monde fou, la politique mène à tout, et le docteur Otto Pickhardt certifie que la convalescence de son prestigieux patient nécessite la consommation de boissons alcoolisées, en particulier à l'heure des repas.

– Les rondeurs, ç'a du bon, constate Castlerosse en refermant son journal, cela éloigne les dangers, enfin, pas tous… Pour moi, le péril majeur, c'est ma femme !

Car le vicomte est rongé par la jalousie. C'est de pire en pire. Il imagine mille situations, toutes plus dégradantes les unes que les autres. Ils ne vivent plus ensemble.

Doris est libre. Libre de sortir, de coucher… Il décide de la prendre en flagrant délit, pour la punir, lui faire payer cette torture à laquelle elle le soumet. Où est-elle ? Avec qui ? Que fait-elle ?

Depuis bientôt trois heures, il est dissimulé devant chez elle. Tapi sur les marches qui mènent au *basement*. Il veut prouver au monde qu'elle le trompe, mais le monde le sait déjà. Des talons claquent dans la nuit, le brouillard est si dense, on ne distingue rien. Des éclats de voix, et ce rire de gorge des femmes de mauvaise vie, c'est elle ! Au bras d'un gentleman. Grand, mince, léger et sûr de lui, c'est un jeune homme, la garce ! Ils traînent, s'embrassent contre les grilles en fer noires qui bordent la rue, l'homme enveloppe Doris, cherche sa nuque, elle se cambre en appuyant sur la sonnette du 6 Deanery Street. Au moment où Swayne ouvre la porte, Castlerosse jaillit de sa cachette et abat sa canne sur le malheureux amant. Trois coups sur la tête, assénés avec violence, l'homme se recroqueville en gémissant.

– Au meurtre, au meurtre ! s'écrie Doris, affolée.

– Au secours, aidez-nous ! hurle Swayne, ensommeillée.

Alertés par les cris, deux *bobbies* se précipitent. Et lord Castlerosse de s'enfuir en trottinant, lui dont la silhouette épaisse est aisément reconnaissable.

– C'est mon mari, il veut assassiner tous mes amis, rugit Doris, écarlate, dévorée par la colère.

Quel vacarme, quelques maisons s'éclairent, des voisins se penchent à leurs fenêtres. Le jeune Tom Mitford se relève, il n'a que des ecchymoses, mais la surprise de l'attaque l'a achevé.

– Mon pauvre petit chou, murmure Doris en lui caressant la joue. Viens.

Elle le fait entrer et l'installe sur le sofa. Tremblant, il s'agrippe à la main de Doris, on dirait un enfant perdu.

– Appelle le docteur, Swayne, vite.

– Juste un sherry, cela ira parfaitement, reste près de moi, ma chérie.

Tom n'a besoin d'aucun docteur ; ce dont il a besoin c'est d'une mère. La sienne est cinglée, ses six sœurs plus encore, de véritables furies qui prennent une place folle. Il en souffre. Tom Mitford est le fils unique du baron Redesdale. C'est l'un des plus beaux garçons qui soient, avec son teint pâle et ses yeux clairs, on dirait un roi saxon. Il s'est beaucoup promené entre Vienne et Munich, on le dit attiré par le fascisme. Il a essayé l'homosexualité à Eton puis à Oxford, mais il n'y a rien à faire. Quand on aime les femmes, on s'y perd allègrement et Tom se noie dans les bras de Doris qui a dix ans de plus que lui.

La chose ne dure guère. Doris se lasse vite. On raconte que Tom Mitford est remplacé par l'un de ses bons amis. Il n'y voit aucun mal, les coups de bâton, finalement, ce n'est pas son truc.

On raconte, on raconte, c'est Anthony O'Connor qui le chante sur tous les toits. Le maître d'hôtel du Cavalry Club n'en est pas encore revenu ! Tenez-vous bien, c'était hier, dans le petit salon qui jouxte la bibliothèque du premier étage. Randolph Churchill avait commandé du champagne millésimé. O'Connor a frappé peut-être un peu trop légèrement à la porte. C'est son côté homosexuel passif, il manque de vigueur. Il est entré sans attendre la réponse.

Et quelle erreur ! C'est une faute professionnelle, il en est bien conscient. Ce qu'il voit est stupéfiant. Une paire de jambes tendues vers le plafond. Au milieu, la tête de poupon de Randolph Churchill. Ces jambes sont les plus belles de Londres. Même un maître d'hôtel déviant est capable de les identifier.

– Sortez de là, imbécile ! s'écrie Randolph furibard avant de plonger à nouveau entre les divines gambettes.

O'Connor est bavard. Randolph aussi. Bientôt le bruit court ; non, il galope. Lady Castlerosse aurait une liaison avec le jeune Churchill…

– Il a dix ans de moins qu'elle !

– Vous devez confondre avec Tom Mitford.

– Non, non !

La rumeur se propage jusqu'à Chartwell. Le merveilleux manoir victorien de brique rouge, sis sur les hauteurs du Kent, connaît quelques soirées nerveuses. Un feu crépite dans le petit salon après le dîner, la tension est à couper au couteau.

– Je ne prononcerai pas le nom de cette femme, assure Clementine Churchill.

Assise à son secrétaire, le bec pincé, elle replie une lettre en maugréant.

– Randolph a bien raison, avise Sarah, dix-huit ans révolus, il devrait l'épouser, on commencerait enfin à rigoler dans cette famille !

– Ne dites pas de bêtises, s'offusque sa mère, votre frère épousera une lady, une femme de son rang. Et de son âge !

Elle se lève, raide comme la justice, et arrange mécaniquement les cadres d'argent dans la bibliothèque.

– C'est ça, et moi un gentleman ! Mère, réveillez-vous ! Je serai danseuse de music-hall et me promènerai le corps couvert de paillettes devant une assemblée d'hommes avides, j'aurai des plumes dans…

– Taisez-vous, idiote ! Et vous, Winston, je vous prie de sermonner vos enfants, je suis dans un état de nerfs épouvantable !

– Clemmie chérie, commence Winston en levant la tête de son livre, et en se penchant pour attraper son whisky, lady Castlerosse est une femme remarquable, je ne suis pas du tout d'accord avec…

– Vous savez pertinemment, Winston, que le jugement que je porte sur autrui est plus pertinent que le vôtre, alors raisonnez votre imbécile de fils.

Elle sort en claquant la porte ; un portrait de Napoléon se décroche et tombe aux pieds de Winston Churchill qui soupire. Il lève son verre à la couleur ambrée à la gloire du vainqueur d'Austerlitz.

Randolph vit au Mayfair Hotel, il ne se déplace qu'en Jaguar avec son chauffeur. Ce beau garçon a hérité du regard perçant de sa mère et de l'allure de son père. Mais il n'a ni le cynisme de la première ni l'intelligence du second, il jouit de la vie, se partageant entre son club et les boîtes de nuit. Toujours plus de jolies filles, toujours plus de dépenses somptuaires. Quand il croise Doris, un soir d'hiver, il la confond avec l'amour.

– Quand j'avais ton âge, lui reproche son père, je lisais quatre heures par nuit.

– La nuit, je sors, père.

– Alors travaille le jour, tu es couvert de dettes !

Mais Randolph n'en a que faire, il se pavane au bras de la plus belle fille de Londres, qui s'en réjouit. Bagarreur et turbulent, le jeune Churchill n'a guère de principes, il adore la fanfaronnade et n'hésite pas à provoquer Valentin Castlerosse. Un matin, à Deanery Street, alors que Doris est plongée dans un bain parfumé, le téléphone retentit sur la petite table de nuit en pitchpin. Randolph décroche. Un blanc au bout du fil. Puis des borborygmes. Et enfin Valentin Castlerosse qui baragouine :

– Que faites-vous chez ma femme ?

– Je suis au lit avec elle, mon cher Valentin. Pour tout dire, je vis avec elle, et c'est beaucoup plus que vous n'êtes capable de faire, non ?

– Je suis, je suis… Oh ! foutez le camp immédiatement, j'arrive ! bredouille Castlerosse en s'étouffant.

Randolph raccroche, il s'amuse follement. Il se lève, noue une robe de chambre en soie brodée aux armes du vicomte, et, se penchant par-dessus la rampe du palier, apostrophe Swayne en train de faire valser son plumeau sur les bibelots de Madame.

– Ma chère Swayne, n'ouvrez surtout pas, le vicomte Castlerosse est en route, barricadez tout. Nous devons préserver le corps d'albâtre de votre maîtresse de nouveaux assauts.

La petite bonne pointe le bout de son nez et acquiesce. Elle est impressionnée par ce beau garçon au charme fou. Même si elle est d'accord avec sa maîtresse : il empeste l'huile de castor dont il tartine sa chevelure. Doris le surnomme Fuzzy-Wuzzy et se moque de lui avec bonté.

Une demi-heure plus tard, cela tambourine tant à la porte que Swayne songe à prévenir la police. Le vicomte finit par s'essouffler et s'en retourne à Fleet Street concocter sa vengeance.

Un article épouvantable sur les fils des Grands Hommes sort le dimanche suivant dans le *Sunday Express*, signé *Londoner's Log*. Castlerosse y décrit ces pauvres rejetons qui n'arrivent pas à la cheville de leurs géniteurs trop célèbres, ces charmants petits paons qui devraient se faire un prénom plutôt que de parader sans gloire. Il s'arrête sur Randolph Churchill, « fils de » s'il en est, un jouvenceau des plus mignons, dont on cherche en vain quelque qualité remarquable… La vendetta est en marche. Chaque matin, Swayne place les journaux repassés avec soin sur le plateau du petit déjeuner et dépose le tout sur le lit de Madame qui s'étire en bâillant. Bien entendu, elle les lit avant de les repasser. Elle a dévoré le *Londoner's Log*. Elle s'est jetée dessus avant le reste. Comme n'importe quel Londonien. Swayne tire une certaine fierté d'être aux premières loges et songe depuis peu à monnayer ses informations auprès des feuilles de chou à scandale. Mais, ce qui l'arrête, c'est que lady Castlerosse devinera aussitôt d'où viennent les fuites. Elle abandonne son plateau au bout du lit des amants ensommeillés et décampe au plus vite. Elle referme la porte doucement et laisse son oreille traîner. Et cela ne manque pas. Des bris de glace, un cri exaspéré de lady Castlerosse. Le jeune monsieur s'excuse, il peste contre le vicomte, se fend d'une diatribe enragée et finit par lire le passage éhonté à Madame.

Doris est prise d'un fou rire qu'elle a du mal à réfréner. Au fond d'elle-même, elle admire le talent de son époux. Il a la plume acerbe et railleuse. Trempée dans le fiel, elle pique et blesse avec brio. Un duel, voilà qui est amusant, et Doris s'enflamme.

– Exige un droit de réponse, enjoint-elle en repoussant les draps souillés. Swayne, viens mettre un peu d'ordre ici au lieu d'écouter aux portes !

La domestique entre, penaude, et s'affaire autour du lit. Le jeune Churchill est au téléphone, il a le cheveu en bataille, s'agace, arpente la pièce d'un pas saccadé. Swayne ramasse la théière brisée et change les draps.

– Lord Beaverbrook, je vous prie, pour Randolph Churchill… Oui, Max, bien entendu, non, non… Pas du tout en colère, mais je souhaite un droit de réponse… Quoi ? Demain bien entendu ! Il passera dimanche prochain ? Parfait, merci, mon vieux.

– Tu vois ! ricane Doris en arrangeant ses boucles dans le miroir.

– Tu as de la crème au bout du nez, *baby*.

– Pense plutôt à ton texte, je le corrigerai.

Dès le dimanche suivant, on peut lire dans le *Sunday Express* : « Quant au vicomte Castlerosse, les années ne sont pas tendres avec lui, il ne peut que constater l'ampleur de ses échecs, en s'attaquant de façon puérile à ceux qui ont la moitié de son âge. Le vicomte est bien plus amusant à regarder qu'à écouter, il manque d'esprit et de beauté, pauvre Castlerosse, sa femme lui a tout pris ! » Randolph ajoute quelques mots sur Doris, chantant ses louanges, évoquant son intelligence. « Elle est d'une grande simplicité, ce qui est rare pour les femmes du monde. Son cynisme ajoute à sa nature merveilleuse. Elle ne peut inspirer que respect et amitié. » Signé Randolph Churchill.

À Chartwell, Clementine Churchill s'étouffe, quel affligeant gâchis ! Mais cela ne s'arrête pas là, avec les Castlerosse on frise la démesure en permanence. Quelques jours plus tard, le vicomte pénètre, la tête haute, chez Quaglino's. Il dépose son pardessus en fourrure dans la loge, colle un Cohiba au coin de sa bouche et sourit à la jeune fille du vestiaire.

– De la taille d'un pénis, n'est-ce pas, ma jolie, vous en avez déjà vu des comme ça ?

Il part d'un rire tonitruant ! Falstaff par tous les pores de son corps ! Il est de plus en plus énorme, c'est obscène. Il descend le grand escalier en fer forgé, se dirige vers le bar et commande du champagne qu'il se fait servir dans une chope de bière.

– On devrait interdire l'accès des restaurants à la mode aux écrivaillons véreux, s'exclame Randolph Churchill, installé avec des amis à une table sur le côté.

Valentin se retourne, furieux, souffle comme un taureau en colère et se jette sur Randolph de tout son poids avant même que les serveurs puissent faire quoi que ce soit. Entre deux uppercuts, il vocifère :

– Comment va *daddy*, mon joli ? Il s'en remet de ses deux cent cinquante mille morts aux Dardanelles ?

– Je ne suis pas votre femme, rétorque Randolph, en esquivant les coups, tout le monde sait que vous adorez la tabasser. Vicomte, je ne suis que Randolph Churchill, celui qui adoucit les nuits de la sublime Doris Delevingne !

Il baisse la tête, évite un vase, qui se fracasse sur le chignon de cette peste de lady Birkenhead qui crie au meurtre.

Quel sac de nœuds, cette histoire ! Evelyn Waugh, sacrée langue de vipère, le répète dans tout Londres. Plus tard, il peindra Castlerosse sous les traits de Chatterbox, l'un des personnages clés de son roman *Ces corps vils*.

– C'est une liaison très amusante, explique Doris à Swayne, en train de s'affairer autour de quantité de malles marquetées.

Elle part en villégiature, c'est la haute saison à Venise.

– Oh ! il n'est pas très malin, ce pauvre Randolph, un coq, si drôle et prévisible que cela en est ridicule. Fuzzy-Wuzzy va gâcher tous ses talents, je le sens, il ne fera rien de sa vie.

– Combien de maillots de bain, madame ?

– Tous, et autant de shorts.

– Comme je l'aime, c'est épatant, assure de son côté Randolph Churchill à son ami Waugh. Et c'est réciproque, j'ai envie de l'épouser.

Il la rejoint dans la Sérénissime, où elle séjourne chez des amis, elle en a tant ! Venise est une ville où l'on vient mourir habituellement, mais Elsa Maxwell, dont la beauté était fanée à quatre ans, en a fait l'endroit à la mode et le plus grand salon d'Europe. Doris en est folle, s'il y a bien quelque chose dont elle rêve, c'est de s'y établir et d'y recevoir la bonne société.

On se précipite au Lido en canot, on guette le soleil qui se noie attablé au Florian, et aux pieds humides des palais, les gondoliers racontent la légende de Doris Castlerosse, la plus grande putain européenne. Car ils n'ont d'yeux que pour elle, le visage de cette fille est une œuvre d'art.

Comment l'Angleterre a-t-elle pu produire quelque chose d'aussi pur et d'aussi scandaleux ? Son ovale parfait, ses yeux aigue-marine soulignés d'un trait noir. Une plume trempée dans l'encre de Chine, un chic ensorcelant… On peut déjà lire ses exploits dans *La Gazette*. « La vicomtesse Castlerosse est une femme à l'intelligence rare et à la repartie diabolique, rapporte un journaliste italien, quant à sa beauté, il n'y a pas de mots ». Il est sous le charme, comme la plupart des Vénitiens.

Doris est descendue à la Villa Foscari, surnommée « la Malcontenta », une de ces villas palladiennes oubliées par les siècles. Henri III y fut reçu en grande pompe sur le chemin de son retour en France. On dit qu'une femme vivait recluse ici, refusant sa couche à son mari. Une idiote, estime Doris en s'esclaffant. Son rire cristallin résonne dans les canaux. On se croise sur les ponts et dans les églises. Quel ravissement à chaque coin de rue ! Et, dans les venelles tortueuses, on se gausse des derniers racontars et des futurs esclandres. Il est évident que Diana Guinness trompe son mari avec Oswald Mosley, ce type qui n'aime que les aristocrates et se réclame de la voix du peuple, allez comprendre ! Randolph Churchill arpente le Lido d'un air désespéré. Il arrive de Munich où il a tenté d'organiser une rencontre entre son père et ce plouc imbuvable dont tout le monde parle, Hitler. Winston était là-bas pour des recherches sur Marlborough, son ancêtre, dont il écrit la biographie. Hitler n'est pas venu au rendez-vous, ça tombe bien, Winston non plus. Randolph l'a très mal pris, pour son ego, quel camouflet ! Duff Cooper, en jodhpur et veste kaki, confond la lagune avec les Indes. Son épouse se préserve des assauts du soleil, ses voiles de mousseline lui donnent un faux air de vestale. L'héritière du tabac, Doris Duke, joue au backgammon avec Randolph, elle perd, il retrouve le sourire. Il a décidément un goût exquis pour les fleurs à la boutonnière. À Murano, Doris s'assied sur une guêpe et hurle de douleur. Le diplomate Chips Channon la persuade de baisser son short afin de lui permettre de sucer le venin en train de se répandre dans ses jolies fesses. Qui a dit que Chips Channon était puritain ?

– Me voilà rassuré, ma chérie. Je suis heureux d'avoir pu te sauver d'un choc anaphylactique !

– Ce garçon est délicieux.

Les après-midi sont coquins, les nuits folles, Randolph s'enivre, Doris s'ennuie, elle veut le quitter, il ne s'en remet pas. Comment a-t-il pu croire en l'amour d'une catin ? Décidément, ce pauvre garçon n'a aucune jugeote, cela augure mal de l'avenir ! Qui dit que Doris n'a pas sauté sur quelqu'un d'autre ? Un prince des mille et une nuits ? Un émir du désert ?

– Quoi ? s'écrie Randolph.

– Qui ? hurle Castlerosse, débarqué sans prévenir par l'Orient-Express.

Il soupçonne toujours le pire.

Le pire est un jeune homme frêle de vingt-six ans qui n'aime que les éphèbes. Cecil Beaton est un alchimiste, un esthète, un arrogant. Grand, hautain, son air de rapace est à l'affût de la moindre faute de goût. En l'occurrence, c'est ce qui le sépare de Doris. Elle a malencontreusement jeté son dévolu sur lui. Et ne s'en cache guère. Ce qui est embarrassant pour le divin Cecil : il est vierge en la matière et ne souhaite absolument pas s'y coller. Randolph Churchill réclame des comptes ! Déchaîné, il court au Harry's Bar, au Danieli, chez Laura Corrigan ou Mona Harrison Williams, mais Doris ne tient pas en place, elle n'est jamais là où on l'attend. *La Gazette de Venise* n'en perd pas une. « On ne sait pas si Randolph Churchill suivra les traces de son père en politique mais si jamais il le fait, on peut assurer dès maintenant que sa voix se fera entendre ! » Car il veut faire valoir son droit sur Doris. Castlerosse aussi, après tout, c'est le mari. Tout Venise résonne de leurs disputes. Randolph est ivre mort à longueur de journée, Castlerosse s'empiffre au Florian. Cecil Beaton se sauve à Londres et Doris le poursuit.

Le 26 octobre 1932, le vicomte Castlerosse dépose une demande de divorce. Lady Kenmare est absolument contre.

– Un divorce nous placerait dans une position délicate vis-à-vis du pape, je suis très ennuyée, Valentin.

– Ma femme me ridiculise dans toute l'Europe, mère.

Reste à prouver maintenant que les torts viennent de Doris, un détective privé s'y emploie avec rigueur et discipline. Castlerosse vient présenter les papiers officiels du divorce à sa femme qui le reçoit avec entrain dans son intérieur coquet de Deanery Street et… entame la discussion au lit. Valentin ne se fait pas trop prier. Le lendemain, le privé, qui met véritablement du cœur à l'ouvrage, se présente au club de Castlerosse.

– J'ai toutes les photos, on va pouvoir l'attaquer pour adultère. L'homme est facilement identifiable. C'est un gros porc, aux attributs minuscules, il n'est pas très aidé par la nature, je me demande bien ce qu'elle lui trouve, voici les photographies, prises hier soir, stupéfiantes, n'est-ce pas ?

Valentin se décompose et lui balance les clichés à la figure.

– C'est moi, imbécile, c'est moi hier soir avec elle !

Le détective n'y comprend plus rien. Il établit des fiches concernant les différents amants de Doris, c'est compliqué et mathématique. Il décide d'augmenter ses honoraires. Doris, de son côté, n'a aucune envie de divorcer, elle tient à son titre comme à la prunelle de ses yeux. Et Valentin est au bord de l'apoplexie, torturé et fou d'amour.

N'oublions pas Cecil Beaton, parti se ressourcer chez son ami lord Berners après ses agapes vénitiennes. Doris a de la suite dans les idées et le feu aux fesses. Elle se fait inviter illico, elle a besoin de repos, Castlerosse la fatigue ; avec ses obsessions matrimoniales, il est d'un ennui !

Quel charme que Faringdon ! Une bourgade ancienne, perchée sur une crête entre deux rivières, une petite gare victorienne et une mairie qui ressemble à la maison de poupée de la reine Mary à Windsor. On traverse une forêt d'ormes centenaires, on longe une allée d'ifs semblant caresser la voûte céleste et soudain une immense pelouse tondue aussi ras qu'un green de golf. Et puis une demeure palladienne de belles dimensions, symétrique, harmonieuse, datant du XVIIIe siècle et posée sur une sorte d'estrade, comme pour un spectacle. D'ailleurs, un lustre gigantesque pend dehors, accroché au fronton de la maison. Frappez vos trois coups, brigadier, levez le rideau, la pièce peut commencer !

La Rolls Phantom de Doris est suivie par deux taxis, chargés de dix malles aux armes des Castlerosse. Les roues crissent sur le gravier. Une myriade d'oiseaux multicolores s'élève alors dans le ciel, comme un nuage de confettis virevoltants. Des perroquets dans l'Oxfordshire, épatant, songe Doris.

Le valet de pied se précipite, bientôt suivi par une tripotée de King Charles, le cou ceint d'un double rang de perles. Fausses perles, Doris s'y connaît, pas besoin de les croquer. Lord Berners apparaît sur le seuil, les mains ouvertes devant lui, on dirait le Christ au mont des Béatitudes : « Heureux les cœurs purs, car ils verront Dieu », Doris en l'occurrence.

– Des perroquets, oui, il y en a quelques-uns, s'amuse Gerald Berners en l'accueillant, mais tu as croisé mes colombes, chérie, teintes pour la circonstance. Je déteste le blanc, tu sais, c'est si commun, ça fait peuple !

Du chèvrefeuille rampe sur la façade, semble l'avaler, sans jamais en être rassasié. Le hall d'entrée est rempli de plantes exotiques, une véritable serre. Leur parfum est lourd et vénéneux. D'immenses fenêtres percent les murs, la maison est baignée de lumière. Il y fait une douce chaleur. Lord Berners est terriblement frileux. Partout, des miroirs vénitiens, des trophées d'animaux d'Afrique avec des parures autour du cou, des perles à l'orient inexistant, des tables aux pieds sculptés, aux plateaux de marbre, couvertes de jouets mécaniques. Le bon goût se mêle au kitsch, les livres pornographiques aux gravures bibliques, l'aristocratie à la folie. Il y a cinq chambres et quatre salles de bains au premier étage. Toutes peintes de couleurs si gaies et différentes. Disséminés partout, des Corot, des Matisse, des Dufy ou des Constable... La grande salle à manger fait cinquante-cinq pieds de long, on y croise des flamants roses, des pélicans et des cigognes, certains sont vivants, d'autres empaillés. Les perroquets sont invités à table, ils finissent les assiettes et picorent le crâne des invités. L'ara favori de lord Berners se nommait John Knox. À sa mort, frappé par le chagrin, il a fait paraître une annonce dans le *Times* précisant que John Knox était mort de jalousie. lord Berners adore les oiseaux, il a le plaisir esthétique, une qualité remarquable propre aux invertis. La musique le ravit, il apprend à jouer du piano seul et s'enthousiasme pour la légende wagnérienne. Le cheval Moti, son grand copain, est de tous les déjeuners, ses manières sont parfaites.

Faringdon possède cette ambiance de merveilleuse absurdité qui sied parfaitement à l'état d'esprit de Doris. Elle a soif de calme et de fantaisie. Swayne trottine derrière sa maîtresse, portant à bout de bras un coffret à bijoux qui pèse une tonne. Devant l'air amusé de Berners, Doris précise :

– Cartier uniquement, chou.

Gerald Berners n'a pas cinquante ans, il possède l'excentricité innée des gens du monde. Élevé par sa mère et sa grand-mère, il a commencé à exister le jour où elles sont mortes. Peut-être même les a-t-il tuées, empaillées et peinturlurées. Pas très grand mais remarquablement intelligent, il a peu de cheveux et une moustache minutieusement taillée sur des lèvres fines. Il porte un monocle, ses sourcils se lèvent et lui confèrent un air perplexe. L'homme a de la prestance et n'aime rien tant que les beaux garçons très minces. Il a transformé sa maison en œuvre d'art, mêlant l'ancien au baroque, les couleurs les plus vives aux boiseries anciennes, les tapis persans aux plafonds peints par Dora Carrington. Faringdon House est un bazar chic où l'on s'attend autant à croiser le roi de Ruritanie que le lapin blanc d'Alice. Au service de Berners, un majordome, un valet de pied, deux domestiques, une cuisinière, une aide pour la cuisine, et six jardiniers dont on ne connaît pas les préférences sexuelles.

Lord Berners passe ses journées à peindre. Il a le geste tremblotant, ce qui donne à ses tableaux un genre très vivant. Il adore les voitures mais ne sait pas conduire, les œufs à la coque mais ne sait pas les cuire, il se nourrit de caviar et de champagne avec de la mayonnaise bleue, parce que c'est joli. Quand son humeur est rose, on mange des tomates, des fraises, du homard, car les repas à Faringdon sont toujours colorés.

Il vit à la colle avec Robert Heber-Percy que tout le monde surnomme Mad Boy. Vingt-cinq ans, une silhouette divine, une finesse rare, des yeux noirs saisissants et une lèvre inférieure qui pend et lui donne un air dédaigneux et sensuel. Totalement imprévisible, tour à tour charmant et violent, il ne connaît aucune limite et pique des colères inouïes sans raison. Il vient d'une famille très fortunée. Tout jeune, il a poussé son précepteur dans un lac, l'homme est mort, il était épouvantablement barbant. Mad Boy aime la chasse à courre, l'alcool et le sexe.

Berners le présente comme son amant, il en est toqué. On ne sait pas si la chose est réciproque.

– C'est la première fois que je rencontre quelqu'un de civilisé, explique Mad Boy à Doris, c'est pour cela que je le laisse dévorer mon corps. Mais pourquoi coucher avec des mecs quand c'est si bien avec les filles et réciproquement ? A-t-on couché ensemble, Doris ? Je ne sais plus.

– Comment veux-tu que je m'en souvienne, chou ?

Mad Boy a presque tué une femme à Salzbourg en lançant un verre de l'autre côté de la rue, elle l'a pris sur le crâne et s'est effondrée. Il a voulu se suicider à Florence puis à Berlin. Il monte sur le toit des taxis pour traverser la rue. C'est un sale gosse qui ressemble à un gitan avec un accent snob très prononcé. Un mélange terriblement excitant. Ce garçon donne l'impression que tout peut arriver tout le temps. Il porte des pantalons en velours côtelé avec des polos jaunes, des écharpes en soie bleue à pois blancs, il est imprévisible et sauvage.

– Oh ! Gerald chéri, Pansy Lamb a perdu son collier de perles dans les fourrés ! s'exclame-t-il en caressant le King Charles qui s'approche.

– Je file en chercher un autre dans le coffre, répond Berners en s'éloignant.

– Regarde, Doris ! dit Mad Boy en désignant les colombes qui volettent autour de la maison.

– Vertes, bleues, roses…, s'étonne Doris.

– Elles sont teintes une fois par mois en indigo, rose shocking, jaune soleil, orange, et vert émeraude. Pour préserver leurs yeux, Gerald enfile un masque sur leur tête. C'est adorable, elles ressemblent au bourreau d'Anne

Boleyn ! Elles sont trempées dans des bassines en cuivre, la teinture est végétale. Elles adorent ça et sèchent ensuite leurs ailes irisées sur les pelouses devant la maison.

– Leurs œufs sont-ils de la même couleur ? demande Cecil Beaton qui émerge de son lit et bâille à s'en décrocher la mâchoire.

Il est 4 heures de l'après-midi.

– Les vaches accepteraient bien le même traitement, poursuit lord Berners qui rejoint ses hôtes, mais elles appartiennent au voisin et il ne veut pas. Les flamants roses sont nourris avec des crevettes, car ils sont plus difficiles à teindre que les colombes…

Le nouveau vicaire choisit ce moment pour venir présenter ses hommages. Il demande de l'argent à lord Berners pour réparer le toit de son église.

– Impossible, répond Berners, mes parents m'ont appris à ne jamais m'associer avec les pauvres !

Faringdon, pour lord Berners, c'est Camelot. Il y a même fait ériger une tour pour pouvoir se suicider aisément, on l'appelle « la petite folie ». Ici, toutes les excentricités sont permises et même recommandées.

Gerald adore recevoir Doris, car elle connaît tous les ragots et passe son temps à dire :

– Voyons ce qui fâche et jetons-nous la tête la première dedans !

Elle est magnifique avec ses cils immenses, son regard de biche et ses dents du bonheur qui lui donnent un de ces airs malicieux… Elle grimpe sur le piano à queue, découvre ses jambes de gazelle et raconte ses dernières liaisons. Mad Boy les ponctue de quelques notes bien placées.

– Quel est ce mouvement du vagin ? s'enquiert Berners. Celui qui les fait tous hurler ? Raconte, allez, dis-nous, Doris chérie.

Avec un manque total d'inhibition, elle narre dans les moindres détails les secrets de Cléopâtre.

– Il paraît que tu as des soucis d'argent, chérie, veux-tu que je te prête quelques milliers de livres sterling ?

– Oh ! tu es un ange, mais ça durerait deux jours, ce n'est pas la peine !

Et, pour le remercier, elle dépose un baiser sur ses lèvres. Il s'étrangle, éructe, recule sa chaise et tombe par terre.

– Jamais plus, Doris ! Jamais plus ! Je suis totalement homosexuel et dégoûté par le contact des femmes !

– Ça lui rappelle sa grand-mère, explique Mad Boy en s'esclaffant, elle avait des poils noirs et drus partout, ça piquait.

– Moi aussi, je déteste les femmes, renchérit Beaton en allumant une cigarette très fine.

Cecil Beaton est ambitieux, méchant et intelligent, c'est un ennemi de cœur, la désinvolture est son élégance morale. Il est d'une minceur extrême, possède un regard d'oiseau de proie violet et de longues mains. Brillant causeur, il attend des autres qu'ils le soient aussi. Il vient de faire un malheur avec son livre de photographies, *The Book of Beauty*, dans lequel on retrouve Tallulah Bankhead, Emerald Cunard et Diana Cooper dans des poses divines. Il a besoin de reconnaissance, il s'est rendu compte assez vite de ce qu'était la hiérarchie sociale. Il s'est juré d'arriver au sommet, de ne fréquenter que la bonne société. Cecil Beaton est fait pour le grand genre et s'y complaît. Comme Doris, il est né dans la toute petite bourgeoisie, et, comme elle, il a voulu s'en échapper toute sa vie. Il la surnomme familièrement « Doritzin ».

– Tu as les cannes de Giselle et les yeux de Méduse, je vais te bombarder de clichés, Doritzin. Allonge-toi, je veux voir ton visage de trois quarts, là, dans la lumière, oh ! cette beauté fragile…

Beaton l'immortalise, ses longues jambes chevauchant une méridienne, une photographie un rien conventionnelle pour une putain !

– Je vais te guérir de ta peine et de ton homosexualité, chou !

– Je n'aime que les hommes, Doritzin.

– C'est une idée préconçue, chéri.

– J'adore prendre les femmes en photo, j'aime danser avec elles, les sortir, aller au théâtre, je peux faire les boutiques, passer trois heures à choisir une fourrure, mais coucher, oh ! non, je n'y arriverai jamais. La gisquette, c'est pas mon truc.

Doris sourit en opinant de la tête. Elle n'a peur de rien. Surtout pas d'un homosexuel. Elle fait installer des tonnes de tubéreuses dans la chambre du photographe. Le parfum est entêtant et Cecil en gardera un dégoût sa vie durant.

À la nuit tombée, il se retrouve coincé, aux prises avec

la plus terrible des walkyries et n'a d'autre solution que de déclarer forfait. Il soupire, cherche la parade, en vain.

– Chéri, allonge-toi et laisse-moi faire. Voilà, c'est bien, tu me sens, là ? Tu aimes ? Pense au mariage de ta sœur, comme elle était jolie dans sa robe dessinée par Charles James, tu te souviens ? C'est bien, chéri, regarde…

Elle l'instruit avec patience. Car il va trop vite. C'est ça, les mecs, un vrai gâchis, même les invertis, pas de préliminaires. Or, Doris connaît son affaire et ralentit son amant. Lord Berners et Mad Boy, derrière la porte, l'oreille collée, entendent soudain cette petite voix fluette qu'ils connaissent bien :

– Oh ! oui, c'est bon, c'est bon, c'est bon… Oh ! Doritzin, oui, continue, Doritzin ! C'est bon !

Et Doris tombe folle amoureuse. C'est la quatrième fois. Après Gordon Halsey, Laddie Sanford, Valentin Castlerosse, voici Cecil Beaton. Encore un choix remarquable !

– L'homme de ma vie, assure-t-elle.

– Tu veux un fouet, chérie ? propose Mad Boy. Il devrait aimer…

« Oh ! c'est bon, c'est bon, c'est bon », chuchote-t-on à chaque étage de Faringdon. Ils sont tous ivres morts, les perroquets cognent aux fenêtres du salon. Lord Berners teint ses moutons en violet comme des améthystes avec une touche de bleu Nattier. Mad Boy a l'œil collé au trou de la serrure de la chambre de Doris et les domestiques n'en fichent pas une ! Attention, la révolution russe est née pour moins que ça !

– Oh ! comme c'est bon, c'est bon, murmure Beaton, encore, ma Doritzin.

Tout se sait, la rumeur enfle et court jusqu'à Londres. Castlerosse tombe des nues.

– Je n'aurais jamais cru que ma Doris était lesbienne !

3

Tendre est la nuit sur la Côte d'Azur, en ce mois d'août 1933. Les Murphy ont inventé la Riviera et reçu le monde entier sur la plage de la Garoupe. C'est un peu grâce à eux si l'ancienne star hollywoodienne du muet, Maxine Elliott, achète un promontoire sur la mer, une bande de rochers aux nuances d'ocre rosé, entre Cannes et Juan-les-Pins. Au fil de la journée, les écueils virent au mordoré, et Maxine tombe folle amoureuse de la Méditerranée.

On l'appelle parfois « château de l'Aurore », car, s'il y a bien un endroit où voir le soleil se lever, c'est là-bas. Mais il est entré dans la légende sous le nom de « château de l'Horizon », et on adore les légendes. Maxine Elliott aussi. On raconte qu'elle a longtemps été la maîtresse du roi Edward VII. Ce n'est pas mal pour une réputation ! Maxine a su investir au bon moment et elle est désormais plus riche que la plupart des grands banquiers. À cinquante-deux ans, elle se lance dans un projet pharaonique, un vaste palais blanc posé sur les eaux, ancré sur les rocs de Golfe-Juan. C'est Barry Dierks, grand spécialiste de l'Art déco, qui le conçoit. Le terrain est coincé entre la mer et la voie ferrée. Dierks imagine alors une demeure tout en longueur. Un rectangle étiré, immaculé, découpé comme un jeu de dominos, prolongé de deux courtes ailes, reposant sur des terrasses de palmiers et de bougainvilliers. Une succession d'arcades confère à l'ensemble un côté mauresque. Des sentiers dévorés par les griffes de sorcière dégringolent vers la piscine creusée à même le roc, un toboggan plonge directement dans la mer, et, sur la droite, un escalier monumental mène à un petit port privé. Le rivage semble s'être incurvé pour y nicher l'incomparable trésor.

Maxine en fait un écrin fabuleux, le temps y suspend sa fougue. Elle dépense près de quatre cent mille dollars pour assouvir son caprice. Tout y est d'une splendeur prodigieuse. La maison compte trois étages, une dizaine de chambres et autant de salles de bains. La grande salle à manger est bleu ciel avec une table d'ébène incrustée d'ivoire et des consoles en bois de rose, le living-room a la taille d'un garage qui pourrait contenir cent voitures. Dans le salon d'hiver, une armada de cactus aux formes monstrueuses, des euphorbes et autres coussins de grand-mère, dans la bibliothèque tous les meubles sont anglais, les sofas sont énormes et moelleux, tendus de chintz saumon, un piano à queue semble attendre le bon vouloir de Cole Porter, des photos d'Edward VII s'étalent dans les cadres d'argent, des vases en cristal de Bohême. Et puis des domestiques, des majordomes, des secrétaires, des chauffeurs… Et des invités exquis.

– Ah ! ma chère Maxine, s'exclame Winston Churchill en s'extirpant de la Daimler qui l'a ramené de la gare avec sa montagne de bagages, sa femme et sa fille. Vous ne pouvez savoir comme c'est épatant de voyager sans valet de pied, très aventureux en fait, ma douce.

Maxine resplendit dans une djellaba ivoire qui souligne un peu trop ses formes rebondies. Ses cheveux blancs sont détachés et flottent sur sa nuque. Elle porte un petit singe tout fripé sur l'épaule. On perçoit le murmure d'une brise légère venue de la mer, le sol en marbre de Carrare reflète le soleil matinal. Clementine réprime une grimace, elle déteste l'endroit et la tenue débraillée de son hôtesse. Et cette étrange bestiole qui la fixe de ses yeux noirs comme des boutons de bottine avant de lui cracher à la figure et de se sauver à toute allure ! Sarah réprime un fou rire, elle se demande où est le téléphone, elle a rencontré à Paris un acteur qui fait battre son cœur.

– Oh ! Winston, je suis si heureuse ! s'exclame Maxine en serrant son ami contre sa gorge voluptueuse.

Quelle vieille grue trop grasse, songe Clementine en lui offrant une joue sèche et un sourire crispé. Elle s'enquiert d'éventuels courts de tennis, elle a si peur de s'ennuyer.

– Dans le village, bien entendu.

La nouvelle réjouit Clementine qui excelle à ce jeu. En 1922, alors enceinte de son cinquième enfant, elle a gagné le double dames de Monte-Carlo, elle saura comment occuper ses journées avec Sarah. À dix-neuf ans, cette dernière en a assez de passer ses vacances avec ses parents. Or, depuis qu'elle a insinué qu'elle allait faire carrière avec des plumes dans le derrière, sa mère la traîne partout.

– C'est atroce, glisse Clementine à son époux, balayant d'un œil mauvais la maison, un genre qui plaît aux fleuristes ou aux épicières.

– Enfin le paradis, répond Churchill avec un enthousiasme enfantin. Plus de Parlement, plus de réarmement allemand… Je vais pouvoir boire, fumer, discourir plus que n'importe qui, et peindre !

Winston Churchill aura soixante ans lors des prochaines élections. Dans son propre parti, on ne lui fait plus confiance, insinuant que sa carrière est derrière lui. Il doute énormément, a perdu beaucoup d'argent avec la crise de 1929 et le choc dû à la mort de sa petite Marigold ne s'est jamais atténué. Sans compter le fiasco des Dardanelles, le mariage raté de sa fille aînée, le neveu de Clementine saisi par la fièvre communiste, et puis Randolph et sa nouvelle ferveur politique, cela fait beaucoup pour un seul homme… L'idée de tout oublier quelques semaines au château de l'Horizon est la promesse d'un bonheur à l'état pur.

Ainsi, tous les jours, heureux et confiant, Winston Churchill s'installe face à la mer avec chevalet, palette, fauteuil et couleurs. À l'ombre d'un parasol, il trouve une inspiration épatante. Elle est éclatante, joviale et chaleureuse. Son éternel cigare laisse des volutes de fumée bleue dans son sillage.

– Non, je n'arriverai à rien tant que l'on ne m'apportera pas mon whisky, enfin, Clemmie, vous connaissez mes habitudes. Eau de Seltz ? Que puis-je faire avec de l'eau de Seltz ? Vous vous fichez de moi. Je ne suis pas impartial avec les couleurs, poursuit-il, je me plais avec les brillantes et suis vraiment navré pour les pauvres bruns.

Churchill capture l'instant fugace, les ombres soutenues. Il rend les reflets sur l'eau avec des touches horizontales très colorées, il se joue des formes, des tonalités, il adore les nuances, ces fines lignes au bleu de cobalt, la douce chaleur des ocre jaune et la fraîcheur des ombres gris-violet, il fait varier les tons du vert au bleu mauve. Il passe des heures entières, la palette et le pinceau à la main, l'attention captivée du massif de l'Estérel à l'ouest jusqu'au Cap d'Antibes à l'est.

Cet été-là, la peinture va devenir sa raison d'être. Il va produire des toiles extraordinaires au château de l'Horizon. Il faut dire qu'un fabuleux modèle s'apprête à y débarquer.

Il fait une chaleur étouffante en cette fin d'après-midi, c'est à peine supportable, la lumière miroite à travers les pins parasols et scintille sur le bleu de la Méditerranée. Les cigales s'arrêtent un moment, puis reprennent leur chant. La mer est huileuse et sans rides, l'azur éblouissant. Un Chris-Craft à coque laquée ivoire fend les flots, s'incline à tribord, laissant dans son sillage une gerbe d'écume. Le clapotis des vagues bat doucement la poupe alors que le canot s'immobilise dans le petit port privé.

– *Hello everybody !* fait-elle en agitant les bras.

Il était avachi derrière son chevalet, il se redresse. Il redevient un homme sûr de lui, confiant, soudain conquérant. Il la connaît. Il l'a rencontrée à plusieurs reprises, elle a été la maîtresse de son fils, il y a deux ou trois ans. Il croise le regard outré de sa femme, le sourire amusé de sa fille, ces vacances s'annoncent inattendues, il adore ça.

Elle est pieds nus. Un minuscule short rose pâle enserre sa taille, appuie sur son ventre et souligne ses fesses. Un caraco assorti noué sur le nombril et un foulard de soie marquent l'ensemble. Swayne et les bagages suivent par la route. Ainsi donc, lady Castlerosse est une amie de Maxine.

– Je vais enfiler mon maillot, explique la divine, j'arrive.

Elle réapparaît quelques minutes plus tard dans un costume de bain couleur chair trop échancré. Son buste est court, sa taille haute, ses jambes si longues. Clementine Churchill s'étrangle. Elle se sent humiliée d'avoir été invitée en même temps que l'hétaïre, elle craint même que cela nuise à la réputation de son époux. Elle est en train, avec d'autres, d'établir minutieusement la légende de Churchill, elle ne sait pas encore qu'elle va ériger un monument monstrueux que ni son mari ni elle-même ne pourront jamais plus modifier…

– Qui vient se baigner ? lance Doris.

– Moi ! s'exclame Churchill. Attendez-moi, ma chère, je cours me changer.

Ils se servent du toboggan qui plonge directement dans la mer et nagent de conserve jusqu'au radeau au large. Puis reviennent et recommencent. Encore et encore. Churchill emprunte le toboggan, tête la première, comme les enfants, puis en arrière, ce ne sont que rires et éclaboussures. On les dirait seuls au monde.

– Cela ne va pas durer longtemps, marmonne Clementine, déjà à bout de nerfs.

On se tient la plupart du temps sur la terrasse à l'ombre des parasols et des stores à l'italienne. Cette terrasse où défile bientôt toute la Riviera. Qui défie Maxine au bésigue est sûr d'être réinvité l'année suivante. Churchill est un hôte recherché, il adore les cartes, le mah-jong et le jacquet. Il a toujours une bonne raison pour jouer de l'argent.

– Bang ! s'exclame-t-il quand il remporte une manche.

Doris applaudit des deux mains et lève sa coupe de champagne. Clementine la lorgne comme si elle avait la petite vérole. Maxine Elliott est aux anges. Sarah s'ennuie, elle regrette de ne pas être restée chez sa cousine avec sa petite sœur Mary. Churchill est au comble de l'allégresse, il se sent chez lui, il entend le demeurer. Il porte toute la journée ses chaussons en peau d'antilope grise de chez Hook, Knowles & Co., et un Stetson à large bord rapporté des États-Unis et qui le protège des rayons agressifs du soleil. Un léger maillot de corps couvre son délicat épiderme. Clementine lui reproche d'ailleurs ses folles dépenses en matière de sous-vêtements. Il garde toujours dans sa poche un masque d'épais tissu noir qui lui permet de trouver le sommeil, même en plein jour.

Allongée à l'ombre, sur le sofa vert de la terrasse, à l'angle de la bibliothèque, ses jambes dépliées sur toute leur longueur, Doris discute avec l'homme politique pendant des heures. De quoi ? se demande Clementine. Que peut-il bien avoir à raconter à une fille pareille ? Sandwichs au concombre et petits cakes aux fruits confits sont servis à l'intérieur avec un thé glacé. Clementine s'approche de la porte-fenêtre et surprend leur échange.

– Ma femme et moi avons bien essayé de prendre le petit déjeuner ensemble deux ou trois fois en vingt-cinq ans, mais cela n'a pas marché. Le petit déjeuner, il faut le prendre au lit et seul, explique-t-il.

– Que prenez-vous donc ? interroge Doris, espiègle, en s'étirant.

– Du jus d'orange, un œuf poché avec un blanc de gibier à plume, un café suivi d'un whisky dilué pour la lecture des journaux apportés par porteur spécial, coupe Clementine, qui s'invite dans la conversation. Il s'occupe de son courrier au lit et boit du champagne à tous les repas. Voilà la clé, Doris, si vous souhaitez vous emparer de ma place.

– Je n'ai besoin d'aucune clé, Clementine, et votre place ne m'intéresse guère. Je suis sentimentale, j'aime être emportée par mes émotions, aussi folles soient-elles.

– Cela se voit.

La fin de la journée tourne au vinaigre. Churchill a besoin de sérénité, il veut peindre à loisir, sans concession, sans se poser de questions. Quelque chose de beau, Doris est si belle, voilà tout.

– Allons dîner à la Bonne Auberge à Antibes ! lance soudain Maxine, Mme Baudoin sera aux petits soins pour nous !

– Quelle bonne idée, je prendrai une assiette de cébettes avec du gros sel !

Ils s'en reviennent très tard en longeant la route du littoral, sous la nuit étoilée. La Daimler de Maxine ronronne, Churchill s'endort, bercé par le bourdonnement du moteur. Il ouvre un œil au moment où la voiture heurte les pavés du pont qui enjambe la voie ferrée. Un passant flâne sur le chemin. Un passant jusqu'ici et à cette heure ? songe Clementine. Il n'y a donc plus de propriété privée ! Elle a toujours détesté la Côte d'Azur, et les gens qui s'y réunissent, inopportuns et vulgaires. Elle a l'impression que tous se moquent de la manière dont elle est attifée, car elle ne porte ni pyjamas en soie Chanel ni dos nus Schiaparelli, encore moins les shorts riquiquis adoptés par l'intrigante peroxydée. Il n'est pas facile d'être l'épouse de Winston Churchill. Il a un caractère de chien, elle-même est une femme nerveuse à l'anxiété dévorante. Ils ont traversé ensemble tant de tragédies. Souvent, un grand amour n'est qu'un magnifique faux-semblant, on joue la comédie pour donner le change et il n'y a rien de vrai derrière. Ou si peu. Ou plus. Qu'en est-il du mariage de Winston et Clementine Churchill ? Bien malin qui pourrait le dire…

Un dernier verre de Clacquesin sur la terrasse envahie par la douce odeur du thym. On aperçoit le Cap d'Antibes à gauche et les lumières de Juan-les-Pins. Certaines nuits, la lune est pleine, la mer argentée, les cigales sont silencieuses, on entend les vagues s'écraser sur les rochers. Or, l'astre nocturne est capricieux, Maxine s'en méfie comme de la peste, elle a fait installer pour les soirs d'été une fausse pleine lune, dissimulée par les pins parasols, qui s'allume et s'éteint à loisir. Comme les sentiments des gourgandines pour les grands de ce monde.

Et, au petit matin, voici une autre arrivée fracassante. Castlerosse ! Il n'était pas invité ! Décidément, quelles vacances ! Partout où est Doris, le vicomte apparaît. Pour prouver qu'elle est toujours sa femme, la surveiller et jouer les époux outragés.

– Il est affreux au dernier degré, s'étonne Sarah Churchill.

– Ah ! je vois que ma femme a mis le grappin sur un nouveau compagnon !

– Ne soyez pas idiot, Valentin, ou je vous fiche dehors, assène Maxine.

– Un singe, c'est bien un truc d'Américaine, ça, soupire Castlerosse, avisant d'un air dégoûté l'animal qui ricane sur l'épaule de son hôtesse.

– Il est vicomte, Sarah, le futur comte de Kenmare, qu'est-ce que vous croyez, ma chérie ! chuchote Clementine à l'oreille de sa fille.

– Robert, il ne faut surtout pas oublier de mettre du sucre roux sur les fraises du singe. Regardez, il n'a rien mangé, il dépérit, je suis terriblement inquiète, fait observer Maxine au majordome.

Qui a pris cette photo ? Cette photo d'eux dans la piscine cobalt de l'Horizon. Doris paraît si pâle et frêle, coincée dans l'angle comme si elle voulait en sortir à toute vitesse, une nuée de piranhas à ses trousses. Et lui, son mari, Castlerosse, immergé jusqu'au nombril, dans son maillot de bain noir, un éléphant de mer, il la tire par la main avec force. Pour la coller à lui, mais elle ne veut pas, Valentin ! Pour récupérer quoi, quelque amour ? Il n'y en a plus depuis si longtemps ! Tout ce qu'elle souhaite, c'est décamper, se réfugier ailleurs. Tous ressentent le gouffre abyssal qui se creuse entre lord et lady Castlerosse. Tous feignent de croire au couple parfait. Même Sarah, qui abhorre tous les amis de ses parents, bien trop riches et désaxés.

Alors, on change de sujet, vite, on s'en prend au prince de Galles. Pauvre chou, il semblerait qu'il soit à l'origine du divorce d'une Américaine, une certaine Mrs Simpson, bien trop laide pour intéresser qui que ce soit. Elle ne fera pas long feu, celle-là ! Et c'est au tour de l'Aga Khan et de sa nouvelle bégum, une Française insipide dégotée à la réception d'un hôtel d'Aix-les-Bains, quel manque de goût ! Diana Mitford divorce de Bryan Guinness pour le leader travailliste Oswald Mosley, celui-là même qui trinque avec Hitler et Mussolini ! Nancy Mitford crie sur tous les toits que sa sœur est en train de devenir fasciste, il faut faire quelque chose, la jeter en prison plus vite que ça, la garce !

C'en est trop pour Clementine qui écourte son séjour, elle déteste les racontars et autres ragots nauséabonds. Elle imagine toujours qu'il y en a autant à son compte. Et cette Doris qui bat des jambes devant son mari, comme elle l'horripile ! Dire que cette greluche a eu une liaison avec Randolph. Son fils est un fieffé imbécile, mais ça, elle le sait depuis longtemps ! Exaspérée, Clementine Churchill prend sa fille sous le bras et file attraper un avion pour la Grèce.

– Modérez vos visites au casino, Winston, s'exclame-t-elle en passant la tête par la fenêtre de la Daimler qui la raccompagne à l'aéroport.

Le départ de Clementine est suivi, deux jours plus tard, de celui de lord Castlerosse, rappelé d'urgence en Irlande. Ses parents ont eu vent de son échappée méditerranéenne et s'inquiètent d'un rapprochement avec celle qui est toujours son épouse. Doris le conduit à la gare, fait mine de pleurer, puis sèche ses larmes de crocodile avec un mouchoir brodé aux armes des Kenmare.

– Je reviendrai, je jure que je reviendrai, petite fleur ! promet-il de la voiture des premières classes.

– Oui, mon chéri, quand je serai partie, lance-t-elle en agitant un bras fin et doré.

Winston Churchill se tient sur la terrasse avec son chevalet. Doris s'étend à côté de lui, sur le divan émeraude. C'est vraiment l'endroit qu'elle préfère. Le clapotis des vagues est hypnotique, la vue sublime. Mais ce qu'elle aime par-dessus tout, c'est sentir la présence de Winston. Sa force placide, sa sérénité, cette puissance qui se dégage de tout son être. Il est le maître du moment. Doris est apaisée. Pour la première fois depuis longtemps, elle est bien. Comblée. Heureuse. Ils bavardent avec légèreté. Elle se rend compte qu'ils ont en commun tant de choses. Une nature romantique, la soif de l'aventure, l'intelligence et un cynisme façonné par les désillusions. Ils partagent bientôt une intimité intellectuelle inattendue et devisent pendant des heures. Comme deux vieux amis. Disons qu'il parle, et Doris, enjouée, l'écoute. Il parle beaucoup de lui, c'est un homme. Il évoque son ancêtre Marlborough, dont il a entrepris la biographie, Doris devient incollable sur le personnage. Et puis, il laisse entrevoir des aspects plus personnels. Ses filles, Diana, Sarah et Mary, le drame de Marigold disparue à deux ans et demi, et ce satané Randolph qui lui cause tant de soucis. Doris s'amuse à l'évocation de son ancien amant. Elle l'avoue, elle l'aimait beaucoup ce garçon, mais trop de spontanéité, de jeunesse, de vigueur l'ont épuisée, ce n'est pas tout à fait ce qu'elle attend de la vie. Et toutes les disputes avec son mari, non, Doris n'en veut plus. Elle est si lasse.

– Qu'attendez-vous de la vie, Doris, dites-moi ?

– Je ne sais pas, le besoin d'être réconfortée, une envie de me rapprocher de mon frère et de sa famille que j'aime tant. Le calme, Winston. Un certain soulagement.

Il hausse les épaules et la fixe avec insistance.

– J'aime l'ombre soutenue sur votre visage en ce moment même, laissez-moi faire votre portrait.

Elle sourit, flattée.

– Cela va faire jaser.

Il tire sur son cigare, le regard perdu dans les volutes de fumée.

– Si vous saviez comme je m'en fiche. Votre beauté me fascine, pourquoi y résisterais-je ? Promettez-moi de vous abandonner.

Elle éclate de rire en repoussant la mèche mordorée qui caresse son front.

– Doris ?

Elle baisse les yeux, troublée. Il plonge son regard transparent dans le sien.

– Alors, Doris, acceptez-vous de tout laisser aller pour moi ?

– Oui, souffle-t-elle en étirant ses bras derrière sa tête.

– Parfait ! s'exclame-t-il en avançant une chaise.

Le bruit attire Maxine et une nouvelle venue, Elsa Maxwell, aussi laide que rigolote. Le charme est rompu.

– Voulez-vous vous joindre à nous pour une partie de bésigue ?

– Pas le temps. Je vais peindre Doris, allongée là, sur la banquette. L'intensité des couleurs est saisissante. Maxine, soyez bien aimable, prenez une photo d'elle, oui, là, comme ça, et du décor autour, ainsi je pourrai fignoler le portrait cet automne à Chartwell.

Maxine s'exécute. Cette pose langoureuse de Doris, étalée de tout son long sur le sofa. Et Winston, fasciné, debout, qui lui fait face. Maxine est perplexe. Quelle atmosphère insolite, il se passe quelque chose ! Elle comprend qu'un sentiment inattendu est en train de naître entre ces deux-là. Une harmonie étrange. Elsa Maxwell, quant à elle, ne songe qu'à lancer la rumeur. Elle en savoure par avance la primeur, son culot est sans limites. Elles se retirent toutes deux sur la pointe des pieds.

– Une photo pour vous souvenir ? s'esclaffe Doris en ramenant ses mollets contre ses cuisses. La seule pensée de moi ne peut-elle vous accompagner jusqu'à l'automne, Winston ?

– Une photo, un souvenir, cela ne suffira pas à l'hommage que vous méritez, allongez-les, vos si jolies jambes, Doris, soyez mignonne.

– Comment en êtes-vous venu à la peinture ?

Il reprend sa place derrière son chevalet.

– C'est Hazel Lavery qui m'a initié. J'ai une admiration folle pour elle et pour son mari, John. Et puis Walter Sickert.

Il soupire.

– Je ne suis pas à leur hauteur, je ne commets que de menus barbouillages et me contente d'une simple aventure avec une boîte de peinture. La seule clé, c'est l'audace, Doris.

– Vous osez tout, n'est-ce pas ? souffle-t-elle, mutine.

Il réprime un sourire.

– J'aime les pigments vifs, ainsi que les terres, les ocres et les teintes neutres.

– Du noir ?

– Jamais ! Des bleus, tous les bleus ! Cobalt, bleu de Prusse, outremer. Savez-vous ce qu'est le véritable bleu britannique, cette couleur céleste et céruléenne ?

– Non.

– Celui de vos yeux extraordinaires.

Elle rougit. Pourquoi est-elle si troublée ? Parce qu'il mène le jeu. Qu'elle est dépassée. Qu'elle aime ça. Et lui ? Que souhaite-t-il vraiment ?

– Il faut que je lui commande des tubes de garance doré, je ne parviendrai pas à rendre les reflets de votre chevelure, poursuit-il en mixant les teintes sur sa palette.

Ses peintures viennent de chez le fabricant Willy Sax, devenu un ami. Ses traits de pinceau sont directs, les couleurs franches, ce vert, ce rose, l'herbe qui s'immisce dans les interstices des dalles de la terrasse, il peint sans appuyer, comme s'il hésitait. Il peste, s'énerve.

– Ce n'est pas bon.

– Montrez-moi.

Elle voudrait le rassurer.

– Non, c'est moi l'artiste. Je capture l'impression, je suis téméraire, ma belle.

– Je sais, un sacré guerrier.

Elle badine. Il adore ça.

– La première fois que je vous ai rencontrée, je n'ai vu que vos défauts, et plus ça va, plus je vous découvre. C'est ce que je veux peindre, Doris mise à nu.

La première fois qu'elle l'a vu, elle a su que cet homme était bon et qu'il compterait pour elle.

Elle adore l'observer, même si c'est elle le sujet. Droitier, avec des mains relativement petites et fines qu'il replie en arrière d'une manière qui n'appartient qu'à lui, il tient son pinceau vers l'extrémité du manche avec une élégance folle. Un ajout par-ci, une retouche par-là. Il est passionné par ce qu'il fait. À moins que cela ne soit par son modèle. Il a évoqué une mise à nu.

– Qu'y a-t-il ?

– Rien.

– C'est faux, dites-moi.

Elle est émue. Un peu perdue aussi. Elle a envie de se laisser faire. Profiter de l'instant sans calcul. On appelle ça la confiance, la loyauté, la sincérité. Inclination et vénération mènent aussi à la passion, songe-t-elle. Non, plus jamais, la passion est trop douloureuse. Laddie Sanford est passé par là, il a meurtri Doris, Beaton aussi, Halsey, oh ! pourquoi faut-il qu'elle soit si sentimentale ? Winston pose son pinceau et tire sur son Roméo et Juliette en la dévisageant.

– Qu'y a-t-il au fond de vous, à part cette incommensurable tristesse que vous tentez de camoufler, cet abîme de solitude ? Pas à moi, fillette, pas à moi…

Elle est éberluée, il la perce à jour, elle essaie de botter en touche, impossible, l'homme est irrésistible. Elle le toise, il la déshabille d'un mot, pas encore une légende et déjà un monstre sacré, elle a envie de se soumettre pour survivre. Il l'invente en la dessinant. Mise à nu, c'est exactement cela. Il la peint, c'est une autre manière de l'aimer. Il l'apaise tant qu'elle pourrait tout oublier dans ses bras. Alors elle lui avoue l'improbable. C'est toujours mieux que de commettre l'inavouable. Elle lui raconte le dernier homme de sa vie, Cecil Beaton, celui qui ne veut pas d'elle et la bafoue avec mépris. C'est toujours la même histoire, elle se donne avec tant d'ardeur et personne ne la garde.

– Comment est-ce possible ? s'étonne-t-il en s'enfonçant contre le dossier du fauteuil.

– Il est homosexuel.

Churchill éclate de rire et Doris raconte Beaton, parti à Salzbourg courir derrière un certain Peter Watson dont il est complètement fou. Doris veut bien partager, elle n'est pas jalouse, mais a besoin d'un minimum d'amour, de reconnaissance. Elle veut des lettres, des cadeaux, des promesses. Winston Churchill sourit, ah ! les femmes, ces drôles d'oiseaux !

– Vous êtes impertinente, car j'imagine que divorcer n'est pas dans vos priorités.

– Non, je suis vicomtesse Castlerosse à jamais. Mais Cecil m'a aimée, je vous l'assure, Mad Boy peut en témoigner.

– Une couronne, un vicomte, deux pédés, le désir, la liberté et vous osez évoquer l'amour, ma jolie. Vous confondez tout, croyez-en ma vieille expérience.

– C'est-à-dire…

– Fumer le cigare, c'est comme tomber amoureux. D'abord, on est attiré par la forme, on reste pour sa saveur, et on doit toujours se souvenir de ne jamais jamais laisser la flamme s'éteindre.

– C'est ce que vous faites ?

– Ne bougez pas, restez dans l'axe du soleil, ma belle. J'aime votre nez, quel aplomb, c'est tout vous, ça ! Je suis marié à la politique, et à Clemmie, j'ai un destin.

– Mais, tout est…

– Tout est possible, oui. Cela a pour nom le désir, non ? Ou bien Doris ? Et si c'était la même chose ? Une lettre pour différencier deux mots. Savez-vous que les lauriers derrière vous ont exactement la même teinte que votre corsage ? Et le creux de votre décolleté…

Elle se retourne, coupe une branche et la coince derrière son oreille. Coquine !

– Vous cherchez à me séduire, n'est-ce pas ?

Elle scrute son visage. Elle cherche une invitation, la confirmation d'un pressentiment. Elle ne veut pas de scandale, de fureur, de bruit, elle aime le calme depuis peu, il est en mesure de le lui procurer. Pour un instant, pour six mois, pour longtemps. Oui, Doris Castlerosse ne doute de rien, son lit est son royaume. Elle a trente-deux ans et lui cinquante-huit. S'il était son salut, si seulement la politique n'existait pas, si elle pouvait oublier quelque temps qu'elle n'est finalement qu'une putain, si la morale n'était pas convoquée sans arrêt, tel un bras armé… Et lui alors ? Il devrait se montrer raisonnable. Or, Winston Churchill a horreur de la prudence. Il n'aime que l'aventure, l'attaque, il adore les forteresses assiégées. Prendre de force, ruser et faire céder. Il se souvient de l'attaque du train blindé lors de la guerre des Boers, la débandade, les balles qui sifflent, l'emprisonnement, l'évasion ! Il a vingt-cinq ans à nouveau, il se dresse face à son destin, il est déjà victorieux. Ce n'est pas un combat, mais une revanche. Ce n'est pas un ennemi, mais un instant de grâce. Il soupire d'aise, s'amuse comme un fou, sursaute, comme interloqué par ce qui lui traverse l'esprit. Puis heureux, excité, il sait parfaitement où il va, son œil lance un éclair espiègle. Son pinceau caresse les jambes de Doris, est-ce un tableau ou bien la réalité ? La peau de cette femme est veloutée, il n'a qu'une envie, la dévorer. Oublier le jour, la nuit, la politique. Tout dire. Tout prendre. Juste vivre. Avant que la fatalité ne s'en mêle.

– Je suis un joueur et un esthète, mais dans quel ordre ? La beauté me transporte, je l'avoue. Voyez-vous, ce moment fugace, ces lauriers à la teinte piquante, la banquette sur laquelle vous êtes allongée, les couleurs éclatantes, les ombres portées, le soleil à travers les palmiers, votre teint mordoré, votre coiffure de garçonne comme un chapeau, tout n'est qu'harmonie et pureté. Beauté, certes. Plénitude. Liesse. Alors, oui, je peux l'affirmer sans crainte de vous choquer, je vous aime comme un fou. Doris, je vous désire comme seul un homme épris en est capable. Y trouvez-vous à redire ?

Elle secoue la tête sans sourire. Elle tressaille soudain. Ils se taisent l'un et l'autre. Les mots sont inutiles, l'art suffit.

Elle pose encore quelques heures, puis s'endort sur le divan. Quand elle sent la fraîcheur tomber, elle ouvre doucement les yeux, il est là, il a déposé son pinceau dans un gobelet, il l'observe avec attention. Il y a quelque chose d'insolent en lui. D'infaillible. C'est un meneur, un leader, un chef. Il s'attaque aux obstacles avec férocité. Il les prend. Un obstacle, vraiment ? Winston Churchill s'empare du paradis en connaissance de cause.

Qui peut dire qu'elle ne roule pas dans son lit alors que la voûte céleste s'est depuis longtemps teintée de noir, cette couleur dont il n'use guère ? Qui peut imaginer qu'il se refuse à elle ? Cette fille réveille les ardeurs, personne en ce bas monde ne porte des shorts aussi sexy. Personne ne possède un tel sex-appeal. Le secret de Cléopâtre, comment pourrait-il ne pas y goûter ? Ils l'ont tous évoqué avec passion. Il en a entendu parler, évidemment. Elle n'a jamais caché son goût pour le libertinage. Pourquoi éteindre la flamme en train de naître ? Parce qu'il est marié depuis un quart de siècle ? Parce que son couple est un modèle britannique. Que l'on a décidé pour lui qu'il était fidèle et ne regarderait jamais une autre femme. Mon Dieu, voilà qu'on va encore associer le sexe à l'amour, quand ces choses-là n'ont rien à voir. Il est évident que Winston Churchill aime son épouse. Il l'aime profondément. Mais la vicomtesse Castlerosse est une invitation à la volupté et à la lascivité, à l'engouement et au plaisir. Pas de lune dans la nuit tapissée d'étoiles, Maxine Elliott a débranché son joujou. Des pas glissent sur le marbre, de petits pas aussi légers que les pointes des chaussons d'une danseuse. On gratte à une porte, pas très longtemps, puis soudain plus rien, juste un léger grincement. Qui a osé répéter que l'on avait entendu des bruits curieux dans la chambre de l'homme politique ? Beaucoup de rires et des soupirs aussi. Et puis cette phrase improbable : « Tu réveillerais même un cadavre, ma belle. » Churchill a un sommeil irrégulier, on le sait. Et une aptitude à se montrer plus grand que l'existence. Doris Castlerosse n'a peur de rien, ni de l'interdit ni du sacré. Cette fille au grand cœur et aux jambes qui s'écartent à la demande a soudain besoin d'être emportée et consumée. Pourquoi pas lui ? Les tabous ? Elle se fait une joie de les piétiner ! Oh ! comme elle aime se sentir désirable quand elle est étendue tout contre un homme.

La peau de Winston est d'une douceur profane. Ce trouble qui la saisit, cette envie qui déborde, cet émoi qui l'inonde, elle se laisse fondre en lui. Et retient tout de peur de succomber. Pourquoi n'aurait-elle pas droit à la respectabilité ? C'est un politique fort estimable, sa carrière est devant lui, elle le sait. Trop de fougue, trop d'ardeur, tant de détermination, oh ! mon Dieu, chéri, si elle s'attendait à ça, elle est exténuée…

La peinture ? L'écriture ? Ce ne sont que des pis-aller. Winston a un destin, il n'a pas soixante ans et toute la vie devant lui. C'est un guerrier, un conquérant à jamais victorieux, l'Angleterre lui appartient, la postérité est en marche, son triomphe est devant lui.

De l'eau qui coule, un bain à 4 heures du matin, vraiment ? Maxine Elliott ne s'étonne plus de rien.

Un étui à cigares en crocodile, une boîte éventrée de Roméo et Juliette, des lunettes en métal noir aux branches qui se terminent en boucle, un feutre gris, et puis un sautoir en perles et une paire de boucles d'oreilles d'or. Autant d'objets retrouvés disséminés par terre au petit matin par la femme de chambre.

Les semaines à venir sont joyeuses et complices. Il peint, elle pose, ils nagent, jouent aux cartes, souvent s'isolent et semblent absorbés par des conversations à bâtons rompus. Il y aura ce portrait en intérieur. Pour une autre profondeur. Un tableau brillant et sans concession. Pour son visage aux contours affirmés, ses pommettes saillantes, ses yeux bleu pâle dont seul un amant peut deviner l'infini désespoir. Ses lèvres fines teintées de carmin, son caraco vert d'eau qui tranche avec le papier orangé des murs du bureau de Maxine. Et puis cette détresse insondable, cette ambiguïté, cette indécision dans le regard, les bras croisés, elle attend une réponse qu'il est incapable de formuler. Chevalet, toiles, tubes de couleurs et pinceaux montent à l'assaut de l'âme de Doris Castlerosse. Il fait très chaud. Winston porte son chapeau et une veste en lin pâle. Doris a l'air d'avoir dix-huit ans, le monde s'est évanoui autour d'eux.

– Quand j'arriverai au paradis, j'y passerai mon premier million d'années à te peindre.

– Quand j'arriverai au paradis, je commencerai par te chercher.

Leurs nuits ne ressemblent certainement à rien de connu. Tout ce qui est improbable est forcément avéré. Qui sommes-nous pour douter du désir d'un homme esseulé et d'une femme sensationnelle ?

Cette photo sur les écueils du cap Ferrat, il la doit à Maxine. Il a cette idée exacte de la toile à peindre. Les roches rouges le fascinent depuis toujours. Le reflet du soleil sur les arêtes affilées le captive. Il a besoin d'un support, pour plus tard.

– Pourquoi ? demande Doris en s'agrippant aux rochers. Tu auras tout le temps de le terminer ici.

– Approche. Fais attention à ne pas te blesser. Quand il pleuvra à Chartwell, les soirs d'hiver lugubres, je sortirai le tableau de sa cachette et je le terminerai. Il me procurera alors un immense plaisir, car je serai avec toi par la pensée.

Elle est si fine et lui de plus en plus puissant, ils grimpent un peu plus haut, jusqu'à la pierre plate qui renvoie les rayons du soleil de midi. L'escalade est ardue. Elle porte un de ses shorts trop courts et un chemisier attaché sur le nombril. Cette tenue vert pâle, qu'il adore. Il a noué un peignoir foncé à passepoil blanc sur son maillot de bain. Un cigare vissé au coin de la bouche. Il saisit la main de Doris et l'aide à s'asseoir sur les récifs. Cette vieille bique de Maxine Elliott n'en perd pas une miette. Allongée sur le sable dans la crique, elle se retourne pour attraper son appareil photo derrière elle. Trop tard. Il a lâché la main de Doris, à moins qu'elle l'ait retirée trop précipitamment. Churchill se redresse, Doris se recule, Maxine appuie sur le déclencheur. Une photo ! Une photo déséquilibrée. Doris cache son bras derrière son dos comme si elle avait commis un acte impur. Ils ont tous deux l'air bancal, gêné, comme s'ils avaient été pris sur le vif, en flagrant délit. Elle et lui, immortalisés pour l'éternité sur du papier glacé.

Hum, cela commence à sentir le roussi, songe Maxine, mais ce n'est pas pour lui déplaire. Si vous saviez, si vous saviez, écrit Elsa Maxwell à la commère Louella Parsons. Que sont les instants volés de Winston Churchill et de la vicomtesse Castlerosse ? Pourquoi le plaisir devrait-il en être absent ? Maxine emballe l'appareil dans une serviette pour le protéger des grains de sable et court vers les eaux riantes avec Elsa. Bientôt suivie par ses joyeux amis.

– Regardez ce bleu ! s'exclame Churchill en se jetant dans l'eau. Comment le dépeindre et le fixer ? Certainement pas par l'une ou l'autre couleur fournie par le fabricant. La seule manière de simuler cette lumineuse intensité, c'est par une multitude de minuscules points de couleurs variées, tous en authentique harmonie avec le reste de la composition.

– C'est difficile ? demande Doris.

– C'est envoûtant, comme toi, ma jolie !

Une nuit, aux alentours de 2 heures du matin, tandis que les salles du casino se vident, Doris Castlerosse et Winston Churchill font leur apparition à Monte-Carlo. Les jeux reprennent et, en moins de vingt minutes, Winston rafle le pot de cinq millions de francs. Le lendemain, Doris caresse son nouveau vison. On trouve tout à Cannes au mois d'août !

Cet été-là, Winston Churchill peint quatre tableaux, dont trois de Doris. C'est plus qu'il n'en fera jamais pour un seul sujet féminin. Tous révèlent une beauté plastique, l'ovale parfait d'un visage, des jambes interminables, la finesse d'un corps, surtout la fragilité du modèle, son émotivité, sa solitude et ses espoirs qui s'évanouiront les uns après les autres. Doris est une femme perdue, marquée par la fatalité, et cela, Winston le sait et l'en aime d'autant plus.

Bien entendu, Doris Delevingne tombe folle amoureuse. Pour la première fois de sa vie, elle a quelque chose à cacher. Et elle en est fière. Elle est le secret de Churchill. Cet homme est en train de devenir un monstre sacré, elle ne doit pas le faire choir de son piédestal, bien au contraire, elle veut, elle aussi, maintenir de glorieuses traditions. Et Doris va pousser son guerrier vers un destin national.

« Ces dernières semaines chez Maxine ont été épatantes, écrit Winston Churchill à son épouse. J'ai passé mes journées à peindre, j'ai découvert une merveilleuse crique, un coin sauvage et tranquille et j'y étudie l'eau claire. J'ai produit deux variantes que, j'espère, vous admirerez autant que moi. *Wow !* »

4

Une femme fidèle est vouée, à long terme, au plus profond désenchantement. C'est une vérité universelle à laquelle Doris souscrit depuis toujours. Elle a tant souffert quand Laddie Sanford l'a quittée, tomber amoureuse fait un mal de chien. Et Doris est terriblement douillette. Elle se méfie des coups du sort, il s'acharne sur les putains. Allez savoir pourquoi !

L'automne venu, lady Castlerosse file à Paris retrouver Cecil Beaton, tout juste rentré de New York, où on l'a aperçu au côté d'Adele Astaire, la sœur du grand Fred. La vie paraît si simple avec Cecil. Ni projet politique ni épouse acariâtre, aucune cohorte de rejetons ingérables, ou de partisans bougons. Certes, Beaton est homosexuel, une qualité mal considérée en Angleterre, nation qui élève pourtant ses enfants dans cette tradition antique. L'histoire du bataillon sacré de Thèbes n'est-elle pas contée aux garçonnets dès leur plus jeune âge ? On dit qu'Oscar Wilde s'enthousiasma pour Épaminondas, il songea à une biographie là où Plutarque avait échoué. On a vu où ça l'a mené, la perfide Albion brûle ce qu'elle adore et condamne les infortunés invertis. Cecil Beaton a un mal fou à vivre en paria. Depuis peu, il abandonne les gestes féminins qui le caractérisaient, les effets moulant l'entrejambe et les poses désinvoltes des brillants jeunes gens de l'époque. Tout Londres remarque le changement, certainement une femme dans la vie de Cecil, Adele Astaire ?

– Non, moi, s'écrie Doris qui tente de balayer les rumeurs sur Churchill, lancées par Elsa Maxwell, la baleine échouée dans la haute société.

Rien de tel qu'une bonne routine sexuelle pour combattre un amour naissant. Les retrouvailles entre Cecil et Doris ont lieu au Crillon, à Paris, dans une suite luxueuse, surplombant la place de la Concorde. Doris a prévu les tubéreuses, elle y a fait ajouter des lys, des agaves et de la bergamote. C'est irrespirable. Beaton pénètre dans la chambre en titubant, il a le cœur au bord des lèvres et la tête qui tourne, il s'écroule sur le lit et ouvre son col de chemise. La vicomtesse Castlerosse promène son cul autour de la pièce comme si on l'exposait pour de secrètes enchères. Beaton est hypnotisé, il a l'impression d'être un lapin dans les phares d'une Rolls. Il n'interroge pas Doris sur son été. Elle ne se gêne pas pour évoquer le sien avec le languide Peter Watson. Il écarte le sujet d'un geste vague. Elle s'empale sur lui, il en a le souffle court et voit venir sa dernière heure. Il songe à son élégie, elle se met à onduler en rythme, bientôt cela tangue dans le cerveau de Cecil Beaton, il ne sait plus où il est, il n'est plus qu'un membre dressé, happé par la jouissance.

– Oh ! c'est bon, c'est bon, c'est bon, ma Doritzin,

encore, Doritzin, oui j'aime ça, continue, chérie ! hurle-t-il à la faveur de la nuit.

Et Doris s'endort, rassérénée.

Au petit matin, l'amant s'est éclipsé chez Daisy Fellowes pour vérifier le bon positionnement de ses clichés dans le dernier numéro de *Harper's Bazaar.* Doris s'étonne de trouver son journal intime grand ouvert sur le petit bureau de style Louis XVI. Va-t-elle y jeter un coup d'œil ? Sera-t-elle indiscrète ou fermera-t-elle le cahier afin d'en préserver les arcanes ? Or, Doris est une fille de mauvaise vie et Beaton un pervers avéré au caractère veule. Ce qu'il laisse béant sur cette affreuse copie d'un meuble français, c'est sa rupture. Même pas une lettre pour s'expliquer, un mot adorable pour s'excuser ou trois rangs de perles, quelques saphirs, un brillant, comme tout gentleman saurait s'en acquitter. Non, le petit pédé est d'une lâcheté sans nom, son journal, l'œuvre de sa vie et sa vérité sont jetés au visage d'une poule de luxe trop émotive :

« Je suis adoré par Doritzin pour laquelle je n'éprouve rien, même pas une once de tendresse. Je suis flatté par son désir, il est vrai, mais je joue un rôle. Un rôle sexuel qui ne me convient guère, un rôle affectif qui m'épuise. Et pourtant, comme je suis fier d'être à son bras, un véritable paon, il aurait fallu que les choses en restassent là. J'aime être aimé, cela me fait un bien fou. Est-ce que je l'aime ? Oh ! non. Est-ce que je la désire ? Certainement pas. M'a-t-elle guéri de mon homosexualité ? Non, Doritzin, loin de là ! »

Lady Castlerosse tombe de très haut. Elle est affreusement blessée.

– Très chère, il s'envoie Cocteau, souffle Elsa Maxwell

croisée ce soir-là au bal de l'Opéra. Quoi, vous ne le saviez pas ? Oh ! chérie, pourquoi faut-il que vous choisissiez des hommes qui ne sont pas pour vous. Faites comme moi, restez célibataire ! Vous portez une robe sensationnelle.

– Mon vieil ami Molyneux l'a conçue spécialement pour moi.

– Il a dû la faire très spécialement aussi pour Marina de Grèce, jetez un coup d'œil discret derrière vous.

Tout Paris se voit bouleversé par une telle faute de goût !

On croise beaucoup Churchill et Doris cette année-là au Ritz, à Paris, mais aussi à Londres. Ensemble. Pour le thé. Chacun à sa manière. Lui avec du whisky, elle au lit. On les voit aussi à New York, séparément mais au même moment. On n'a jamais entendu parler de séparation ni de disputes avec Clementine. Pourtant, on a tendu l'oreille, écouté avec une vive attention. La jeune Sarah s'est amourachée d'un acteur de théâtre, un certain Vic Oliver à la naissance trouble et qui a près de vingt ans de plus qu'elle. Cela ne plaît guère à ses parents. Quant à Randolph, il cherche activement une mère pour son futur héritier et se fiance chaque matin avant d'oublier ses promesses dans les vapeurs d'alcool le soir venu. Très peu pour moi ! songe Doris.

C'est alors que Clementine Churchill s'éclipse pendant neuf longs mois. Elle part pour une expédition lointaine dont le but est de ramener pour la première fois en Grande-Bretagne des dragons de Komodo. Elle traverse les océans, fait escale en Inde, en Thaïlande, en Indonésie, à Bornéo, en Papouasie-Nouvelle-Guinée, en Australie, en Nouvelle-Zélande. Elle voyage avec des scientifiques, des médecins, ses chers amis Charles et Dorothée Wilson, ainsi qu'un marchand d'art, très beau et raffiné. Terence Philip, un célibataire de quarante-deux ans, doux et cultivé, qui parle le russe couramment. Il est recherché par les hôtesses de Londres qui ont souvent besoin d'un homme de secours pour leurs dîners en ville. Clementine écrit à Churchill : « C'est une vieille connaissance de ville d'eaux. »

Il n'empêche, leur relation reste nimbée d'un épais mystère. Il est plus que probable qu'elle se soit amourachée du magnifique Terence. Il est quasi certain que l'homme, étant homosexuel, ne l'a pas touchée. Alors, pourquoi s'absenter si longtemps ? A-t-elle quelque chose à reprocher à son mari ? Ou souhaite-t-elle lui rappeler les valeurs de la sacro-sainte institution du mariage ? Clementine Churchill n'est pas une romantique, c'est une épouse exemplaire.

À propos de mariage modèle, celui de Doris vacille quand elle apprend que Valentin s'est effondré en pleine corrida au Pays basque. Une légère crise cardiaque, certifie l'hôpital de Biarritz. Folle d'inquiétude, Doris traverse la France et se précipite à son chevet. Elle le trouve blême, sa tête, grosse comme une épingle, son ventre, rebondi, la main tenue par une infirmière à cornette qui sort d'un pensionnat de jeunes filles.

– J'ai pris un coup de chaud, bredouille-t-il en apercevant sa femme. Tu es venue, tu m'aimes encore, alors, petite fleur.

L'infirmière éponge son front, elle paraît très concernée, elle est déjà sous le charme de la canaille. Le médecin arrive d'un pas vif, les analyses de son patient à la main, la blouse ouverte. Il n'a pas quarante ans, il est bronzé et bien tourné, la chevelure poivre et sel, Doris songe que la région vaut la peine d'être explorée.

– Il mange trop, il a des bouffées de chaleur, des accès d'anxiété, il hurle votre nom la nuit. Il boit comme un trou, il a essayé de soudoyer les ambulanciers pour une bouteille de scotch. Si vous voulez le garder en vie, madame, je vous en conjure, mettez votre mari au régime.

– Elle s'en fiche, elle me hait, s'écrie Castlerosse en se redressant, bougon.

Outrée, l'infirmière lève les sourcils, aide son malade à s'asseoir convenablement, tape sur les oreillers, pose sa main sur son front et lui tend un verre d'eau.

– Dégueulasse, fait-il en s'étouffant.

– Nous allons te rapatrier à Londres, mon chéri, je vais appeler Beaverbrook.

– Non, hurle Castlerosse, je ne bouge pas d'ici tant que je n'ai pas assisté à ma corrida jusqu'au bout.

Et Doris se retrouve assise au troisième rang d'une arène brûlée par le soleil, sans comprendre comment elle en est arrivée là. Castlerosse tout à fait remis, un foulard rouge noué autour du cou, hurle « Olé ! » à tout-va. Un nuage de poussière, des sabots qui résonnent, une odeur de sueur épouvantable. Le taureau, terrifié, la tête basse, les yeux exorbités, fonce vers les picadors.

– *Toro, toro !* braille Castlerosse.

Doris agite son éventail. Elle est frappée par la ferveur du public, des gens de tous âges, transportés par la même ardeur. Quand l'animal furieux charge, la corne droite en avant, la tête tordue sur le côté, quand il renverse le picador, Castlerosse bondit en criant « Olé ! ». Quand le cheval perd ses entrailles et trotte non sans mal jusqu'à la sortie, il s'accroupit et vomit entre ses pieds. Les banderilles multicolores sont des harpons acérés. Le sang ruisselle sur la peau brillante, le poignard tranche la colonne vertébrale. Quel coup fatal ! Les oreilles et la queue sont pour la vicomtesse Castlerosse ! Valentin est anéanti, il est persuadé que Doris a une aventure avec le matador, sinon pourquoi aurait-elle hérité de ces saletés ensanglantées ? Il s'emporte, menace de descendre dans l'enceinte pour se mesurer au torero. Doris le retient et finit par le persuader de son erreur. Il se vengera en dressant un portrait à charge de la tradition hispanique dans le *Londoner's Log*.

Pour fêter leurs retrouvailles, Valentin invite Doris au casino de Biarritz le soir même et perd une fortune au baccara. Il ne regarde jamais la pile de jetons devant lui et sourit quand le croupier rafle la mise.

– Tu es fou, arrête-toi, tu vois bien que la chance est contre toi ! soupire Doris.

Il émane de Castlerosse une telle énergie, une telle fascination pour le jeu que Doris ne peut s'empêcher de l'aimer à nouveau. Pour la soirée. Un Grand d'Espagne, captivé par la beauté de la jeune femme, glisse son bras sous sa taille, elle se laisse happer en minaudant. Le vicomte explose et provoque l'autre en duel. Doris éclate de rire. Castlerosse est jeté dehors. Doris le rejoint. Son mari l'amuse, ses excès agissent sur elle comme un aimant, ils se connaissent si bien.

– Combien de temps faut-il à l'amour pour mourir ? lui demande-t-il en descendant vers la plage pour rejoindre l'hôtel du Palais.

Elle s'immobilise, interdite. Que serait sa vie s'il disparaissait ? Il lui a fait une telle frayeur ! Elle saisit sa main, il la serre dans ses bras, puis caresse son visage en la contemplant. Elle comprend soudain qu'elle ne peut imaginer son existence sans lui. Pourquoi sont-ils incapables de vivre ensemble ? Ils roulent sur le sable, la marée est encore basse. Il l'embrasse avec douceur, ses mains remontent sur ses cuisses, elle adore ça. Cet instant fugace qui précède l'amour. Cette manière qu'il a de la toucher comme si elle était un métal précieux, une soie inestimable, un trésor trop exquis pour lui. Il l'embrasse, se perd dans sa nuque en murmurant « petite fleur ». Sa main appuie sur son ventre, elle aime cette emprise. Elle se laisse emporter, et puis suffoque, une vague la submerge. Est-ce l'océan ou le plaisir ? C'est pareil, c'est immense. Et puis lui, Valentin Castlerosse, son mari, pas vraiment comme les autres, certainement pire, des larmes coulent sur ses joues, « mon amour, mon amour, comment en est-on arrivés là ? ». Elle est incapable de lui répondre. Ils se relèvent lentement et rentrent en se tenant par la main. Doris tressaille. Pourquoi les hommes de sa vie ne sont-ils pas doués pour le bonheur ? À moins que cela ne soit elle. Beaton, Laddie Sanford, Gordon Halsey… Ne jamais abandonner Valentin, garder Winston coûte que coûte. Mon Dieu, est-ce possible ? Comment faire ? Un dingue et un monument. Et toi, pauvre petite souris, avalée par deux monstres. Une vie simple vraiment, le bonheur, et pourquoi pas un enfant ? C'est vrai que la pensée a effleuré les Castlerosse. Et cela aurait arrangé leurs différends avec les Kenmare, le titre de comte est en jeu. Un enfant, robe en dentelle de Calais ou costume marin, les joues roses, la bouche en cœur, on s'extasie, puis on l'oublie, la nounou est là… Un enfant, quelle idée idiote ! Castlerosse retourne vivre au Claridge, Doris à Deanery Street.

En cet été 1934, Winston Churchill débarque à Calais et grimpe aussitôt dans le Train bleu. Clementine ne l'accompagne pas. Tout juste revenue de sa croisière indienne, elle se hâte vers l'Écosse, accompagnée de ses deux dernières filles, Sarah et Mary. Churchill embarque avec une dizaine de malles, deux valets et une secrétaire. Il apprécie le confort de la voiture-lit en acajou massif, les couvertures sont damassées, la petite lampe près de l'oreiller est bien commode pour lire de nuit et les étoiles sur l'épaisse moquette de laine semblent étinceler de mille feux. Les rails luisants renvoient la lumière rouge, jaune et verte des signaux ferroviaires. Churchill s'endort, bercé par les pampilles des appliques en cristal qui oscillent à chaque tournant. « Premier service », la sonnette résonne dans la luxueuse pénombre pour annoncer le petit déjeuner. À peine le temps d'avaler un whisky dans le bar-salon aux boiseries somptueuses, Winston Churchill arrive en gare de Juan-les-Pins où l'attend la lourde Daimler de Maxine Elliott. Direction le paradis.

– Oh ! vous avez toujours votre affreux petit singe, ma chère amie, s'exclame-t-il en serrant son hôtesse contre lui.

Le minuscule lémurien se fend d'un sourire sardonique. Il fait un temps idyllique. Maxine Elliott soupire d'aise.

– Le précédent s'est noyé dans la piscine juste après votre départ, l'an dernier, celui-là se nomme Kiki, je le tiens en laisse, sinon je ne vis pas.

Cette année-là, on compte parmi les invités sir Charles et Elsie Mendl. Lui est un homosexuel charmant, diplomate à ses heures, elle vit depuis trente ans avec une lesbienne hommasse et jalouse. Il voulait une gouvernante, elle un titre, ils se sont trouvés. Elsie est une petite femme quelconque avec une figure grimaçante et des yeux noirs admirables. Sa chevelure est d'argent après avoir été rose. Elle a fait fortune dans la décoration, alliant à son goût exquis un sens aigu des affaires. Plus retorse qu'un maquignon, elle est persuadée avoir inventé la couleur beige, elle n'en finit pas de la reconnaître partout, des rochers du Cap Ferrat au Parthénon d'Athènes. «*My beige, my beige*», s'exclame-t-elle, outrée. Et les droits d'auteur alors ? Elle ne supporte pas Kiki et ne comprend pas pourquoi Maxine ne l'a pas fait rôtir aux petits oignons.

– Il dévore tout, explique-t-elle à Churchill, regardez les mains de Maxine, on dirait une charcutière.

Il faut avouer qu'elles sont couvertes de morsures.

Kitty de Rothschild débarque d'Allemagne et bavarde à tort et à travers.

– Hitler par-ci, Hitler par-là, c'est vraiment un problème, ce type, on dirait que tout le monde s'en fiche.

– Comme je suis d'accord avec vous. Il n'en sortira rien de bon !

Churchill soupire. Son propre gouvernement paraît bien plus préoccupé par le chômage qui s'abat sur la population depuis la crise de 1929. Maxine s'énerve, ces conversations sinistres vont gâcher son été.

Fidèle à ses habitudes, Churchill n'apparaît jamais avant midi, il travaille en compagnie de Miss Pearman, sa secrétaire. Elle corrige la biographie de Marlborough ou tape de multiples lettres à des individus essentiels de la politique anglaise ou internationale. Quand Maxine la félicite pour son travail remarquable, Violet Pearman avoue que Churchill la considère comme un objet mécanique dont la seule fonction est de savoir se servir d'une machine à écrire et de prendre en sténo. Il l'estime dépourvue de tout sentiment ou besoin personnel.

– Quelle horreur ! s'exalte Maxine en lançant une noix de cajou à son lémurien.

– Pas du tout, je suis sous le charme. Il pourrait me demander n'importe quoi. Je suis passionnée et follement amoureuse de lui. Je n'en éprouve aucune honte, j'ai une telle chance de travailler pour lui, je le vois tous les jours que Dieu fait ! Et je m'en abreuve comme d'un nectar rare. Il est mon ambroisie.

Aïe, songe Maxine qui s'exclame :

– Doris arrive demain !

– Formidable, s'écrie lady Mendl, j'adore les putes ! Elles sont toujours si gaies et enjouées.

Churchill ne relève pas. Maxine n'ose croiser son regard, et soudain :

– Moi aussi, j'adore les putes.

Un doux mélange de Marlene Dietrich et Betty Grable, avec une once de Greta Garbo. Mata Hari, Anna Karénine, l'aplomb et l'arrogance, la provocation qui occultent un cœur bien trop fragile. L'une et l'autre finissent mal. Fusillée et suicidée, mais pas Doris, trop maligne pour se faire rattraper par la vie. Le coq chante toujours trois fois, personne n'écoute jamais, surtout pas Churchill. Ce charmant visage pointu, ces lèvres fines et ces ongles laqués, c'est une enchanteresse qui débarque ce matin-là au château de l'Horizon !

Leur intimité est plus flagrante que jamais. Soudain la terne Miss Pearman n'est plus convoquée dans les appartements de l'homme politique. Churchill ne tourne plus en rond au bord de la piscine. Il peint, se laisse emporter par la douceur de l'été, il se promène en compagnie de Doris, ils rient beaucoup, ils sont si complémentaires, c'est un enchantement. On ne peut leur en vouloir, tout paraît si simple entre eux, on les envierait presque. Ils arpentent les sentiers qui longent la Méditerranée, nagent chaque jour jusqu'au radeau au large, et puis il y a ces séances de pose toujours plus longues et si privées, des traits de crayon plus affirmés, des coups de pinceau audacieux, la peinture diluée dans la térébenthine, l'huile de lin, de fines lignes de bleu cobalt.

– J'ai repris cet hiver les trois toiles que j'ai faites de toi l'an dernier. J'avais mes photos posées contre la fenêtre de mon atelier à Chartwell. Tu as passé tout ce temps-là en ma compagnie, Doris.

– Et j'y étais si heureuse.

– Ils sont terminés, je les ai apportés pour te les offrir.

– Je les regarderai durant les longues et froides soirées de janvier en pensant à toi, à nous.

Très concentré, souvent absent, il est beaucoup moins léger que l'an passé, elle s'en inquiète.

– Car, pendant ce temps-là, le monde avance, Doris chérie, il avance, disons même qu'il tangue dangereusement.

– Hitler ?

Hitler, Hitler, oui, l'Europe court au désastre. Churchill le sait. Il est tenu informé de ce qui se passe outre-Rhin par Ralph Wigram, Robert Vansittart et le lieutenant-colonel Thor Anderson. Les nazis construisent en secret des sous-marins et des avions. L'Angleterre doit ressusciter la Royal Air Force, il faut créer un ministère de la Défense. Churchill est à nouveau au cœur d'un enjeu politique, il en a, plus que jamais, la conscience aiguë. Or, qu'est-il aujourd'hui, au moment présent ? Un homme vieillissant à qui la plus belle des femmes a fait tourner la tête, il vit une parenthèse enchantée. Quand le monde réclame un héros ! Et Doris n'est pas prévue dans le tableau.

C'est une toile étrange qu'il fera d'elle cet été-là. Elle n'a jamais été plus belle ni plus fine, plus lointaine. Comme à la fin d'une histoire. Elle est là mais sans lui. Assise dans le patio, devant une table de bridge, en grande conversation avec un jeune homme blond qui pourrait être n'importe qui. Elle s'ennuie, elle est triste, et pourtant déterminée. Elle le fixe dans les yeux, lui le peintre qui ose l'installer face à un autre. Elle lui en veut et le provoque, ses jambes croisées. Sa chevelure mordorée est posée sur sa tête comme un chapeau. Son doigt est pointé comme si elle n'en revenait pas. Quoi, Winston, tu oses, tu oses me quitter ? Prends garde à toi ! Le jeune homme essaie désespérément de capter son regard, en vain. C'est certainement Randolph venu passer quelques jours à l'Horizon. On distingue les arbres de la terrasse et le Cap d'Antibes au loin. Un groupe d'amis prend le soleil, assis sur le muret immaculé ou dans des fauteuils en rotin, certains nagent dans la piscine. Ils sont douze, ils ne savent pas ce qui est en train de se jouer à quelques pas. C'est l'avenir de l'Angleterre, un guerrier entre dans la bataille, sa première victime est une blonde peroxydée que l'on traite de catin. Au premier plan, les stores à l'italienne vermillon, les parasols carmin, et la piscine qui surplombe la mer. Attention, Winston, semble-t-elle dire, ne bouge pas, cajole-moi, je vais me briser. Or, le grand homme, un peintre, lui offre bien plus qu'une aventure. Il lui octroie l'éternité et l'aura des plus grands secrets. Il en fait une toile ultime, mémorable, aux traits de pinceau caractéristiques, à la palette franche, aux couleurs éclatantes. Il l'offre à Doris, quelle folle ivresse, c'est un cadeau de rupture. Elle a le cœur en miettes et abandonne l'incroyable présent à Maxine. Puis elle décampe, s'en va faire tourner la roue de la fortune ailleurs, toujours plus vite, le temps, cette saleté, s'en est mêlé.

– Que lui trouvez-vous ? ose Elsie de Wolfe, très intriguée par l'intérêt de Churchill pour Doris.

– C'est exactement le genre de compagnie que j'aimerais trouver au paradis. Certes pas sans taches, mais positive. Rien à voir avec ces flasques et vertueuses anémones de mer qui savent à peine bouger une antenne dans les eaux troubles du négativisme.

Churchill n'a jamais fait les choses à moitié, et ce, dans tous les domaines, que cela soit en peinture, dans l'écriture, l'amour ou le mariage. Aujourd'hui, il entre en guerre, pour l'Angleterre, et il n'y a de place pour personne. *Rule, Britannia ! Britannia, rule the waves ! Britons never, never, never shall be slaves.*

5

Le roi est mort, vive le roi ! Le 20 janvier 1936, Edward VIII monte sur le trône et enchaîne sottise sur sottise. Il essaie d'imposer l'abominable Mrs Simpson, il se mêle de politique alors qu'il n'est bon qu'à siffler du champagne dans les night-clubs et, comble du mauvais goût, fait frapper des pièces de monnaie à son effigie le profil tourné vers la gauche. Or, la tradition veut qu'il y ait alternance entre les monarques, et le profil du précédent était déjà dirigé vers la gauche. Alors que, pour Edward VIII, il est essentiel que sa raie sur le côté soit visible. À propos de cheveux, le Premier ministre Stanley Baldwin commence à se les arracher. Hitler remilitarise la Rhénanie et Neville Chamberlain, chancelier de l'Échiquier, n'y trouve rien à redire. Churchill tape du poing sur la table et réclame le poste de Halifax à la Défense. Baldwin refuse. Le pire est à venir, l'Allemagne agite son bras armé, l'Angleterre ferme les yeux et Edward VIII exaspère tout le monde.

Et Doris dans tout cela ? Elle s'ennuie, elle est triste, esseulée, donc elle fait des siennes ! Comparé à elle, le roi est un enfant de chœur ! En mars, elle rejoint Mad Boy au Ritz, à Paris. Elle lui promet une formidable surprise pour son anniversaire. Et, non, lord Berners n'est pas convié. Mad Boy arrive à reculons. Tout d'abord, ce n'est pas son anniversaire, il déteste les surprises et il se méfie. Doris est dingue, on ne sait jamais à quoi s'attendre avec elle. Elle a surtout un énorme problème avec les homosexuels ; elle souhaite les guérir de leur déviance par tous les moyens. Quand le jeune homme pénètre dans la suite rococo du premier étage, il est frappé de stupeur. Doris est assise dans une bergère un peu raide, face à la porte. Entièrement vêtue de cuir. Et cela lui va à ravir. Une jupe droite qui la moule comme une gaine et un caraco trois trous. Elle se lève, elle est perchée sur des bottes lacées, ses mains sont gantées. Dans l'une, elle tient une cigarette, qu'elle fume avec grâce. Dans l'autre, un fouet.

– Déshabille-toi, chéri.

– Mais enfin, pourquoi ?

– Pour ça, fait-elle en se dirigeant vers l'alcôve.

Mad Boy remarque soudain une femme de petite vertu, allongée sur le ventre, attachée par les poignets aux barreaux en laiton de la tête de lit. Une guêpière, c'est tout ce que porte la créature, et encore, n'est-ce pas plutôt une grosse ceinture ?

– Joyeux anniversaire, mon chéri, Odette va te faire hurler de plaisir.

– Je suis né le 5 novembre…

– Tu veux que je reste ou pas ?

– Je ne sais pas, je…

– Elle adore être fouettée, regarde ses fesses rebondies, c'est joli.

Doris fait le tour du lit et tâte du bout de son fouet l'arrière-train de la prostituée d'un air connaisseur.

Mad Boy a les bras ballants, la bouche ouverte, sa lèvre inférieure pend comme si elle allait tomber.

– Je vais être malade.

– Observe bien, chéri !

La rondouillarde petite chose dresse son cul et paraît attendre le martinet. Mad Boy, effaré, recule lentement.

Doris tend le bras, le fouet claque, la putain piaffe, oh ! ces cris d'orfraie !

Cette fille est folle à lier, songe Mad Boy, bien plus désaxée que je ne le serai jamais. Pauvre Castlerosse, il a dû en voir des vertes et des pas mûres !

Il se prend les pieds dans une table basse, casse un cendrier, sursaute et s'enfuit en courant, laissant Doris désemparée.

C'est compliqué les cadeaux, on se creuse la tête, on veut plaire, être originale et puis quoi, une rebuffade cinglante ! Elle le croyait plus subtil, son cher ami, quelle déception ! Pourquoi semblent-ils tous condamner ses frasques ?

Doris va avoir trente-six ans et, pour la première fois de sa vie, elle n'a plus d'amant, personne pour lui offrir un brillant, un saphir, une tourmaline. Elle sent les larmes poindre au coin de ses yeux, elle s'allonge sur le lit, se pelotonne contre Odette et s'endort tout habillée. Quelques jours plus tard, de retour à Londres, elle reçoit une assignation à comparaître au tribunal, assortie de photographies assez nettes et d'une lettre de divorce pour adultère, spécifiant que le 15 mars 1936, lady Castlerosse s'envoyait en l'air avec une pute et un pédé, au Ritz, à Paris.

– Flûte, s'exclame Doris, j'avais oublié ce fichu détective privé.

La mode est aux croisières en ce printemps 1936. Alors qu'Edward VIII et Mrs Simpson, pas divorcée la guêpe, explorent la Méditerranée sur le luxueux yacht *Nahlin*, Doris embarque avec Mad Boy sur le *SS Strathaird* en direction de Port-Saïd. Il n'est pas rancunier, et Doris a abandonné son fouet au Ritz. Ils visitent l'Égypte, descendent jusqu'à Djibouti, puis empruntent le vapeur *Aeneas* à destination de Madras, Ceylan, Bangkok et Penang, quel périple ! À Singapour, Mad Boy retrouve lord Berners, ils découvrent les rues sombres de Kuala Lumpur, explorent Java et Sumatra, tombent amoureux du lac Toba et décident de s'établir quelques mois dans la jungle de Bornéo afin de capturer des oiseaux de paradis pour les ramener à Faringdon.

Doris poursuit sa route vers la Chine. Elle croise Charlie Chaplin et sa jeune fiancée Paulette Goddard, ils viennent de triompher dans *Les Temps modernes*. Ils ont quitté San Francisco en février, ont visité Java, sont restés trois semaines à Bali, puis ont gagné Singapour. Avant de rejoindre Saigon sur le paquebot des Messageries maritimes, l'*Aramis*. Ils sont fous amoureux. Paulette a réussi à éloigner le spectre de la dépression qui rongeait Charlie depuis trop longtemps. Ils sont accompagnés par le poète français Jean Cocteau, ce ne sont que joutes littéraires et mots d'esprit. Et voici les Hoffman, un jeune couple en pleine lune de miel. Ils se sont unis le 14 février dernier à New York. Lui est écrivain et publie des nouvelles dans divers magazines. Il semble être de santé fragile, il est jaunâtre. Son épouse, Margot Flick, est une brunette piquante aux lèvres charnues, une héritière de la côte Est, dont la famille a fait fortune dans le charbon. Elle pilote son propre avion, joue au polo et possède une écurie de lévriers. Elle flirte avec le scandale depuis toujours. Il y a quelques mois, son majordome a rapporté au tribunal du comté qu'il l'avait surprise en train d'embrasser à pleine bouche une femme mariée. On a payé les juges, le majordome, l'affaire en est restée là. Et Margot a épousé Richard Sanford Hoffman.

– On dit que le cinéma parlant est en train de s'imposer partout, s'étonne Margot. Allez-vous poursuivre votre carrière dans le muet ?

– Si mes films étaient parlants, ils perdraient tout leur aspect comique, assure Chaplin.

– J'ai lu tous les livres qui racontent l'Asie, explique Doris, j'ai une foule d'idées préconçues, c'est tordant.

– Deux poètes suivent la ligne droite de leur destinée. Tout à coup, il arrive que ces deux lignes se croisent et la rencontre forme une croix, si vous préférez, une étoile. Ma rencontre avec Charlie Chaplin est le miracle charmant de ce voyage, explique Cocteau en portant un toast.

L'arrivée d'un excellent quatuor qui joue Mozart les met au comble du bonheur. Soudain, Chaplin se renferme. Margot se demande si elle ne l'a pas froissé.

– Non, répond Paulette, il aimerait savoir jouer lui-même, c'est tout.

Après une nuit à l'hôtel Continental, ils partent explorer les ruines d'Angkor, sauf Richard Hoffman qui souffre de la chaleur humide et reste confiné dans sa chambre à griffonner son journal. Doris et Margot sont devenues inséparables. La blonde, la brune, les traits fins de l'une, les rondeurs de l'autre. Leur sensualité s'épanouit au cœur de l'Empire khmer. Elles se découvrent aux sources de la cosmogonie hindouiste, elles se veulent à l'origine même du sacré et du mystérieux. Margot, qui connaît les épisodes du Mahābhārata, explique avec brio les bas-reliefs qui couvrent les murs des temples. Doris l'écoute, ensorcelée. Une lune de miel certes, c'est ce que vit Margot en ce printemps 1936. Pas avec son mari cloîtré dans des chambres d'hôtel qui se ressemblent toutes. Avec une blonde incendiaire aux faux airs de Garbo, auréolés d'une once d'insolence. Les gigantesques visages de Bouddha esquissent un sourire quand Margot s'empare des lèvres de Doris. Vishnou préside à l'ordre du monde, le coucher du soleil sur les vestiges d'Angkor est à couper le souffle.

– Combien de têtes de Bouddha comptes-tu, ma chérie ? interroge Doris, la gorge offerte.

– Deux cent seize ! répond Margot en l'attirant dans la végétation luxuriante.

Ses baisers sont torrides, ses mains fermes et coquines. Elle suit les courbes de sa taille, baise son ventre. Doris s'embrase. Ce n'est pas un monde qu'elle découvre, elle a connu la pension, jeune fille, et bien des nuits avec Gertie Lawrence. Mais Margot possède une telle voracité, Doris, une sensibilité exacerbée. Elles s'abandonnent à toutes les délices, entre les racines entrelacées qui recouvrent les pierres du temple. C'est ce dont Doris avait besoin. Une complicité, une meilleure amie avec qui tout partager, surtout les nuits. Elle cède au plaisir, la jouissance est bien au-delà.

Les Chaplin se sont embarqués sur le *Korea* pour rejoindre Canton où ils ont décidé de se marier, avec Cocteau pour témoin. Hoffman, qui souffre de dysenterie, est rapatrié à San Francisco par le premier paquebot en partance de Hong Kong. Margot Flick Hoffman et Doris Castlerosse peuvent enfin plonger dans l'indécence !

À Shanghai, dans la chaleur étouffante, Margot traque la silhouette svelte et élancée de Doris. Elle la pourchasse dans le temple du Bouddha de jade. Doris fait tinter les cloches qui éloignent les mauvais esprits. Elles cavalent dans le quartier de Tianzi Fang, escaladent les rocailles du somptueux jardin Yuyuan. Elles traînent dans les boutiques d'antiquités qui regorgent de richesses. Margot couvre Doris de coraux et de nacre, elle referme sur son poignet si menu une montre émaillée, constellée de perles fines. La nuit, les enseignes au néon illuminent les avenues, les dancings sont légion, les bars animés par des orchestres de jazz. On y trouve des hôtesses russes, grandes-duchesses dans une autre vie. Les danseuses chinoises, aux yeux couleur de prunelles, sont d'une grâce indescriptible. Et jeunes, si jeunes.

– Seize ans, non, je ne te crois pas. Quel âge as-tu ? Dis-moi.

– Donne dollar, quémande la Chinoise en se frottant contre Doris, dollar, donne dollar, encore dollar.

Doris la repousse, écœurée, la gamine est à peine pubère.

– On les appelle les *taxi-girls*, précise Margot. Pour danser avec elles, il faut acheter des jetons.

– Donne dollar, m'dame, pour récompenser gentille fille !

La douceur est l'alliée de la débauche, la tendresse du mercantilisme. Les serveuses ont les pommettes hautes, les lèvres charnues et les yeux étirés. Ces aristocrates de Saint-Pétersbourg auront de la veine si elles deviennent les concubines d'hommes d'affaires très riches. La plupart sont piquées à l'héroïne. Dehors, leurs époux barbus et crasseux font la manche. La ville est impitoyable.

– Doris, Doris, chantonne Margot, obsédée par l'ombre frêle de sa compagne qui sautille dans les rues empierrées.

Tout est irréel, Bouddhas aux mille bras, statues dorées, lanternes défaillantes et mendiants abrutis d'opium.

À Qibao, elles empruntent une jonque pour Donglin. Pont de la Longévité, de la crique du Tigre ou de la Bénédiction, Margot roule entre les bras de Doris, devant le bassin aux Vœux, elle jure de la garder à jamais. Neuf cent quatre-vingt-dix-neuf statues d'or tapissent la Montagne sacrée ; elle abrite un Bouddha géant en bois de camphre : il possède mille bras et autant d'yeux. Le temple de Donglin a connu quelques incendies depuis sa construction, en 386, mais jamais un feu tel que celui qui embrase Margot et Doris cet après-midi-là !

À Pékin, elles déambulent les yeux au ciel, s'enivrant de toits dorés, de portiques à colonnades de laque rouge, de balustrades en marbre. Une horde de coolies à pousse-pousse se jettent en avant comme des fous, puis s'ébranlent dans les venelles animées. Là, des chasseurs de reliques ; ici, des Chinois au rire nerveux qui s'en reviennent d'une partie de mah-jong. Dans les boutiques d'antiquités, des bronzes exceptionnels, des vases en porcelaine et, dans les cabinets du fond, des rouleaux de calligraphie à la valeur inestimable. Une odeur d'encens plane dans les rues, la chaleur est lourde. Doris et Margot se tiennent par la main. Les routes sont inégalement pavées jusqu'au palais de Mukden, un modèle réduit de la Cité interdite. Tous les Européens se retrouvent au Mukden Club pour le thé. Dans un salon spacieux, un orchestre joue les grands airs de la Russie impériale. Des princesses en robes de satin, au nez aquilin, aux pommettes hautes, trempent leurs lèvres rouges et sensuelles dans des coupes de champagne tiède. L'atmosphère déborde d'humidité, les murs suintent, tout divertissement est prélude à la prostitution.

Et puis des rizières et des collines, des fleuves, des arbrisseaux et des fontaines de lotus, des lampions de verre courent dans les arbres des jardins publics. Les jonques plient leurs ailes la nuit, quand le brouillard s'abat. Pèlerins et professeurs d'université sont en grande discussion, les coolies s'époumonent, les filles des clubs ressemblent à des déesses embijoutées. Les marchandises multicolores scintillent sur les étals, les vitrines des pharmacies regorgent de griffes étranges, de racines de mandragore, de plantes médicinales et de petits monstres dans le formol. En Mandchourie, on produit des quantités illimitées de soja, de l'or et de l'opium. À Séoul, les pagodes de marbre ont leur toit retroussé, campaniles, temples et tombeaux sont abandonnés à l'usure du temps. Gongs et pétards résonnent, la frénésie de la joie est factice. À Hong Kong, le vapeur de la Peninsular and Oriental Steam Navigation Company est prêt à s'élancer sur les flots, direction San Francisco. Margot offre à Doris un anneau de jade qu'elle porte à la main gauche.

San Francisco, puis New York, où Doris laisse Margot, le temps d'arranger ses affaires avec son mari. Londres enfin, où le vicomte Castlerosse est en de terribles dispositions. Car elles se sont affichées, les garces, comme des animaux de foire, les gens se sont offusqués et la sanction a fini par tomber. Oh ! ces histoires de lesbiennes ! Valentin se sent bafoué, sali, ridiculisé. Il n'y comprend rien. Il se demande comment elles font. L'homme étant imbu de ses attributs, il ne lui vient pas à l'esprit que l'on puisse s'en passer. Une douce caresse vaut parfois mieux qu'un coup de trique. Lord Castlerosse, ulcéré, réagit en interdisant à sa femme l'enceinte royale à Ascot ! Plus qu'un affront, c'est une condamnation. Et ça, Doris ne le supporte pas. Car c'est là que l'on croise ce qui se fait de mieux. Les femmes y arborent leurs plus grands chapeaux et des gants longs et clairs. Les princes orientaux y croisent les entraîneurs et les aristocrates. La bannir de l'enceinte royale, c'est la rejeter dans le cloaque. Lui montrer d'où elle vient. Le monde va tourner le dos à Doris, pour une banale histoire de clitoris ? Lady Castlerosse est effondrée. Comment survivre à un tel camouflet ? Elle écrit à son cher Winston et le supplie de l'aider. « Je ne suis plus dangereuse, assure-t-elle, parraine-moi à Ascot. Fais-le en souvenir de la tendresse qui nous lie. Winston, je t'en prie, appelle-moi, Mayfair 3137, avec tout mon amour, Doris. » Churchill ne répond pas. Doris se vexe.

L'Angleterre, cette chienne, prend des airs de vierge effarouchée, alors qu'elle rêve de se rouler dans la fange avec tous les palefreniers du royaume, quelle hypocrisie ! La vieille Europe n'est pas tendre pour les hétaïres. Doris attrape ses cliques et ses claques, et file retrouver Margot aux États-Unis. Elle réinvente bientôt sa vie à New York. Avec glamour et brio. Personne ne la traite de putain ni ne suggère des relations douteuses avec la famille Churchill. Margot gâte Doris plus que n'importe lequel de ses amants. Elles dévalisent Cartier, Bergdorf Goodman, Bloomingdale's. Doris rêve de respectabilité et Margot de sexe illimité, on peut dire que leur histoire est mal partie.

À Londres, on a oublié les frasques de lady Castlerosse. Celles de Hitler aussi. On ne le tient pas en grande estime celui-là, un vrai plouc, dont tout le monde assure qu'il va terminer à l'asile, bon débarras ! Non, dans les moulins du Kent et dans les cottages du Yorkshire, dans les montagnes galloises et les châteaux du Surrey, dans les manoirs Tudor et les cathédrales anglicanes, on ne parle que de l'effroyable Mrs Simpson et de son influence croissante sur le bouffon qui se prend pour un roi. Seul Churchill, obnubilé par l'Allemagne, est accusé de semer la panique.

6

Le 16 novembre 1936, le roi convie son Premier ministre, Stanley Baldwin, à Buckingham Palace. Il lui annonce sa décision ferme et irrévocable d'épouser Wallis Simpson. Baldwin s'étrangle, il fait part de l'opposition de son cabinet. Edward VIII n'en a cure. Baldwin quitte le palais, vert de rage. Comment cet imbécile, vêtu comme un clown, peut-il imaginer asseoir une Américaine sur le trône du Royaume-Uni et des autres dominions du Commonwealth ? Une aventurière, deux fois divorcée. Qui plus est disgracieuse. Décidément, l'Angleterre va mal ! Baldwin fait fuiter l'information. Les tabloïds s'en donnent à cœur joie et jettent l'opprobre sur l'intrigante. On lui tourne le dos, on lui envoie des lettres d'injures par milliers, on la caricature, on la ridiculise, elle se met à détester les Anglais, ça tombe bien, c'est réciproque !

Doris songe que chaque femme a droit à une vie intime ; or, le problème majeur, avec la Simpson, c'est qu'elle est aussi laide qu'une grenouille tombée dans un poudrier de mauvaise qualité. Et cela ne va pas s'arranger en vieillissant. Pour Doris, l'esthétisme est essentiel à la bonne marche du pays. Churchill offre son soutien au roi. Perdre son royaume pour une femme serait insensé. Il tente d'intervenir à la Chambre des Communes, il est hué. Alors il dévie sur Hitler et fait un brillant discours prouvant que l'Allemagne se prépare à la guerre : « Les mois et les années qui vont suivre seront d'un si grand prix pour la grandeur de l'Angleterre, elles seront même d'une importance vitale, ne nous laissons pas dévorer par les sauterelles. » Surtout ces saletés de sauterelles germaniques, les pires !

Margot rejoint Richard Hoffman dans le Nevada. Ils divorcent à Reno, à peine un an après leur mariage. « C'était une erreur », reconnaît Hoffman, bon garçon, et il s'en retourne à ses crayons.

Pour que le divorce soit effectif, Margot doit passer six semaines d'affilée sur place. Elle loue un chalet en pierre et pin, à Glenbrook, au bord du lac Tahoe. Une merveille de la nature avec une vue à couper le souffle sur les eaux cristallines et, au fond, les sommets de la Sierra Nevada. Huit chambres, trois hectares de terrain et un ponton pour le bateau. Doris la rejoint et se jette dans ses bras. La séparation a été longue et douloureuse. Margot offre à Doris la gaieté d'une relation sans jalousie ni réelle possession. C'est préférable, car les amies de Margot ne sont pas farouches, elles adorent partager, c'est leur côté démocrate. D'ailleurs, elles s'invitent les unes après les autres au cottage, s'installent, repartent, reviennent. Tout est si simple et Doris se surprend à s'abandonner à la langueur. Des femmes qui vivent, dorment et reçoivent ensemble, sans peur du qu'en-dira-t-on, c'est sensationnel, songe-t-elle.

Le problème, c'est que là où est Doris, Valentin surgit invariablement, suivi d'un détective et d'une batterie d'appareils photo. Et ce qu'il découvre dans le ranch de Margot Hoffman est pire que tout ce qu'il a jamais osé imaginer. Fouet, cuir et prostituée du Ritz sont du bien menu fretin comparés aux soirées fiévreuses du lac Tahoe. Belles et lascives, elles dansent et se noient dans l'alcool, se caressent, s'embrassent, s'aiment pour quelques minutes ou la soirée. Elles passent de l'une à l'autre, se quittent sur un baiser, se retrouvent dans un orgasme, elles rient et soupirent, elles pleurent de bonheur, ces femmes se gavent d'un plaisir coupable.

Collé derrière la fenêtre, Castlerosse est tétanisé. C'est une baie qui court tout le long du chalet et donne sur le lac. Il est au spectacle et la représentation est digne des pires bacchanales. La bouche béante, transi, il n'ose ni entrer ni faire une scène. Il a peur. La vitre est embuée, sans que cela adoucisse sa vision. Car elle est là, au milieu d'elles. Sa robe est courte, si courte, ses bras ondulent, elle danse. On la caresse, elle ne regarde même pas, sa tête part en arrière, ses lèvres s'entrouvrent. Une femme la prend par la taille, une autre vole sa bouche. Et puis Margot, vautrée sur un sofa, qui l'observe. Valentin la reconnaît, il a vu sa photographie dans le *Times*. Elle contemple Doris en train de s'offrir aux autres. Elle adore ça. On dirait que ça l'excite. Valentin suffoque, une enclume s'est abattue sur sa poitrine, il dégringole les marches à reculons, il percute une balustre, et s'assomme dans un grand fracas, sans que personne n'entende rien. Il se rue vers sa voiture. Ces filles de Satan… Il essuie son visage, en sueur et tremblant.

– Alors quoi ? s'exclame le détective qui vient d'armer son appareil, on y va, on l'a, ce flagrant délit ?

– Non, non, bafouille Castlerosse, c'est impossible, il y va de ma réputation.

– Ben ça peut servir, mon gars, si vous dites qu'elle est accompagnée.

– Pas ce genre de compagnie. Cela ferait scandale, des succubes, vous savez ce que c'est ? Certaines ont quatre jambes, d'autres dix, elles ne peuvent ni crier ni mordre, elles se pourlèchent, elles se lapent, comme des animaux, c'est avilissant.

– Cela ferait des clichés exceptionnels !

– Non, vous dis-je, des hyènes, des sangsues, des truies, oh ! mon Dieu, Seigneur Jésus de la Très Sainte Croix !

Dans la lumière crue des phares de la Rolls Phantom, Valentin Castlerosse est blafard et terrifié. Il vomit. Il a les yeux écarquillés, striés de rouge. Ce dont il a été témoin est un rejet de l'homme dans sa totalité, de la virilité, des sentiments, de l'amour le plus rare. C'est la décadence à l'état pur, la déchéance d'une humanité trop vile pour subsister, il ne se doutait pas que de telles choses pouvaient exister. Ces jambes dans tous les sens, fines, écartées, ces filles qui glissent les unes sur les autres, gluantes, infâmes, ignominieuses et Doris, au milieu des harpies.

– Un nid de vipères, vous n'imaginez pas. Des femelles qui copulent toutes ensemble. Là, sordides !

– Oh ! mon vieux, on y va ! s'enthousiasme le détective qui n'en est pas à sa première orgie.

– Non, on rentre à Londres ! On utilisera les photos

précédentes, ça, je ne peux pas. J'en ai plein les yeux, comment l'effacer ? Ce sont des monstres. Ne dites rien, sinon je vous tue ! Des mégères, des gorgones !

– Bah ! fait le photographe excédé, faut savoir ce que vous voulez ! M'en fous moi, c'est vous qui payez !

– Filons, vite !

Ils embarquent sur le *Bremen* et rentrent dare-dare en Angleterre. Le vicomte envoie un télégramme à sa secrétaire, Mrs Brown. « Arrivée Southampton demain. Pas de bagages. Prévoir Château Yquem pour dîner et poulet aux asperges. Facture Beaverbrook. Merci. »

Cette fois-ci, cela va trop loin.

Doris se moque de son mari, elle souhaite plaire à Margot, c'est tout ce qui compte. Car Margot lui a offert un cadeau merveilleux. Un somptueux présent. Un palais incroyable dans la plus belle ville au monde, Venise. Des quatre coins de l'univers, on vient y chercher l'atmosphère romantique décrite par Byron, Shelley et Browning. Et puis les gondoles et les musées, les canaux et les demeures baroques, le Lido, Murano, la haute société, le paradis céleste, Tintoret ! Doris vieillit, elle n'a plus envie de s'éparpiller. Elle souhaite recevoir des intellectuels et des aristocrates, être celle chez qui tout le monde se presse, la plus chic des salonnières. Comme Laura Corrigan, cette Américaine recherchée, dont tout le monde a oublié qu'elle n'était, il y a peu, qu'une pauvre serveuse du Wisconsin, mariée sur le tard à un milliardaire.

Entre le pont de l'Accademia et l'église Santa Maria de la Salute, dans le quartier du Dorsoduro et surplombant le

Grand Canal, survit un palais en pierre d'Istrie, il est abandonné. Un palais dont seul le rez-de-chaussée est sorti de terre. Un palais qui n'est que jardin et fondations. Il a été surnommé par les autochtones « *il palazzo non finito* ». Son nom véritable est « *il palazzo Venier dei Leoni* ». Il a été commandé au XVIIIe siècle par la famille Venier à l'architecte Lorenzo Boschetti. C'était l'un des plus ambitieux projets de l'époque. La famille Venier était puissante, elle comptait trois doges et dix-huit procurateurs comme les dix-huit lions qui ornent la façade. Le mystère reste entier quant à la raison qui fit arrêter les travaux au premier étage. Peut-être un manque d'argent, le chantier était un gouffre, le palais aurait dû être somptueux. Il aurait fait de l'ombre à celui qui lui fait face, propriété de la très influente famille Correr. La marquise Casati y a abrité ses amours avec le poète D'Annunzio, elle a convié le monde entier dans le jardin extraordinaire du palais Venier. Lord Berners s'en souvient et le raconte à Doris qui s'enflamme.

– J'en ferai mon Éden, assure-t-elle.

Le palais Venier dei Leoni devient, en cette année 1936, la résidence principale de lady Castlerosse. Elle y entreprend des travaux gigantesques. Le *signor* Scioppa, un architecte vénitien, saisit vite ce qu'elle souhaite. Il comprend aussi que c'est Margot qui paye. Deux femmes ensemble, ce n'est pas son problème. Venise, patrie des courtisanes, en a vu d'autres !

Les huit fenêtres monophores qui donnent sur le Grand Canal sont restaurées, les balustrades de la terrasse consolidées. Doris modernise l'intérieur, faisant fi des tapisseries de la Casati et des sols de marbre. Pas question de traverser un couloir sombre et humide la nuit pour courir dans la salle de bains. Les lourds rideaux de brocart ont été décrochés, les murs en stuc mis en relief. La salle à manger et la cuisine font face au jardin. Donnant sur le Grand Canal, un immense salon ensoleillé est dédié aux futures réceptions. Et puis six chambres, chacune avec une salle de bains en marbre rose et vert avec une baignoire creusée. Les sols sont en mosaïque et nacre. Le chauffage central est installé. Lady Mendl a prodigué ses merveilleux conseils, son goût moderne faisant rage. La vigne vierge qui envahissait les murs est coupée, le jardin à l'arrière restauré. Un solarium est installé sur le toit. Doris aime bronzer nue, enduite d'huile de Chaldée de chez Jean Patou. Il n'y a plus ni paons qui font la roue ni statues dorées, mais des cyprès et des citronniers et, sous chaque fenêtre, des massifs de lauriers. Un *motoscafo* et une gondole attendent le bon vouloir de Doris. Son nom en lettres d'or est peint sur leurs coques.

« C'est glamour et d'un tel mauvais goût ! » précise Beaton dans son journal.

– Il m'en veut toujours de l'avoir aimé, rétorque Doris à la cantonade.

Elle adore son palais, elle obtient enfin ce dont elle a rêvé toute sa vie. Une demeure si chic que tous vont s'y presser. Et lady Castlerosse dresse des listes d'invités, les cartons partent dans toute l'Europe et jusqu'aux États-Unis. Il s'agit de pendre la crémaillère avec faste. Venise est le salut de Doris. De sa chambre tendue de chintz rose pâle, elle écrit à Churchill pour l'inviter au plus ardent des bals jamais donnés dans la Sérénissime. Par la fenêtre, elle aperçoit un gondolier et lui sourit, il agite le bras « *Ciao ciao bella* ». Elle s'enquiert auprès de Churchill de la situation italienne, doit-on s'inquiéter de ce vulgaire Mussolini et de ses rêves d'expansion ?

Or, Churchill est préoccupé par sa fille qui vient de s'enfuir avec l'acteur Vic Oliver.

– Trop tard, je l'ai épousé, annonce Sarah Churchill, qui débarque sans prévenir à Chartwell. Il sera là pour le dîner, nous nous installerons dans la chambre qui donne sur la roseraie.

– Mon Dieu, mais qu'est-ce qui peut arriver de pire ? s'étouffe Clementine.

– La guerre, Clemmie, la guerre !

Vic Oliver est autrichien, juif, et a deux fois l'âge de Sarah, il est divorcé et n'a guère de succès.

« Je peux parler à Sarah, écrit Doris à Churchill, nous avons toujours été proches, cela aidera peut-être. »

« Je m'en occupe, Doris, répond-il, ne t'en mêle pas. Mais merci, c'est bon de te savoir toujours tout près de moi. »

Le 11 décembre 1936, Edward VIII fait une allocution au micro de la BBC du château de Windsor. Il y annonce ses fiançailles avec Wallis Simpson et son abdication.

– J'ai estimé impossible de porter le lourd fardeau de responsabilités et de remplir les devoirs qui m'incombent en tant que roi sans l'aide et le secours de la femme que j'aime.

C'est Winston Churchill qui a pondu le discours, on s'en est étonné. Beaverbrook, qui l'assistait, a sous-entendu que Churchill savait exactement de quoi il parlait. Comme si le renoncement lui était familier. Devant l'air sombre du vieux lion, personne n'a cherché à creuser.

Le règne d'Edward VIII a duré trois cent vingt-six jours, le plus court de tous les monarques britanniques depuis celui de lady Jane Grey, plus de trois cent quatre-vingts ans auparavant. Le roi est persuadé d'avoir enfin gagné sa liberté, il va en devenir prisonnier, ne fréquentant plus qu'un monde vain, cocasse et futile. Quant à Wallis, reine de la Café Society à défaut d'être reine d'Angleterre, elle passera sa vie à dissimuler ses mains laides et déformées sous des tonnes de bagues étincelantes et des gants en chevreau.

Six mois plus tard, en mai 1937, George VI est couronné. Contre son gré, mais c'est un homme de devoir. La cérémonie est suivie par les filles du roi et de la reine, les princesses Elizabeth, devenue héritière présomptive de la Couronne, et Margaret. Des membres de la famille royale élargie sont présents, ainsi que tous les pairs et les députés. Les principaux administrateurs coloniaux, les ambassadeurs, les princes indiens et les Premiers ministres des dominions figurent également sur la liste, ainsi que lord et lady Castlerosse, assis côte à côte dans la cathédrale de Westminster. Le *Times*, qui fait l'inventaire des invités, le souligne avec humour. Elizabeth Bowes-Lyon souhaitait une vie simple à la campagne, c'est fichu. Stanley Baldwin démissionne, il est remplacé par le très controversé Neville Chamberlain.

Le 3 juin suivant, celui qui est devenu duc de Windsor épouse Wallis Simpson en catimini au château de Candé, en Touraine. Une curiosité gothique ridicule, louée pour la circonstance. Seize personnes sont présentes. Dont Cecil Beaton, photographe officiel. Il se donne un mal fou, car la noce ne ressemble à rien, les mariés ont l'air pincé et la robe est épouvantable. Étonnant de la part de Mainbocher !

En cette fin d'année pleine d'inattendus, Doris et Margot batifolent en Floride. Au Morocco, George Cukor offre à Doris le rôle de Mélanie dans *Autant en emporte le vent*. Elle refuse et part fêter Noël avec sa complice à Honolulu. Au Royal Hawaiian Hotel, une lettre attend Doris. Son divorce est prononcé, quelle poisse ! La cause est établie : adultère. La partie adverse accuse Robert Heber-Percy, dit Mad Boy. Le lieu est défini : le Ritz, à Paris. Ni le fouet ni la prostituée ne sont mentionnés.

Le 16 décembre, tout Londres peut lire dans le *Times* : « Le juge Bucknill a reçu la plainte de lord Castlerosse, concernant l'adultère commis par lady Castlerosse (née Delevingne) et M. Robert Heber-Percy au Ritz à Paris en l'an 1936. Lord Castlerosse, ayant souffert des extravagances de son épouse durant les dix années que dura son mariage, en demande la dissolution. Le juge Bucknill la lui accorde. Lord et lady Castlerosse sont dorénavant divorcés. »

Malheur à celle par qui le scandale arrive !

Libre

1938-1942

1

Il est malheureux. Beaucoup plus qu'il n'ose l'avouer. Il est même désespéré. Avant, il faisait semblant de croire qu'il pouvait la récupérer. Aujourd'hui, c'est terminé, un acte de justice a scellé leur destin. Elle ne lui appartient plus. Elle peut bien balancer ses jambes autour du cou de n'importe quelle catin, personne ne le lui reprochera. Lord Castlerosse est dévasté. Il dépérit, n'a plus goût à rien et file s'enterrer à Killarney. Sa mère pique une crise de nerfs. Un divorce est une offense faite à Dieu, un péché mortel, et on ne peut pas dire qu'on croule sous les indulgences chez les Kenmare ! Il convient d'annuler cette union, le pape doit prendre ses responsabilités. Décidément, le grand âge, elle ne le voyait pas comme ça, la vieille lady !

Soixante-deux journaux reprennent et diffusent à leur tour l'annonce du *Times*. Autant dire que le divorce des Castlerosse ne passe pas inaperçu. Le comte de Kenmare ne sait plus où donner de la tête. Il avait trois fils, pourquoi faut-il que le plus bête soit son héritier ? Valentin se lance dans un projet pharaonique pour oublier son épouse, faire construire un golf sensationnel sur la propriété familiale.

– Quoi ? hurle lady Kenmare, ce garçon va me tuer !

On aurait dû le noyer à sa naissance. On le fait bien avec les chats errants !

– Je dois m'occuper, mère, pour ne pas sombrer dans la dépression.

Le vicomte n'avait pas prévu qu'il serait si difficile d'oublier Doris. On lit bientôt dans le *Londoner's Log* : « Je ne sais pas si vous l'avez remarqué, mais je suis dorénavant divorcé. » Pauvre Valentin, il annonce son célibat, espérant que ses lectrices se jettent à sa tête, c'est pathétique. Doris, pragmatique, constate, de son côté : « Nous avons été mariés dix ans, nous avons vécu ensemble un an. »

C'est alors que Enid Lindeman croise la route de lord Castlerosse. Elle en est à son troisième mariage. Ses deux premiers maris sont morts dans d'étranges circonstances. Ils étaient très riches. Elle est aujourd'hui l'épouse de Marmaduke Furness, sixième plus grosse fortune au monde. Elle interroge Valentin sur sa famille. Non, il n'a pas d'enfants ; oui, il est l'héritier de Killarney et du titre de comte de Kenmare, mais pourquoi tant de questions ? Quand elle s'en retourne aux États-Unis, Enid a imprimé son image maléfique dans l'esprit torturé du pauvre Valentin Castlerosse.

Palm Springs est un mirage au sein du désert californien. Haciendas, ranchs de type colonial et lofts modernistes y pullulent dans une lumière aveuglante. Il y fait suffisamment sec pour endurcir les cœurs les plus tendres. La presse locale rapporte que Doris Castlerosse et Margot Hoffman sont descendues au luxueux hôtel El Mirador.

On les aperçoit à la première de *Camille*, au Plaza Theatre, aux côtés de Greta Garbo et Robert Taylor. Doris minaude au bras de Tyrone Power, discute avec Shirley Temple, Barbara Stanwyck, Amelia Earhart, croise sir John Lavery et son épouse Hazel. Louella Parsons, l'échotière bien connue, en fait ses gorges chaudes. Et tous de commenter les dernières outrances de Doris et Margot.

Sir John et lady Lavery sont installés chez leurs amis Coutts, dans leur villa de Dar Marroc. Lavery est l'un des plus fameux artistes de son siècle. Membre de la Royal Academy, il a portraituré tous les grands de ce monde, dont la reine Victoria. Fasciné par la plastique parfaite de Doris, le peintre réclame l'immense honneur de la faire poser. Oui, à Dar Marroc exactement. Une oasis bohème, bâtie sur le modèle d'un palais tangérois, avec un toit crénelé, un dôme, des arches de mosaïque en forme de fer à cheval autour des portes, des murs blanchis à la chaux, d'autres recouverts de dorures. On se croirait au pays des mille et une nuits. Les vingt chambres croulent sous les antiquités orientales, miroirs à cabochons, coffres cloutés, bijoux berbères, vases en cuir martelé, tapis marocains… Et puis cette piscine au milieu du patio, les palmiers et le sommet des montagnes en toile de fond.

Lavery installe Doris sur le plongeoir. Assise, les jambes qui pendent au-dessus de l'eau miroitante. Ils discutent longuement de la pose. Elle porte l'un de ses éternels shorts rose pâle, ses yeux aigue-marine irradient. Lavery fera deux versions du même tableau, dans la même position. Le premier est immense, Doris balance ses jambes, elle est installée sur le plongeoir, ses orteils sont laqués d'un rouge vif assorti à ses lèvres, un homme est assis dans un fauteuil de jardin bombé, en fer-blanc. Visible jusqu'à la taille, il est captivé par son journal, son maillot de bain est orangé, il porte des chaussures de tennis. La tête de Doris est légèrement tournée sur la gauche, on dirait qu'elle le provoque. Elle n'a plus rien de la vicomtesse Castlerosse, c'est une magnifique Américaine. Sur le second tableau, aux dimensions plus restreintes, on distingue les mollets de l'homme et deux chaises longues rouges. La piscine est vert-bleu, mais la mosaïque qui l'entoure possède cette nuance crue, créée par Jacques Majorelle pour son jardin enchanteur de Marrakech.

Une photo volée par Margot immortalise l'instant. Lavery tient son pinceau à la main. Il a alors quatre-vingts ans, il est vêtu d'un costume trois-pièces traditionnel et d'un panama. Doris regarde au loin, par-dessus son épaule, un sourire énigmatique éclaire son visage si pur, une expression de bonheur et d'espoir. Elle scrute l'avenir, songe certainement à cet autre palais par-delà les océans, un joyau à l'état brut, offert par Margot, et dont les travaux sont dorénavant terminés. Il est temps de lever l'ancre !

En cet été 1938, une photographie de Doris fait la une de *La Gazette de Venise*. Elle est debout, chez elle, sur la terrasse du palais Venier, c'est une femme en pleine possession du moment. Elle porte une robe légère à l'imprimé délicieux, ses cheveux immaculés étincellent dans le soleil à son zénith.

Le Grand Canal égrène le clapotis des vagues et l'appel des gondoliers. Doris prend place dans son *motoscafo*, elle a rendez-vous au Lido pour une partie de backgammon avec le comte Volpi, ancien ministre des Finances de Mussolini, un homme aux manières affables. Lady Castlerosse n'a plus peur de rien, elle a gardé son nom, elle est libre, enfin. Elle dispose d'une cabine sur la plage, joue aux cartes, fait la sieste, se baigne en fin d'après-midi et, quand la grève se vide, au couchant, elle se précipite au Florian où de vieilles aristocrates bavardent à tort et à travers jusqu'à minuit passé.

– Deux jeunes femmes s'ennuient à mourir au palazzo Papadopoli, elles cherchent un mari.

– Souvenez-vous, c'est au Barbaro que Henry James écrivit *Les Papiers d'Aspern*, je viens de le relire !

– On a croisé Cole et Linda Porter au Rezzonico.

– Une Sicilienne extravagante est descendue en grande pompe au Danieli. On me dit qu'elle occupe la première cabine au pied des escaliers du Lido, si, si !

– Avez-vous vu les portraits glacés d'Adolf de Meyer pour *Vogue* ? On appelle cela le « glamour », paraît-il.

– Son épouse Olga est persuadée d'être la fille naturelle d'Edward VII.

– Je sais, on les surnomme Pédéraste et Médisante, cela leur va comme un gant !

Le monde entier est à Venise. Oui, c'est vrai. Cole Porter est là, il fait venir au Lido un orchestre de jazzmen qui joue tous les jours face à la mer. Elsa Maxwell se permet toutes les incongruités, elle s'enthousiasme pour la mode du short. Ses cuisses sont énormes, son ventre proéminent, elle s'époumone à chanter *I'm A Little Old Lido lady*, elle ferait la fortune du cirque Barnum ! Nancy Cunard est lovée au creux des bras puissants de Henry Crowder, son amant noir comme de l'ébène. Les nouvelles lois fascistes sont entrées en vigueur en juillet, l'influence de Hitler sur Mussolini est désastreuse, il veut paver les canaux de la Sérénissime pour y faire défiler son armée. Les juifs de Venise subissent la ségrégation et s'enferment dans le ghetto, ils sont démis de leur nationalité, les décrets italiens s'inspirant de ceux de Nuremberg. Partout en Europe, l'ambiance est à la peur. Hitler a annexé l'Autriche et avance vers la Tchécoslovaquie.

C'est précisément le moment que choisit Valentin Castlerosse pour entamer une cure d'amaigrissement, là-bas, en Tchécoslovaquie. À Karlsbad, les eaux thermales sont réputées. La légende raconte que le roi de Bohême, Charles IV, y chassait un cerf dans les forêts alentour. Acculé au bord d'une falaise, l'animal sauta dans le vide pour échapper aux veneurs. À l'endroit de son ultime bond, jaillit une source thermale aux ondes miraculeuses. Tchèques et Sudètes se disputent la propriété des bains, les Allemands les mettent d'accord en fermant les frontières. Castlerosse perd six kilos en une nuit et rentre à Londres en catimini. Il cherche à revoir Doris, lui écrit, mais elle l'ignore. Elle a adoré le torturer, aujourd'hui elle a tourné la page, une nouvelle vie s'offre à elle, il n'en fait pas partie. Doris est toute à ses préparatifs, excitée, enthousiaste, elle butine comme une abeille trop zélée, elle s'apprête à donner le dernier bal de Venise, elle est devenue incontournable !

Oui, c'est ainsi qu'on l'appellera plus tard, « le dernier bal ». Tous s'y précipitent, oubliant, pour la soirée, que l'Italie, quel mauvais goût, a vendu son âme au diable. Les Vénitiens se massent aux balcons des palais illuminés, ils s'entassent sur les ponts et les rives, applaudissent à tout rompre les gondoles finement ciselées. Il y a des saltimbanques sur les toits et des crieurs aux belvédères. Rien ne compte que la magie de l'instant, la musique, les apparences. Le Grand Canal est noir d'encre, l'argent de la lune et l'or des flambeaux se mirent dans les eaux ténébreuses, la Sérénissime se pare d'ivresse et s'invite chez lady Castlerosse, tout nouveau phénix de l'aristocratie huppée. Doris a les yeux bleu acier, les astres ne scintillent que pour elle, le faste est convié au *palazzo* Venier dei Leoni. Une assemblée bigarrée se presse sur le débarcadère. Les hommes sont en habit, les femmes irradient dans leurs fourreaux en soie aux reflets chatoyants. Ils sont plus de cent sous la voûte étoilée. Ils s'interpellent par leur prénom, ou bien ils disent « chéri », « *baby* » et puis « *mio amore* ». Ils viennent de New York, Paris, Londres, Rio, de plus loin encore. Ils s'embrasent et se frôlent, s'observent, dansent joue contre joue. L'élégance rivalise avec la grâce. Le piano à queue du salon est installé sur la terrasse, une piste de danse recouvre les pavés du jardin, des lampions sont accrochés aux branches des citronniers, les candélabres flamboient sur les tables juponnées. Les fleurs sont arrangées avec goût, les coupes de cristal regorgent de fruits confits, champagne et Clacquesin coulent à flots ! On croise des ducs, des acteurs et des mannequins, des gentilshommes désaxés, des princesses de pacotille portant des bracelets aux chevilles. Il y a Douglas Fairbanks qui a le cœur malade et sa femme Sylvia Ashley, la princesse Alexandra de Grèce, Noël

Coward. Et puis Ivor Novello et lady Melchett, José Sert et la belle Roussy aux bras piqués d'aiguilles empoisonnées. Dudley et Angela Delevingne, le prince Christophe de Grèce accompagné de son neveu, le prince Philip, un beau gosse qui fait sensation et dont tombera bientôt amoureuse la princesse Elizabeth. Un orchestre de jazz entonne les meilleurs morceaux de Cole Porter. C'est un bal à Venise, et nous n'en sommes qu'au crépuscule.

– Où est Doris ?

– Là-bas, regarde, une peste longiligne déguisée en fatalité !

– La guerre n'éclatera pas, assure Elsa Schiaparelli, je le sens.

– Bien sûr que si, rétorque Diana Vreeland, Hitler est fou depuis qu'il a été frappé par la foudre. Oui, encore du champagne, merci.

Nancy Mitford se frotte contre un Vénitien à la chemise grande ouverte. Elle va le dévorer tout cru. Chips Channon conte fleurette à la Bégum.

– Plus je connais la civilisation, plus je la hais, assure-t-il.

Noël Coward révèle, sous le sceau du secret, qu'il est un intime de la reine. Serge Lifar s'enflamme pour un batelier. Un funambule court d'un toit à l'autre. Des jongleurs lancent des oranges. Le vacarme de la cité s'empare des invités et la musique s'élève, enivrante, chacun donne libre cours à ses fantasmes. Nous sommes à Venise, la ville de l'outrance, la fête est un culte ! Aristocrates russes exilés par la révolution bolchevique, milliardaires sud-américains, héritières, artistes, acteurs, cette nuit-là, au palais Venier, ils dansent pour oublier la guerre qui se rapproche au grand galop.

Soudain, un cri. Une marquise a perdu son collier, elle jure qu'on le lui a arraché ! Des perles noires roulent par terre, plus de cent cinquante, si fabuleuses, si précieuses. Elles glissent et disparaissent dans les eaux glaciales et saumâtres. Un télégramme est froissé. Un brouhaha, comme un affolement. Qui ? Quoi ? La guerre, oh ! non ! Pas encore, si, comment ? Duff Cooper a mobilisé la marine pour empêcher l'avancée de l'armée allemande dans les pays de l'Est. Venise est aux premières loges ! Alors, c'est déjà trop tard ? Il faut partir, vite, les frontières ferment les unes après les autres. Déguerpissons avant l'aurore ! Raimund von Hofmannsthal s'enfuit avec Liz Paget, Rex Whistler avec sa maîtresse Caroline. Ils traversent la Suisse en pleine nuit en Jaguar décapotable. On se précipite dans les aéroports, dans les trains, dans les bateaux, il faut rentrer en Angleterre, aux États-Unis, à Rio, à Paris. Les hommes sont en smoking, les femmes, en robe du soir, portent des bijoux inestimables, des étoles en faille de soie, des épingles de saphir dans les cheveux, c'est la fin d'un monde, ils décampent tous en hurlant.

– Non, supplie Doris, non, restez, je vous en prie !

Serrée dans un bustier bleu nuit, elle porte des gants de satin blanc, elle est dépassée, bientôt damnée. Quelle est cette folie qui s'empare de sa soirée ? Elle est désespérément seule, ils sont tous partis avant l'aurore.

Et le téléphone n'en finit pas de sonner.

– Il faut partir, Doris, explique Winston Churchill au

bout du fil, immédiatement, n'emporte rien, c'est ta vie que tu risques !

– Winston, les Italiens ne sont pas des monstres !

– Les Allemands, si !

Churchill a raccroché. Entre nous, il a autre chose à faire, mais il garde de la tendresse, peut-être même est-ce de l'amour, pour cette fille ébouriffante qui ne ressemble à personne.

Quand Doris referme derrière elle la porte de son palais enchanteur, de sa respectabilité enfin acquise, elle ne se doute pas que c'est pour toujours. Lady Castlerosse ne reverra jamais la cité des Doges, le café Florian est peuplé de fantômes. Pour longtemps.

Dans la nuit du 29 au 30 septembre 1938, les accords de Munich sont signés par le Duce Benito Mussolini, le Premier ministre britannique Neville Chamberlain, le Français Édouard Daladier, et Adolf Hitler. Ils sont censés éviter la guerre.

– Vous aviez le choix entre la guerre et le déshonneur. Vous avez choisi le déshonneur, et vous aurez la guerre, assène Winston Churchill à cet imbécile de Chamberlain.

2

Le 1er septembre 1939, la Wehrmacht viole les frontières de la Pologne. Le 3, Londres envoie un ultimatum à Berlin. Hitler n'y répond pas. Le gouvernement anglais déclare la guerre à l'Allemagne à 11 heures. Le président du Conseil français, Édouard Daladier, la déclare à son tour. Les États-Unis proclament leur neutralité. C'est la mobilisation générale en Europe. Tout un peuple prend les armes avec allégresse. Or, bientôt, les soldats affectent des airs de jeunes naufragés et trompent leur ennui derrière la ligne Maginot. Quelle drôle de guerre ! s'étonne Roland Dorgelès dans l'hebdomadaire *Gringoire*. Elle prendra fin le 10 mai 1940 avec l'invasion allemande.

Est-ce de l'arrogance, de la naïveté, une certaine forme d'insolence peut-être ? Doris rentre à Londres pensant y être accueillie par des invitations à foison et des amants prodigues. Comme si on l'attendait. Comme si elle leur manquait. Comme si elle était toujours celle dont on parle. Alors que Londres est inhospitalière, déserte, craintive. Les habitants se réfugient dans leurs propriétés à la campagne. On a oublié le goût du bonheur, la gaieté a détalé à pas furtifs, laissant la place au doute et à la frayeur. La menace d'invasion est omniprésente. On dit que Hitler veut s'assurer la supériorité des airs. La résistance s'organise, un élan patriotique s'empare du pays. Les gens sont terrifiés, ils ont les yeux tournés vers le ciel en permanence.

– Ne regarde pas en l'air, ordonnent les mères de famille à leurs chérubins.

On distribue des masques à gaz, on construit des abris souterrains, on disperse les enfants dans des provinces reculées. Léviathan est allemand, tapi au fond des mers, embusqué derrière les nuages, gueule ouverte qui avale et broie les pauvres âmes européennes.

Comme elles sont loin les années folles, quand on dansait le charleston sur les tables de l'Embassy Club ou du Kit-Kat ! Et les nuits pailletées de strass, les fume-cigarettes d'un mètre de long. Doris portait des robes étincelantes, des jarretières de diamants, des talons d'or et des sautoirs en perles fines. Il y avait du caviar et des cocktails insensés, les hommes étaient chic, les filles avaient la nuque rasée. C'était l'ère du jazz et du gin, on dansait jusqu'à l'aurore, on vivait à en perdre haleine. La lumière s'est ternie, elle se teinte de bleu et de rose glacials, ce sont les derniers feux, les étoiles s'éteignent une à une et lady Castlerosse se fracasse contre le mur d'une sinistre réalité.

Elle s'installe au Claridge. Margot la rejoint. La tendresse qui unissait ces deux-là s'est évanouie. Margot est d'humeur volatile. Doris lui tape sur les nerfs. Margot n'est pas à sa place. Doris cherche la sienne. Dans cet hôtel si familier, elle ne songe qu'à Valentin qui a pris ses quartiers au sixième étage, elle pourrait le croiser et tout recommencer. Oh ! ce goût de paradis retrouvé. Certes, ils se maudissaient à longueur de temps mais qu'est-ce qu'ils s'amusaient ! Ils étaient un couple, une légende, si puissants dans leurs excès, rien ne leur résistait. Doris s'embourgeoise, et lesbienne ne rime pas avec respectabilité. Elle arpente les couloirs du palace, cependant que la porte de Castlerosse lui est définitivement interdite.

– Non, monsieur le vicomte est sorti, explique Mrs Brown, sa secrétaire dévouée, non, je ne sais quand il rentrera, non, il est pris ce soir.

Tous sont préoccupés par l'effort de guerre, la plupart se sont engagés. Les amis, les anciens amants, Tom Mitford, Mad Boy, Cecil Beaton, tous ces jeunes gens fascinants, élevés au son du canon, jettent avec fièvre et fureur leurs corps vils dans la bataille. Comme s'ils devaient expier la frivolité de leur vie passée. Certains n'en reviendront jamais. D'autres s'en retourneront détruits. Et puis, il y a ceux qui tirent toujours leur épingle du jeu, comme Randolph Churchill, bientôt planqué au Caire, qui épouse une rouquine incendiaire, la scandaleuse Pamela Digby dont on n'a pas fini de dire pis que pendre.

Le temps passe, la jeunesse s'enfuit. Doris voit son magnifique visage se creuser un peu plus chaque matin. Des rides strient ses joues, ses pommettes, son front. Elle fixe son miroir pendant des heures, cherchant à se rassurer, en vain. Elle a trente-neuf ans, elle est célibataire, n'a pas d'enfants. Doris a la tête qui tourne en rond, la mazurka, ça fait un mal de chien.

Elle continue à se présenter chez son ex-mari, mais le cerbère de la porte la refoule à chaque fois. Elle le connaît par cœur, son Valentin, il a peur de succomber à nouveau, il a trop souffert. Et pourtant, ils sont liés à jamais. Ils ont la même personnalité, ils sont faits l'un pour l'autre. Si seulement elle avait été moins capricieuse, si seulement il n'avait pas montré tant de jalousie. Soudain, Doris est inquiète, et s'il existait une autre femme ? Si une garce s'en mêlait ? Valentin est un enfant. Un sacré petit diable si facile à manipuler.

Ils se croisent enfin, chez Quaglino's. Dans le grand escalier en fer forgé. Il monte, elle descend. Accompagné de ses parents, il s'incline devant elle et passe son chemin. Mortifiée, elle s'agrippe à la rampe, tout Londres est témoin de sa détresse. Elle relève la tête, le cœur au bord des lèvres, et gagne sa table, digne, un rien hautaine. Elle est livide, un fantôme. Il avouera à ses amis : « Elle a tellement vieilli, je l'ai à peine reconnue. Pendant un instant, j'ai cru qu'il s'agissait de sa propre mère. » Elle s'effondre dans les bras de Margot, qui se vexe. Doris n'en peut plus. Tout s'écroule autour d'elle. Elle a mis dix ans à construire sa vie, elle est enfin parvenue à ce qu'elle souhaitait, impératrice de Venise, et il a fallu que ce vaurien d'Hitler vienne tout ficher par terre.

– Tu es incorrigible, assène Margot, tu me déçois tellement ! Tu es trop centrée sur toi-même, Doris ! Le monde entier est en train de couler, tu n'es qu'un minuscule maillon de la chaîne. Et tu t'apitoies sur ta pauvre petite personne, tu es pathétique.

Ce n'est certainement pas cela qui va la consoler.

Le 15 novembre 1939, Richard Hoffman se suicide dans le garage de son oncle à Stockbridge, dans le Massachusetts. Il avait trente-huit ans, se rêvait écrivain, n'avait plus un dollar devant lui et n'a pas osé en réclamer à son ex-femme. Il a respiré les gaz d'échappement d'une Chevrolet. Margot quitte Doris précipitamment, la culpabilité chevillée au corps.

Doris vient de raccrocher avec sa vieille amie Maxine Elliott, coincée à Golfe-Juan, avec un empoisonnement du sang. Elle écrit à Churchill pour lui faire part de l'état de leur amie commune. Puis embarque sur le premier bateau pour Calais. Elle saute dans le Train bleu qui circule encore, pour combien de temps ? Maxine est épuisée, très faible, le voyage du retour à Londres, en ambulance, sera fastidieux. Doris lui déniche un appartement charmant, au huitième étage de Grosvenor House. Elle engage une infirmière à demeure qui ne la quitte plus. Quand Churchill téléphone enfin, elle lui passe Maxine.

– Ah ! mon cher Winston, comme votre joie de vivre me manque ! C'est un don merveilleux qui n'a d'égal que vos autres dons époustouflants. En fait, vous êtes la créature la plus magnifiquement douée au monde et, quand vous partez, c'est comme si le soleil s'en allait.

Doris n'écoute pas sa réponse. Le château de l'Horizon lui semble si loin. Une autre existence. Elle ne savait pas alors combien elle était heureuse. Elle avait tout, elle ne s'en doutait pas. Maxine Elliott rendra l'âme quelques mois plus tard, épuisée par l'angoisse et la maladie. C'est la fin d'une époque insensée qu'on appellera « l'entre-deux-guerres », les années folles ou rugissantes, c'était juste la plus grande bringue de l'histoire !

L'éventualité d'une attaque aérienne se rapproche. Doris est folle d'inquiétude pour sa famille. Ils doivent tous quitter Londres en vitesse. Elle loue une demeure spacieuse à Sunningdale, dans le Surrey, à quelque vingt-cinq miles de la capitale. Titlarks Farm, à l'altière façade Tudor, possède sept chambres et autant de salles de bains. Un immense salon, une salle à manger de bonne taille et de vastes cuisines au sous-sol. Et puis un jardin à perte de vue, des moutons qui paissent dans les prés, une allée qui serpente derrière des rangées de serres et mène à l'église du village. Ce n'est pas que Doris soit pratiquante, mais la chose est importante pour sa mère, Jessie, fervente anglicane. Dudley et Angela Delevingne sont heureux de s'y installer avec leur fille Venetia. Angela est très enceinte, et très fatiguée. La maison est pleine, gaie, si vivante. Les retrouvailles agissent souvent comme un médicament épatant sur les filles de rien. Une parenthèse enchantée. Doris se recroqueville dans sa coquille. Elle ne veut rien savoir, ni de Valentin ni de Margot, pas plus de Churchill et encore moins de Hitler. Elle voudrait demeurer là, sans bouger, dormir jusqu'à midi, nouer des rubans dans les cheveux fins de Venetia, la regarder apprendre à marcher, s'enthousiasmer pour chacun de ses éclats de rire. Elle caresse le visage potelé de la fillette, elle aurait dû avoir un enfant, une petite fille qui lui ressemble, la vie ne serait pas si vaine. Les nouvelles arrivent plus vite quand elles sont mauvaises. On évoque une agression aérienne, pourquoi pas une invasion ? On dit que les côtes se renforcent en

Cornouailles. Doris voudrait émigrer en Amérique, emmener tout le monde avec elle. Dudley refuse, Angela doit accoucher en juillet. Si seulement Valentin donnait signe de vie ! Si seulement il acceptait de la recevoir ! Comment Doris pourrait-elle se douter que le pauvre Valentin est en train de rendre l'âme dans sa suite au Claridge ?

Il flirte avec la mort depuis tant d'années que celle-ci pointe enfin le bout de sa faux. Trop d'alcool, trop de tabac, trop de foie gras, de fromages, de tourtes, de plats en gelée… Ils lui ont tous recommandé de la mesure. Mais Valentin n'écoute personne, il est triste et désespéré. Aussi seul que sa femme en ce moment. Il ne se remet pas de sa rupture, il a beau crier sur tous les toits qu'elle était impossible, Valentin et Doris Castlerosse sont unis par bien plus qu'un simple contrat de mariage. Ça s'appelle l'amour. Il faut croire qu'ils ne le méritent pas. Le vicomte a mal aux pieds et aux mollets. Une crise de goutte ? Ses intestins sont irrités, il respire mal, il est congestionné. Il suffoque dans son sommeil et se réveille en sueur. Il n'a pas peur de la mort. Valentin, en bon catholique, est persuadé que sa place est à la droite du Seigneur. Cependant, quand il s'effondre de toute sa hauteur dans le lobby du Claridge, il est terrifié. Que lui arrive-t-il ? Valentin ne comprend pas. On mettra deux bonnes heures à le relever, puis à le monter sur une civière au sixième étage. Par les escaliers. Il ne tient pas dans l'ascenseur en position allongée ! Les clients du Claridge se reculent pour laisser passer l'étrange caravansérail. Verdict : cirrhose du foie. Sir Charles Wilson, son médecin anobli depuis peu, n'y va pas par quatre chemins.

– Vous allez mourir. À moins que vous arrêtiez l'alcool et les plats trop riches. Oubliez les femmes et les rêves érotiques !

– Oh ! vraiment, je fais des rêves érotiques ?

Valentin va soudain beaucoup mieux. La rumeur se propage vite à Londres, pour une fois qu'il ne s'agit pas de Hitler ! Quoi, le vicomte est au plus mal ? Et le monde entier surgit au Claridge. Des femmes surtout. Avec des petits pains beurrés, des scones, des sucettes, du champagne, un gâteau à l'anis et des sandwichs de la taille d'un domino qui sont engloutis en un quart de seconde.

– Non ! hurle sir Charles. Les cadeaux restent à l'extérieur.

– Et les fleurs ?

– OK pour les fleurs.

On achète des vases, il y a tant de bouquets que l'on pourrait tenir une échoppe. On assiste à une procession de visiteurs comme le Claridge n'en a jamais vu. La notoriété du vicomte vaut bien celle de Clark Gable ! Lettres, télégrammes et coups de fil intempestifs. L'hôtel installe un standard spécial, car lord Castlerosse reçoit près de cinquante coups de téléphone par jour. Adossé à une vingtaine d'oreillers, Valentin est en pyjama de soie et robe de chambre à rayures roses et passepoil blanc : un éléphant de mer savamment vautré sur la banquise, un monarque bien-aimé dispensant ses grâces sur son lit de mort. Les visites sont nombreuses et tapageuses.

Castlerosse décide de se lever, prend un bain moussant, puis pratique son swing. Le golf lui manque tant. Il ouvre la fenêtre, saisit sa canne et envoie un bouchon de champagne sur le trottoir de Davies Street. Une *nanny* en goguette passait par là. Elle reçoit le bouchon sur la capote du landau qu'elle pousse. Un coup sec et violent. Cela réveille le bébé joufflu qui se met à brailler. Effarée, elle lève la tête, se demandant d'où vient cette chose étrange. Elle cherche l'ennemi, le tireur embusqué, une saleté de Chleuh certainement ! Par une fenêtre du Claridge, elle aperçoit un homme nu qui agite une canne en lui envoyant des baisers. Décidément, tout se perd à Mayfair ; offusquée, la gouvernante hâte le pas.

La chambre de Valentin devient l'endroit en vogue du moment. On s'y précipite pour se noyer dans le champagne et évoquer les derniers potins. Après tout, il s'agit du *Londoner's Log* ! Valentin boit plus que de coutume, dévore, et bientôt sa température augmente. Il est victime d'hallucinations, ses admiratrices prennent cela pour des traits de génie et applaudissent à chaque divagation. Sauf que l'instant est grave, le docteur s'emporte, fiche tout le monde dehors, et ordonne le déplacement de son malade à la clinique. Dans un état semi-comateux, Valentin ânonne le nom de Doris. Il la sait installée au Claridge, quelqu'un a bien dû la prévenir. Comment pourrait-elle passer outre le tumulte qu'occasionne son état ?

– Doris, Doris, halète Valentin.

Il s'énerve, il est en nage. Sir Charles interroge Max Beaverbrook du regard. Ce dernier n'a pas la vie facile en ce moment. Terriblement préoccupé par la guerre, il avance, prudent, dans l'ombre de Churchill. Quand il prend conscience de la gravité de l'état de son protégé, il en avertit immédiatement les Kenmare. Mais que faire pour Doris ? Doit-il l'en aviser ou pas ? Beaverbrook consulte le directeur de l'hôtel qui lui apprend que lady

Castlerosse s'est retirée à la campagne avec sa famille. S'il l'appelle, elle se précipitera. S'il n'agit pas, elle lui en voudra amèrement. Beaverbrook a énormément d'affection pour elle. Il est bien l'un des seuls à avoir compris la puissance du lien qui les unit. Or, peut-il risquer une rencontre avec lady Kenmare ? La comtesse est une furie, elle déstabiliserait Hitler lui-même.

Valentin, tout à l'organisation de ses funérailles, ordonne à Beaverbrook d'expliquer à Doris qu'il est terrassé par une infection due à un streptocoque. Qu'elle ne croie surtout pas qu'il se meurt d'amour. Elle ne s'en remettrait pas, elle culpabiliserait. Il laisse une lettre à son intention, une missive faite de souvenirs fantaisistes et passionnés. Aux portes de l'enfer, Valentin Castlerosse ne songe qu'à cette femme qu'il a tant aimée.

Beaverbrook paye la note du Claridge, et suit, effaré, le transfert de son ami. C'est épique, digne d'un film hollywoodien. Déplacer la montagne Castlerosse prend plus de trois heures. Le lit, les escaliers et les multiples portes dérobées. Impossible de traverser le hall d'hôtel à midi avec un géant en pyjama, pas rasé, qui hurle au kidnapping. Et puis, toujours ces gémissements lancinants :

– Doris, Doris, Doris…

La clinique de Londres impose au malade une diète sévère et un règlement strict. Pas d'alcool, pas de visites, sauf exceptions religieuses. Toutefois, le charme du vicomte a raison des infirmières qui laissent passer les petits plats mitonnés par les cuisines du Claridge et une multitude de jeunes femmes agglutinées autour du lit. Ce ne sont pas des paroissiennes du diocèse de Killarney, mais des admiratrices enthousiastes. Quant à la couche du vicomte, c'est l'immense lit Napoléon III dont on n'a jamais pu le faire sortir. Une noria de taxis tourne autour de la clinique, malgré les efforts du docteur Wilson, elle est devenue l'annexe du Claridge.

Les Kenmare mettent un temps fou à arriver. Doris aurait pu faire dix fois l'aller et retour. Beaverbrook se ronge les sangs. Et si Valentin mourait sans la revoir ? Il préfère chasser cette pensée de son esprit. Lady Kenmare apparaît enfin, avec un prêtre irlandais dans ses bagages. Son mari, pris par ses fonctions seigneuriales, ne l'a pas accompagnée.

– Pensez-vous qu'il puisse recevoir l'extrême-onction, mon père ? Vous savez, il est divorcé, j'en suis mortifiée, le pape a promis de faire quelque chose, on attend toujours.

– Dieu accepte tous les siens, ma fille, assure le petit curé, bienheureux depuis que les Kenmare ont pris en charge, non seulement le toit, mais aussi le clocher et le chauffage de son église.

– Vais-je mourir, mère ? s'enquiert Valentin en ouvrant un œil.

– Si vous arrêtez de pratiquer le golf tout nu et que vous vous mettez à boire de l'eau, vous aurez peut-être une chance de survivre, affirme le médecin, de plus en plus préoccupé.

– Car je dois hériter de Killarney, explique Valentin en se redressant, je compte y faire construire un dix-huit trous !

– Laissez-le mourir, docteur, ordonne lady Kenmare, il

est impossible ! Et vous, mon père, pratiquez vos rites, que l'on en finisse, nous devons être en règle avec Dieu avant l'ultime voyage.

Valentin fait transmettre un télégramme au *Cork Examiner*, précisant qu'il a reçu les derniers sacrements. Cette ruse lui permet d'échapper à ses créditeurs, Beaverbrook ayant déclaré qu'il ne paierait plus pour lui tant qu'il ne se serait pas mis au régime sec.

Grâce aux bons services de Charles Wilson, des infirmières et certainement du bon Dieu, Castlerosse se rétablit enfin et célèbre son retour par une élégie dans le *Sunday Express*. « J'étais terrifié, écrit-il, que vous puissiez lire cela : “Soyez miséricordieux, Seigneur, car le vicomte Castlerosse est mort hier, bourré de morphine et de brandy, entouré des plus jolies femmes de Londres !” »

À Sunningdale, Doris se pose mille questions. Une opportunité se présente pour rejoindre New York. Des billets de première classe sur un transatlantique. Margot s'est enfin souvenue de son existence. Doit-elle partir ou pas ? Abandonner sa famille ? Et Valentin alors ? Elle apprend par la presse qu'il a été au plus mal et personne ne l'a prévenue. Elle maudit Beaverbrook et se fait conduire prestement à Londres. Si elle s'expatrie à New York, qui sait quand elle le retrouvera ? Qu'en est-il de la guerre ? Si seulement Valentin acceptait de la revoir ! Mais quel trafic sur Park Lane ! Elle s'énerve, quel accueil lui réservera-t-il ? Elle sort de sa voiture en trombe. Le portier du Claridge tient la porte, elle ne lui accorde pas un regard. À la réception, elle fait demander le directeur.

– Lord Castlerosse est-il sorti de l'hôpital ?

– Oui, madame, mais…

– Je sais.

L'ascenseur, son étage enfin. Elle cavale dans le corridor, perd son foulard, une soubrette le ramasse et l'interpelle. Doris est ailleurs, elle veut savoir, elle ne partira pas sans avoir eu une discussion avec lui. Et personne ne l'en empêchera !

– Valentin, Valentin !

Elle frappe avec rage, force et désespoir, il faut l'avouer.

Mrs Brown, le cerbère, prend un air outré, ses lunettes de taupe sur le bout du nez.

– Je suis lady Castlerosse, je dois voir mon mari.

– Je sais qui vous êtes, madame, je suis navrée, le vicomte est en convalescence à Killarney.

Et la taupe claque la porte au nez de Doris. Elle reste interdite, puis s'effondre dans le couloir, glisse le long du chambranle. Elle sanglote, choquée et perdue à la fois. La femme de chambre ne sait pas vraiment quoi faire, elle hésite, elle tient l'étole de soie entre deux doigts, et c'est sa main qu'elle tend.

– Madame, madame, je vous en prie.

Doris attrape la main tendue. Et se redresse. Elle souhaitait lui parler, le toucher, s'assurer de sa santé. Killarney, personne n'acceptera jamais de la recevoir là-bas.

– Madame, je vais vous aider, prenez mon bras.

Doris n'entend pas. Elle se laisse faire. Elle s'appuie de tout son poids sur la jeune fille et se laisse conduire jusqu'à sa propre suite. Elle tremble, elle est livide. Elle a chaud, puis froid. Elle veut, elle ne sait pas ce qu'elle veut. Elle distingue le bruit de l'ascenseur, s'adosse à la grille, le groom connaît l'étage de lady Castlerosse, il entre dans sa cage dorée et disparaît dans le décor. Lady Castlerosse suffoque. Le groom interroge du regard la femme de chambre qui lui fait signe de se taire. Elle mène Doris à sa suite, l'aide à se dévêtir, et la glisse dans son lit. Plus tard, bien plus tard, Doris s'éveille. La femme de chambre est assise dans un fauteuil, elle lui sourit avec bonté. Tant de bienveillance de la part d'une inconnue, Doris est bouleversée.

– Qui êtes-vous ?

– Personne, madame.

– Ne dites plus jamais cela, mademoiselle, jamais. Cette nuit, sans vous, je me serais peut-être jetée par la fenêtre, qui sait ?

– Ne pleurez pas pour un homme, madame, ils n'en valent pas la peine, nous n'avons pas besoin d'eux.

– Vous êtes bien jeune pour avoir tant d'assurance. Quel est votre nom ?

– Kitty Blackwater, madame.

– Je vais vous donner une adresse, vous irez de ma part.

Doris se lève et s'assied à son bureau, elle sort une feuille monogrammée d'un tiroir et griffonne quelques mots.

– Il s'agit d'une maison à la campagne, poursuit-elle. Je vous recommande à mon frère et à sa famille, il vous accueillera avec tous ceux que vous aimez. Filez vous mettre à l'abri à Sunningdale, Kitty Blackwater, je ne vous oublierai jamais.

La jeune fille disparaît, éperdue de reconnaissance. Doris ferme l'abattant du secrétaire, puis allume une cigarette. Elle croise son reflet dans le miroir. Sa bouche n'est plus qu'une mince ligne très fine, ses yeux sont d'un bleu polaire. Si elle s'en retournait à Venise, au moins elle serait chez elle. Mais l'Italie est en territoire ennemi, bourré de cochons de fascistes, qui sait si le palais Venier n'est pas occupé par Mussolini et ses Chemises noires ? Après moult tergiversations, elle se décide à appeler Churchill, il la guidera. Pour peu qu'il accepte de la prendre au téléphone. Il accepte.

– Que dois-je faire, Winston ? Aide-moi.

– Pars aux États-Unis, tu y seras en sécurité. Ils vont nous bombarder, Doris, ces fichus Fritz vont larguer sur Londres des centaines de bombes, pars vite. Je ne veux pas te savoir en Angleterre. Emmène ton frère et sa famille, la France va perdre la bataille, Doris, nous serons alors en première ligne ! Je t'en conjure, ma belle, pars !

– Et toi, ta femme, tes enfants, pourquoi restes-tu, Winston ?

– Parce que je vais sauver le monde, Doris, voilà pourquoi.

Le 10 mai 1940, Winston Churchill est nommé Premier ministre du Royaume-Uni. Il a soixante-cinq ans. Dans son discours du 13 mai, il déclare : « Je n'ai à offrir que du sang, du labeur, des larmes et de la sueur… Vous me demandez quelle est notre politique. Je vous dirai : c'est faire la guerre sur mer, sur terre et dans les airs, de toute notre puissance et de toutes les forces que Dieu pourra nous donner… Vous me demandez quel est notre but. Je vous réponds en deux mots : la victoire, la victoire à tout prix, la victoire malgré toutes les terreurs, la victoire quelque longue et dure que puisse être la route : car, hors la victoire, il n'est point de survie… Allons, en avant tous, unis et forts ! »

Beaverbrook, opportuniste en diable, se range à ses côtés, il est nommé « ministre de la Production aéronautique ».

Le 2 septembre 1940, Doris embarque sur le *SS Washington* à destination de New York. Elle emporte ses bijoux, sa Rolls-Royce et les trois tableaux peints par Churchill. Le quatrième est resté au château de l'Horizon, il fera bientôt le bonheur d'un officier allemand, elle ne l'apprendra jamais. Elle pleure toutes les larmes de son corps. Elle n'est pas du tout certaine que Margot l'attende à l'arrivée.

Par un curieux coup du hasard, le navire fait un crochet par Galway, en Irlande, pour embarquer des Américains. Parmi eux, des amis du vicomte Castlerosse, qu'il a accompagnés jusqu'au débarcadère dans sa Bentley Corniche flambant neuve. Il fait un temps superbe en cette fin d'été. Valentin se plaît à attendre sur le quai pour voir partir ses camarades. Un dernier adieu avant longtemps. Ils agitent des mouchoirs, s'envoient des baisers. Valentin Castlerosse a le cœur léger et, depuis peu, l'âme en paix. Soudain, il se fige.

Car, sur le pont supérieur, une silhouette frêle attire son regard. C'est elle, oui, c'est Doris, si droite et mince dans son manteau ivoire. On dirait qu'elle va s'envoler. Les couleurs pastel ont toujours fait ressortir l'opalescence de son teint. Elle aussi l'a aperçu, elle est tétanisée. Elle s'agrippe au bastingage, elle crie, il n'entend pas, il fait de grands signes, elle ne comprend pas. Elle agite les bras, lui aussi. Elle se précipite sur la coursive, bouscule deux vieilles dames outrées. Elle descend sur le pont inférieur, se rapproche de lui. Il peut distinguer son visage émacié, mais il n'entend rien. Trop de bruit alentour, trop de monde, trop d'excitation, de fureur, certains ne se reverront jamais, ils le savent bien. Doris. Valentin. Quelle bêtise ! Frivolité, jalousie, vanité ont tout gâché. Elle sent son cœur se broyer, des sanglots strient le visage adoré, il le voit bien. Il est dévasté. Soudain, la sirène du navire.

Larguez les amarres, larguez les amarres, amarres larguées !

La corne de brume émet sa plainte grave. Trois fois. Dans un jet de vapeur blanche, le luxueux transatlantique s'ébranle, il glisse sur les eaux calmes et quitte le port en projetant des gerbes d'écume. Le quai s'éloigne. Doris agite ses mains frénétiquement. Valentin ne distingue plus que les cheminées ailées, les appareils photo crépitent, les larmes n'en finissent pas de rouler sur les joues rebondies du vicomte Castlerosse. Drames intimes et rêves d'enfant sont saccagés par un navire, dont la proue est désormais tournée vers le grand large. Doris mesure l'ampleur de ses erreurs. Valentin Castlerosse est l'homme d'une vie, la sienne.

3

Ni masques à gaz à New York, ni abris antibombes, ni métros bondés. Ni sirènes hurlantes, ni foule apeurée, ni inconnus qui scrutent le ciel. Pas d'écoles fermées, de villes désertées... Pas de Margot Hoffman sur le débarcadère. Juste une Rolls-Royce, des malles, trois tableaux et une fille balancée comme une fusée qui essuie des larmes de crocodile.

– Je peux vous aider ?

– Il semblerait que l'on m'ait abandonnée, répond Doris à l'inconnu en séchant ses pleurs.

Il se nomme Paul Mellon. Il donne déjà des directives pour qu'elle dispose d'un toit ce soir, le Pierre certainement, demain on trouvera un appartement. Cette fille à la fierté farouche le fascine, il la prend pour une aristocrate, princesse au moins. Doris choisit de laisser libre cours à sa fantaisie. Paul Mellon a trente-trois ans, c'est l'un des hommes les plus riches des États-Unis. Il est issu d'une famille de banquiers yankees. Il a décidé de reprendre ses études et s'est inscrit au St John's College d'Annapolis. Doris n'a rien contre la baie de Chesapeake, mais Paul préfère l'installer à New York. Il est marié, bien entendu.

Elle lui pardonne ce léger travers quand il la dote d'un vaste appartement à Sutton Place avec vue sur l'Hudson. Ses voisins sont les Vanderbilt, les Astor, et Elsie Mendl, en train de lancer la mode des cheveux bleu pâle et décidée, plus que jamais, à éradiquer l'effroyable mauvais goût américain.

Pendant plusieurs semaines, Doris s'extasie : les magasins regorgent de vivres, les vitrines sont colorées, les enseignes clignotent la nuit, les restaurants sont pleins, et les cinémas affichent complet. Ce n'est qu'une douce et tragique illusion. Dans les appartements cossus comme dans les cambuses, dans les villes industrielles, dans les déserts, les réserves indiennes, les bases militaires, on ne parle que d'une chose, la guerre ! Le pays doit-il intervenir ou pas ? Tout le monde s'en mêle. Dans les journaux, à la radio, au Congrès, les voix sont discordantes, chacun y va de ses prévisions catastrophiques.

Doris a tout intérêt à enchanter Paul Mellon, même si elle n'éprouve pas une once de sentiment pour le jeune coq. Car son départ a drôlement fait jaser. Outre-Atlantique, on la condamne pour avoir fui le pays, elle fait figure de renégate. Au contraire de Gertie Lawrence qui enchaîne les tournées dans les camps d'entraînement pour remonter le moral des troupes. Ou d'Edwina Mountbatten qui se décarcasse pour trouver des logements aux jeunes réfugiés juifs.

Doris se console avec la presse américaine qui suit le moindre de ses faits et gestes. Elle ne quitte plus Evalyn Walsh McLean qui vient d'acheter le plus gros diamant du monde, celui qu'on surnomme Hope et qui n'apporte que misère et drame autour de lui. Paul Mellon l'accompagne au théâtre et au cinéma, elle y croise un soir John Galliher. Ils sont si jeunes, beaux et riches, tout ce qu'elle aime ! Elle enjolive leurs nuits et sanglote au petit matin tant sa solitude l'oppresse.

Elle les a tous chéris, oui, certains plus que d'autres. Gordon Hasley, Laddie Sanford et Cecil Beaton, éperdument. Winston Churchill, elle l'a tant admiré qu'elle n'a pas osé lui voler son cœur. Peine perdue, tout est écrit d'avance. Margot a été une folie, Castlerosse, sa plus grande passion. Si elle devait tout recommencer, cela serait Valentin. Sans bravade ni jalousie, elle en fait le serment. Que devient-il ? Où est-il ? Elle n'ose lui téléphoner, elle a si peur qu'il lui raccroche au nez. Pis, qu'il l'insulte à cause de sa conduite insolente, de ses frasques provocantes. Elle choisit de rester dans l'expectative, de croire que oui, un jour, peut-être… Ils ont vieilli, la guerre atténue les rancœurs, bouleverse les souvenirs. Qui sait, il est peut-être encore temps de porter un enfant, d'offrir un héritier à Killarney ?

Pleine d'audace, elle se décide à lui écrire, sans une once d'espoir de réponse. Doris sait bien qu'elle a grillé toutes ses cartouches, mais elle possède un instinct de survie, appelez cela de l'énergie, de la force, une audace sans pareille. Paul Mellon disparaît un matin. Il s'engage dans la marine, convaincu de l'entrée en guerre imminente de son pays. Il veut être aux premières loges, adieu Doris, *so long*, c'était formidable. Tout ce qu'elle possède tient entre ses mains : des joyaux qui valent une fortune, et trois tableaux dont deux pourraient bien ruiner la carrière du Premier ministre. Sur l'un, elle est étendue dans une pose lascive sur un sofa émeraude. Sur l'autre, elle est assise sur les rochers, à côté de Churchill, on dirait qu'ils se tiennent par la main, étrange illusion d'optique souhaitée par le peintre lui-même. Autre temps, autres chimères.

Il fait une chaleur incroyable cette année-là, les Astor sont à Palm Beach, les Vanderbilt dans les Hamptons et les McAllister à Newport. On a vu John Galliher danser avec une belle du Sud, en Alabama. Lady Mendl lance la mode des meubles recouverts de tissu panthère, elle a fauché l'idée à la Casati. Doris est désespérément seule. Et bientôt pauvre. Son train de vie est faramineux et elle doit se résoudre à abandonner l'appartement de Sutton Place. Elle emménage au Delmonico Hotel, sur Park Avenue. Cela ne suffit pas. La mort dans l'âme, elle se résigne à mettre ses bijoux au clou. Le portier lui donne l'adresse d'un prêteur sur gages dans le Lower East Side. Elle s'y fait conduire, pousse la porte d'une échoppe crasseuse, bourrée de bibelots en or, de chandeliers baroques, de tableaux, de montres, d'argenterie et autres babioles confiés par des désespérés. Un homme froid et sans émotion dessertit avec minutie les diamants de leurs montures.

– N'avez-vous donc aucune compassion ? ose-t-elle demander au sinistre individu, qui l'observe derrière ses lunettes cerclées de métal.

Sans daigner lui répondre, il lui tend une liasse de billets et s'en va disposer les pierres dans son coffre-fort. En émergeant de l'horrible tanière, Doris croise son reflet dans un miroir rococo. Sa beauté se fane, son teint s'assombrit. Son regard est vide. Est-elle en train de perdre la tête ? Elle a peur de tout et d'abord d'elle-même. Dans la rue qui grouille d'animation, des enfants sales jouent au gendarme et aux voleurs, une gamine aux joues rouges est accroupie dans le caniveau, trois bambins découpent des morceaux de carton et en font des personnages monstrueux. Une matrone dégringole un escalier en hurlant, un ivrogne s'écroule… Effrayant, songe Doris en courant se réfugier dans sa Rolls, elle est en nage. De retour dans sa chambre des quartiers chic, elle s'effondre sur son lit et dévore les derniers magazines sur papier glacé, à la recherche d'hommes puissants sur qui compter.

Quelle saison ! En Angleterre, ce début d'été se veut agité !

Le 18 juin 1940, le général de Gaulle, reçu à Londres avec tous les égards dus à son rang, lance un appel qui empoisonne Churchill :

– Quoi qu'il arrive, la flamme de la résistance française ne doit pas s'éteindre et ne s'éteindra pas. Demain comme aujourd'hui, je parlerai à la radio de Londres !

– Ma croix la plus lourde, marmonne en privé le Premier ministre, c'est la croix de Lorraine !

Le 22 juin, dans le wagon d'un train arrêté à Rethondes, en forêt de Compiègne, le gouvernement du maréchal Pétain signe un armistice indigne. Le 29 juin, Diana Mosley, blonde pétillante à la peau de porcelaine et aux yeux bleu vif, est arrachée à son bébé de dix semaines qu'elle nourrit au sein, ainsi qu'à son petit garçon de dix-huit mois. Elle est jetée en prison, à Holloway, sur dénonciation de sa sœur, la romancière Nancy Mitford. Diana a commis le crime de tomber folle amoureuse d'Oswald

Mosley, leader travailliste anglais. Puis de l'épouser dans l'appartement douillet des Goebbels, avec Hitler pour témoin. Croix gammées et tasses de thé en guise de noces.

– Je me fiche de Mosley, mon beau-frère n'est qu'un pantin, assure Nancy aux services secrets. Mais ma sœur Diana, elle est fausse et perfide, ne la loupez pas !

En juillet 1940, débute la bataille d'Angleterre. L'aviation allemande organise raids sur raids, déverse des milliers de bombes sur les villes du royaume, dans l'espoir d'abattre le moral ennemi. C'est le *Blitz* qui frappe les quartiers populaires de l'East End, mais aussi le palais de Buckingham. Bientôt, les principales villes industrielles sont anéanties : Coventry, Birmingham, Bristol, Plymouth, Liverpool, Southampton, Sheffield, Swansea, Glasgow…

– Si Hitler avait envahi l'enfer, je me serais débrouillé pour avoir un mot gentil pour le diable, avoue Churchill.

Les Allemands projettent de débarquer sur les côtes anglaises avec une importante flotte rassemblée à Boulogne, Calais et Dunkerque. Ils décident d'asphyxier la Grande-Bretagne. Churchill tient bon, persuadé que les États-Unis vont entrer dans la guerre. Il convainc l'opinion publique de résister.

– Agissez comme s'il était impossible d'échouer !

Il n'échoue pas. La bataille d'Angleterre est le premier échec infligé à l'Allemagne, jusqu'alors victorieuse. Elle est gagnée grâce à la supériorité de la Royal Air Force, à la qualité de ses avions et à l'héroïsme de ses pilotes.

– Ce n'est pas la fin. Ce n'est même pas le commencement de la fin. Mais c'est peut-être la fin du commencement, lance Churchill, galvanisé.

Le 10 mai 1941, Rudolf Hess, bras droit de Hitler, fait sensation en se faisant parachuter en Écosse et en atterrissant au milieu des zinnias de lord Hamilton. Hitler adore les zinnias, lord Hamilton aussi, c'est leur seul point commun. Hess vient négocier la paix avec le roi.

– Les Huns sont si bêtes, explique Churchill, ils croient tout ce qui est écrit. Quelqu'un a montré un jour à Hitler une vieille revue où lord Hamilton est présenté comme l'intendant du roi. Les imbéciles ! Ils ont cru pouvoir l'atteindre à travers lui.

Rudolf Hess est jeté promptement dans la tour de Londres. Au moindre problème, on y entasse les fâcheux. On note avec intérêt que celui que l'on surnomme « le dauphin de Hitler » a les ongles de pied laqués de vernis carmin. Quant à lord Hamilton, furieux d'avoir été choisi comme émissaire par les nazis, il raconte à qui veut l'entendre :

– Je suis aussi gêné que si j'emmenais ma femme au restaurant et que j'y rencontrais ma maîtresse.

Il n'a jamais fait aussi beau en Irlande qu'en cet automne 1941. Le pays, il est vrai, joue la carte de la neutralité. Le *Blitz*, les bombardements, la Luftwaffe, les Irlandais s'en moquent. Valentin s'ennuie comme un rat mort. Il est en pleine forme, on ne croirait jamais qu'il a reçu l'extrême-onction. Ses parents vieillissent et son meilleur ami est devenu ministre des Approvisionnements, il est happé par la guerre. Beaverbrook a accru de quinze pour cent la production aéronautique, et c'est au-delà des prévisions. Il a réquisitionné des usines de réparation, obtenu la libération, à son profit, d'ingénieurs juifs allemands. Churchill qualifie son intervention de « magique ».

Mais la guerre a définitivement enterré le *Londoner's Log*. On ne s'intéresse plus à la vie mondaine, la frivolité est passée à la trappe, et Valentin Castlerosse se tourne les pouces. Les journées sont interminables quand on ne s'intéresse qu'à soi. Il tente de convaincre ses parents d'accepter la construction d'un golf. Il imagine un magnifique parcours de dix-huit trous aux fairways étroits, bordés d'arbres et de nombreuses rivières. Des vues sensationnelles sur les lacs Lough Leane et les montagnes MacGillycuddy's Reeks. Tout est prêt, les entrepreneurs n'attendent que son autorisation. Or, les Kenmare y sont fermement opposés. Et Valentin s'agace.

Quand il reçoit une lettre de Doris où elle évoque sa solitude, ses regrets, le temps passé loin de lui, il répond dans l'heure. La pauvre, elle demande pardon, il n'aurait jamais cru cela d'elle. Et Valentin s'emballe. Les hommes, ces nigauds, sont si faciles à retourner ! Une correspondance s'ensuit, puis des coups de fil réguliers. Une fois par semaine, puis deux, trois, tous les jours bientôt. Le vicomte lit beaucoup, tient un journal, oui il le reconnaît, il pense à elle, souvent. Tout le temps. Non, il n'y a pas d'autre femme. Il a bien rencontré une certaine Enid Lindeman. Charmante oui, trop présente à son goût. Elle vient de perdre son troisième mari dans d'étranges circonstances. On dit que Marmaduke Furness aimait un peu trop la morphine, il est mort en laissant sa veuve immensément riche. Doris sent le danger : Castlerosse aime l'argent.

– Est-ce qu'elle est belle ? Est-ce qu'elle est gentille avec toi ?

– Petite fleur, ma chérie, tu n'as pas à t'inquiéter. Enid

est intelligente mais assez envahissante, or je suis comme toi, j'aime ma liberté.

– Nous sommes pareils, Valentin, et c'est ce qui nous a détruits. Nous n'avons pas su nous aimer, nous étions bien trop jeunes.

Doris raccroche en promettant de rappeler le lendemain. Elle est mortifiée. Elle se renseigne, envoie des lettres, donne des coups de fil dans tous les sens. Et ce qu'elle apprend n'est pas pour l'apaiser. La fameuse Enid est une intrigante australienne de haut vol qui a déjà trois milliardaires à son actif, tous épousés et tous morts. Elle ne pouvait imaginer pire. Une chercheuse d'or élevée au kangourou grillé et à la bière. Elle a épousé un officier, Frederick Cavendish, surnommé Caviar à cause de son train de vie. Elle a couché avec tout le régiment. Puis Marmaduke Furness, qui a changé son testament quelques semaines avant de mourir, déshéritant son fils unique, pour en faire bénéficier Enid, dans sa totalité. On raconte que la signature, sur l'acte officiel, est un tel gribouillis qu'Enid lui a certainement tenu la main. Elle hérite de plus de dix millions de livres et s'installe à Londres. Enid est belle, brillante, autoritaire, avec un côté garçon manqué. Mon Dieu, Valentin va adorer, il n'aime rien tant qu'une femme qui le violente. Doris est accablée. Il faut qu'elle se reprenne, qu'elle se concentre, qu'elle réfléchisse, elle se répète son mantra : « N'aie jamais peur, ne tombe pas malade, ne sois pas jalouse. » Elle doit rentrer en Angleterre au plus vite, il va se faire avaler tout cru, c'est un gros bêta. Il y va de son existence, cette salope est funeste. Elle tente de le prévenir, il la rassure :

– Pas mon genre, ma chérie, ne t'inquiète pas, promet Valentin.

Il aime profondément Doris, elle est la femme de sa vie, il pourrait l'épouser à nouveau. Même si, au fond de lui, ce gros garçon rejeté depuis toujours par ses parents sait pertinemment qu'ils ne seront jamais heureux, on ne change pas aisément. C'est alors qu'un coup du sort frappe Valentin : il perd son père et hérite du titre de comte de Kenmare. Il ne s'y attendait pas du tout, il est pris de court, inconsolable, même sa mère s'en étonne. Doris songe qu'elle a une chance de le récupérer, son père étant un obstacle en moins.

– Tu sais, petite fleur, explique Valentin ce soir-là au téléphone, alors qu'il sirote son whisky devant un feu de cheminée, je regardais le cercueil descendre doucement dans la crypte et je me suis dit, quelle horreur, mon pauvre cher vieux est entouré de murs de pierre pour l'éternité. Moi, je voudrais être enterré dans les montagnes, sur le Moll's Gap exactement, avec le panorama incroyable de l'Upper Lake et de la Black Valley, et puis mon golf, ses greens, son fairway à perte de vue…

– Quel golf, chéri ?

– Celui que je vais construire maintenant que je ne dois plus rien à personne.

– J'aimerais tant le voir.

– Reviens, Doris.

– Tu m'attendras ?

– C'est promis.

Or, Doris est coincée à New York. Comment retourner en Angleterre sans argent ? Le pays est en guerre. Si seulement Churchill pouvait l'aider. Il est le chef du gouvernement. C'est cela, la solution. Elle ose l'appeler, le déranger, faire valoir son amitié ancienne. Elle est persuadée qu'il ne répondra pas, trop occupé par ces fichus Allemands. Il la prend. Comme à chaque fois. Il y a des moments que l'on aime à faire revivre au plus fort de la panique.

– Winston, il faut me faire rentrer à Londres à tout prix.

– Impossible, les frontières sont fermées. Tu n'as pas conscience de ce qui se passe à Londres, Doris. Et puis ton amitié avec les Mosley te serait fatale, ils sont en train de pourrir en prison, je n'ai rien pu faire pour Diana, et c'est pourtant la cousine de Clementine.

– Je t'en prie, Winston, je suis si seule.

– Je suis désolé, c'est non, Doris. Et je ne reviendrai pas dessus.

Pearl Harbor est une baie peu profonde située sur l'île d'Oahu, dans l'État américain d'Hawaï, à l'ouest d'Honolulu. Le dimanche 7 décembre 1941, au petit matin, des nuées d'avions japonais attaquent par surprise la flotte de guerre américaine, faisant deux mille quatre cents morts. Trois heures plus tard, le gouvernement japonais transmet à son homologue américain une déclaration de guerre en bonne et due forme. Quatre jours plus tard, c'est au tour de l'Allemagne et de l'Italie, alliées du Japon, de déclarer la guerre aux États-Unis. D'européenne, la guerre déclenchée en 1939 sur la frontière germano-polonaise devient mondiale…

« Nous voilà sur le même bateau », déclare au téléphone le président Roosevelt au Premier ministre britannique.

Winston Churchill respire enfin.

4

À Clementine Churchill
10 Downing Street
Londres
Décembre 1941

Clemmie chérie,

Me voici enfin parvenu en Amérique après neuf jours en mer. Le *Duc d'York* a tenu bon, la traversée n'a pas été de tout repos. Nous n'avons pu aller trop vite de peur d'être détectés par les sous-marins fritz. Il a fallu prendre les vagues de biais, imaginez un peu le roulis. Je me suis fait projeter des films dans le carré des officiers, j'en ai vu de très bons, *Arènes sanglantes* est épatant ! Cette sacrée Rita Hayworth, quelle beauté ! La Maison-Blanche est fort accueillante, Roosevelt un de ces bons vivants, sa cave est extraordinaire, mais son Martini imbuvable. Sa femme Eleanor, quel vieux tromblon, elle est sur le qui-vive sans arrêt et vérifie tout ce que l'on boit. Je suis sur le pont au petit jour. Franklin me bat, je dois l'avouer. Hier, il débarque dans la salle de bains alors que je sors de ma baignoire, nu comme un ver. « Le Premier ministre de Sa Majesté n'a rien à cacher au président des États-Unis », ai-je assuré. Il a éclaté de rire. J'ai bon espoir pour l'avenir. Une fois que la chaudière des États-Unis est allumée, il n'y a aucune limite à la puissance qu'elle peut produire.

Votre mari qui vous aime,

Pug.

À Winston Churchill
Maison-Blanche
Washington
Noël 1941

Divin Winston,

La presse m'apprend que tu es aux États-Unis. Et tu ne me préviens pas. J'imagine que tu as beaucoup à faire avec cette guerre, devenue mondiale. Bien entendu, je comprends. Mais, Winston, je t'en prie, reçois-moi. Je suis très seule, abandonnée de tous, je tourne en rond. En souvenir de notre vieille amitié, de la tendresse qui nous liait, appelle-moi s'il te plaît. Combien de fois faut-il te le dire, je ne suis plus dangereuse. J'imagine aisément que ce n'est pas le bon moment, et je n'ai pas donné de nouvelles depuis si longtemps. Mais enfin, Winston, comment aurais-je pu oser te déranger ? À moins d'y être véritablement obligée. C'est le cas aujourd'hui. J'ai besoin de te voir. Je suis désespérée. Il faut m'aider à rentrer en Angleterre. Je ne peux continuer à vivre ici, je n'ai plus d'argent, pas de quoi assurer mon train de vie. Aide-moi, Winston, je t'en prie.

Avec mes meilleurs souvenirs,

Ta Doris.

À Dudley Delevingne
Huitième armée
Tunisie
Noël 1941

Mon tendre amour, mon Dudley, mon très cher petit frère,

Angela m'écrit que tu es quelque part sur le front d'Afrique du Nord, engagé dans la bataille du désert. Je suis abasourdie. Tu avais pourtant promis de rester auprès d'elle et des enfants. J'avais loué cette maison pour vous dans le Surrey. Vous deviez y demeurer tout le temps de cette guerre. Dudley, nous n'avons pas besoin de héros, l'Angleterre en est pleine. Je te veux vivant, ta famille a besoin de toi. Prends garde à toi, mon petit frère, et reviens-nous. Vite. Très vite.

Comme je t'en veux de t'être engagé, je suis terriblement en colère, et pourtant si tu savais combien je t'admire ! J'espère être rentrée en Angleterre à ton retour. Te serrer dans mes bras jusqu'à t'étouffer.

Ici, à New York, je vis un martyre épouvantable. On me tourne le dos, on ne m'invite plus guère. Les hommes de ma vie se sont évanouis, les uns après les autres. Mes amis sont partis. À Nassau, à La Barbade, au Mexique. Je n'ai plus aucun moyen de survie, c'est si difficile. Mon Dieu, j'ose te raconter cela alors que tu es en pleine bataille. Dudley chéri, pardonne-moi. Je suis si malheureuse, perdue. Je suis si seule, chéri, comprends-moi.

Les choses sont compliquées en Amérique, l'essence est rationnée. Je ne pouvais plus utiliser ma Rolls-Royce, alors je l'ai vendue la mort dans l'âme pour payer mes frais au Delmonico. Je sais ce que tu vas dire, il faudrait peut-être que je trouve un travail, mais tout est axé sur l'effort de guerre. Tu me vois dans une usine de munitions ?

C'est vraiment très dur. Je vais mal. Je suis surveillée. C'est le FBI, j'en suis persuadée. Ils ont les étrangers à l'œil. Je ne sais pas ce qu'ils croient. Dois-je cela à mes relations avec Churchill ou Beaverbrook ? À moins que Valentin n'ait encore raconté n'importe quoi sur moi. Je me demande si le *Londoner's Log* paraît encore ? Dudley, comme j'aimerais te retrouver vite. Et puis la jolie Venetia et le jeune Edward que je ne connais pas. Tu l'as appelé comme notre père. Mon petit frère, tu me manques, fais attention à toi, j'ai toujours détesté le désert. Ne joue pas les braves et reviens-moi vite. Oh ! comme je déteste Noël sans toi, je t'aime tant !

Ta sœur bien-aimée,

Doris.

À lady Castlerosse
Delmonico Hotel
Park Avenue
New York
Janvier 1942

Ma chère Doris,

Merci pour ta lettre, je suis heureux d'avoir de tes nouvelles. Il m'est totalement impossible de t'accorder un seul instant, je suis sur le pont en permanence. Impossible d'organiser ton retour en Angleterre actuellement. Doris, il s'agit d'une guerre mondiale.

Pensées tendres,

Winston.

À Cecil Beaton
Consulat anglais
Le Caire
Mars 1942

Mon grand ami, mon cher Cecil,

J'espère bien te trouver au Caire. Je me souviens que tu dois partir au fin fond du désert afin de photographier cette fichue guerre. Je suis bien trop vieux pour cela et heureux d'y avoir échappé. Fais attention à toi, mon ami. Je t'imagine en uniforme, cela doit t'aller comme un gant. Ah ! cette silhouette de danseur !

Dis-moi, tu ne vas pas le croire ! Tu ne devineras jamais qui j'ai eu la chance de rencontrer sur Park Avenue. Hier, en fin de matinée. Je te le donne en mille ! Allez, réfléchis, qui sévit à New York alors qu'elle devrait être partout ailleurs ? Ton amoureuse chérie, celle qui voulait te guérir de ton homosexualité, lady Castlerosse elle-même !

Écoute, Cecil, c'est incroyable, je ne l'ai pas reconnue. Elle est ravagée par les ans. Quel âge a-t-elle, une quarantaine d'années, je crois ? Elle en fait quinze de plus ! Cecil, laisse-moi te raconter. Elle est maigre. Terriblement. C'est affreux. Deux lignes barrent son visage, ce sont ses joues. On dirait qu'elle n'a rien mangé depuis des mois. Sa peau est grise et criblée de couperose par endroits, un mélange détonnant ! Sa chevelure est affreusement terne, elle a perdu cette couleur ravissante, ce mélange de platine et de miel qui faisait d'elle la fille naturelle du soleil et de l'aurore. Elle marche toujours avec arrogance, certes, quel port de tête, mais elle se retourne sans arrêt, comme si elle était suivie. Son attention est défaillante. Elle avait l'air perdue alors qu'elle était à deux pas de son hôtel.

Je me suis approché, bien entendu elle se souvenait de moi. Elle a été charmante, elle avait envie de se répandre, je ne pouvais l'arrêter. C'est moi qui en ai été gêné. Je lui ai proposé un thé, qu'elle a accepté immédiatement. J'ai voulu l'emmener au Rainbow Room mais cela a fermé, la guerre, Cecil, sacrée guerre ! Nous nous sommes installés au Plaza. Elle a dévoré, comme si elle n'avait rien pris depuis des lustres. Ses mains sont effrayantes, couvertes de fleurs de cimetière. Ses ongles ne sont pas laqués, certains sont cassés. Elle regarde derrière elle continuellement. Je lui ai demandé ce qu'elle cherchait. Elle n'a pas répondu. Elle est inquiète, c'est effrayant. Elle affirme que ses amis lui ont tourné le dos, je comprends pourquoi, elle n'a pas toute sa raison. Elle est isolée et espère rentrer au plus vite en Angleterre.

Elle a parlé de toi, m'a dit que tu lui écris régulièrement, je pensais pourtant que tu avais coupé toute relation depuis votre histoire rocambolesque. Cecil, cela m'a fait un de ces coups ! J'adorais cette fille, elle était gaie, à moitié folle, tellement sexy. Tu te souviens des fêtes incroyables chez lord Berners, elle dansait sur les tables, montrait son cul ! Quelle époque ! Et Venise, ce dernier bal au palais Venier avant que les fascistes envahissent la ville, pauvre Doris ! Elle est amère, acide, elle refuse de voir les gens, une véritable misanthrope, elle se sent persécutée. C'est inimaginable. Elle est devenue barbante, mon cher Cecil, je suis si triste. Une femme aigrie et vieillissante, envieuse et jalouse. Amuse-toi en Libye, reviens avec des clichés extraordinaires, ta carrière est en jeu, Cecil, tu le sais, je te fais confiance.

Amitiés multiples et baisers divers sur tout ton joli corps de rêve.

Rudolf Kommer.

À Clementine Churchill
10 Downing Street
Londres
Juin 1942

Clemmie chérie,

Me voici de retour à la Maison-Blanche. Et je n'ai aucune minute à moi. Jamais soupirant n'a étudié avec autant d'assiduité le moindre caprice de sa dulcinée que je ne l'ai fait avec Roosevelt. Nous devons nous entendre sur l'Afrique et sur de Gaulle, l'empêcheur de tourner en rond. Roosevelt a une vision assez manichéenne de l'ordre du monde, vous vous en doutez.

Hier, nous apprenons la chute de Tobrouk ! Clemmie,

cela m'a sonné, mon Dieu, quelle horreur ! Vingt-cinq mille de nos meilleurs soldats sont morts pour la Couronne. Et nous risquons de perdre l'Égypte. Je suis anéanti, je ne le cache pas à Franklin, il est assez sensationnel. C'est dans le malheur que l'on connaît ses amis. Les États-Unis s'engagent à nos côtés sur le front en Afrique du Nord, un soulagement !

Max Beaverbrook, près de moi, vous envoie son meilleur souvenir.

Toujours votre mari qui vous aime à jamais,

W.

À Winston Churchill
Maison-Blanche
Washington
Juin 1942

Winston,

Je t'en prie, ne me traite pas comme la dernière fois. Ne me fais pas cela deux fois de suite. Accepte de me recevoir, je peux être à Washington en une heure. Aide-moi à rentrer en Angleterre, je t'en supplie. Winston, nous nous sommes tant aimés, nous avons partagé des moments enchanteurs, ne me laisse pas tomber. Je ne te demande pas grand-chose, juste d'assurer mon retour en Angleterre.

Je sais, c'est la guerre, tu dois décider de l'ordre du monde, mais le monde t'appartient, Winston, tu es le monde, toi, Winston Churchill, le plus grand des héros, le seigneur de guerre. Et moi, je n'ai plus rien. Alors, aide-moi. Je dois une fortune au Delmonico.

La seule chose qui me reste, ce sont trois tableaux. Trois tableaux peints par toi, tu te souviens, Winston ? Trois huiles dans lesquelles l'amitié particulière et la tendresse, qui nous unissaient alors, éclatent dans toute leur splendeur. Surtout sur celui où je suis allongée sur le divan de la terrasse du château de l'Horizon. Je suis certaine que tu as conservé les photos prises par Maxine. Tu disais que tu terminerais les tableaux à Chartwell, tu avais besoin de t'en souvenir. Nous avons posé ensemble. Sur les rochers, tu tenais ma main fermement, puis tu m'as demandé de la retirer. Sur le tableau, tu as peint ma main, puis tu l'as effacée. En grattant bien, en le faisant nettoyer, je suis certaine que l'on pourrait la faire apparaître. Notre complicité mise en lumière, offerte à ce public qui te porte aux nues. Les tabloïds américains sont friands de ce genre de scandales. Qu'en serait-il alors de ta position face à l'univers, Winston ? Tu as soixante-huit ans, tu es une légende, ton mariage fait partie de ce rayonnement. Qu'en serait-il si la preuve de ton ancienne liaison fatale sortait dans la presse ? Les gens aiment les esclandres, n'est-ce pas ? Tu me diras, tu t'en fiches bien des gens, mais qu'en serait-il de ta position face à Roosevelt, face à Staline ? Tu serais fragilisé, Winston. La première faille dans ta cuirasse, une blessure pour le vieux lion. Ta réputation, Winston, pense à ta réputation.

Ce ne sont ni des menaces, ni du chantage, ni un drame shakespearien, je t'en prie, ne le prends pas ainsi.

Ce sont juste mes dernières cartouches. Et je les brûle. Car je veux rentrer en Angleterre.

Winston, aide-moi, je t'en conjure.

Avec mes meilleurs souvenirs,

Doris.

À lord Beaverbrook
Maison-Blanche
Urgent
Juin 1942

On a un problème. Retrouve-moi dans mes quartiers dès que tu reçois ce mot.

W.

À Harry Hopkins
Aide de camp du président Roosevelt
Maison-Blanche
Urgent
Juin 1942

Cher Harry,

Merci de faire votre possible pour rapatrier en Angleterre lady Castlerosse, domiciliée au Delmonico Hotel, New York. Note d'hôtel à honorer.

Beaverbrook.

À Stewart Menzies
Secret Intelligence Service
Bletchley Park
Juin 1942

Cher Stewart,

Un léger souci est apparu. J'arrive demain. Nous parlerons.

Beaverbrook.

À Harry Hopkins
Aide de camp du président Roosevelt
Maison-Blanche
Washington
Juillet 1942

Monsieur,

Vous m'avez gentiment téléphoné, m'expliquant que lord Beaverbrook vous avait demandé d'arranger mon retour en Angleterre, soyez-en remercié. Étant donné les circonstances singulières, je comprends que ce dernier ne puisse avoir lieu avant novembre prochain. Je souhaitais aussi vous faire part de toute ma gratitude concernant mes dépenses au Delmonico. Vous êtes un gentleman et je serais ravie de vous rencontrer pour vous remercier de vive voix lors de votre prochain passage à New York, si vous vous y rendez avant mon départ, ou bien à Londres en des temps plus sereins.

Votre dévouée,

Lady Castlerosse.

À lord Castlerosse
Killarney
Comté de Kerry
Irlande
Septembre 1942

STOP – SI JE RENTRE, M'ÉPOUSES-TU ? – STOP – AMOUR ÉTERNEL – STOP – DORIS.

À lady Castlerosse
Delmonico Hotel
Park Avenue
NY
Septembre 1942

STOP – OUI – STOP – AMOUR ÉTERNEL – STOP – VALENTIN.

Le 15 novembre 1942, lady Castlerosse embarque sur un hydravion postal de la Pan Am. Après dix-huit heures de vol et sans même avoir croisé un appareil de la Luftwaffe, le clipper atterrit à Southampton, en Angleterre. Doris est rayonnante quand elle pose son pied fin sur le sol britannique. Un fin crachin caresse ses joues et les fait briller. Elle ne sait pas qu'il lui reste à peine un mois à vivre.

5

Elle a eu le temps d'y penser pendant tout le voyage en train. Elle les a imaginées, vécues, ressenties. Et puis elle a recommencé parce que c'était si bon. Tant de passion, d'ardeur, elle ne peut être déçue. Leurs retrouvailles ! Elle ne se pose aucune question. Elle est si sûre d'elle-même. Sacrée vieille habitude, l'effronterie !

Qu'apercevra-t-elle en premier ? Sa silhouette, bien évidemment, incorrigible Valentin. Et puis son sourire, sa petite bouche si rigolote, son front intelligent, ses bras vigoureux ! Oh ! elle s'y jettera avec fièvre. Il la serrera tout contre lui, elle sera bien. Enfin bienheureuse et soulagée. Elle l'attend depuis une éternité, cet instant-là. La grâce. Il la dévisagera, il s'étouffera devant sa beauté, comme il y a quinze ans quand il osait à peine lui adresser la parole. Il plaisantera, elle le connaît, cela lui donne de l'aplomb, il lancera quelque chose comme : « Alors, Doris, et cette cohorte d'admirateurs, où est-elle ? » Elle sourira, assurant qu'elle n'en désire qu'un seul, lui. Elle expliquera qu'elle a changé, qu'elle souhaite une vie de famille, calme, sans heurts. Et puis elle évoquera Venetia et le jeune Edward. Bien entendu qu'elle veut un enfant. Il sera enchanté de l'apprendre. Un bébé Castlerosse, qu'il initiera au golf et à la chasse à courre. Doris a rarement été aussi excitée. Elle jette un coup d'œil à sa montre, le voyage est assez court, à peine deux heures pour une centaine de miles. La campagne défile à travers la fenêtre, verdoyante et radieuse, malgré la pluie. C'est son cher pays, il lui a tant manqué. Les chaumières du Hampshire, une église médiévale, des poneys en liberté. Les collines du Surrey, déjà. Doris appuie son dos sur le siège capitonné, elle étend ses longues jambes gainées de nylon, et respire. Elle va retrouver son époux dans quelques minutes. Plus tard, cela sera le tour d'Angela et des enfants. Ils iront certainement tous à Killarney, pour y attendre la fin du cauchemar. Sans oublier Jessie, la mère de Doris. C'est vrai, elles ne se sont jamais vraiment entendues. Jessie ne comprend pas la vie de sa fille, elle a si souvent condamné ses frasques. Or, Doris est une autre femme, plus sage et attentive aux autres. Peut-être, quand, bientôt, demain… tous ces mots qui ne signifiaient plus rien et prennent à nouveau un sens. L'avenir. Avec Valentin, son mari.

Waterloo enfin, le train entre en gare. Dieu, quel délabrement, si elle s'attendait à ça ! Des ruines fumantes, le *Blitz* bien sûr, l'espace d'un instant, Doris avait oublié la guerre. Le nez collé contre la vitre, elle doit se pincer pour y croire. La gare a subi d'énormes dégâts, son style baroque impérial n'est plus qu'un souvenir, les bombardements ne l'ont guère épargnée. La locomotive s'immobilise dans un chuintement de vapeur, souffle et crache. Doris descend de la voiture en se tenant fermement à la poignée. Elle regarde à gauche, puis à droite. Elle cherche un gentleman pour l'aider à sauter du marchepied, et un porteur pour ses malles. Cela grouille de soldats, de marins, d'ambulanciers. Des monceaux de courrier et de sacs non triés sont entassés dans tous les coins. Des gens cavalent, d'autres s'égosillent, clameurs, gémissements, acclamations, l'âme humaine est ballottée sens dessus dessous. Doris ne distingue pas grand-chose, quel est ce brouillard à couper au couteau ? Valentin, Valentin, sa silhouette devrait apparaître maintenant… Elle porte un pardessus en vison et une toque assortie, tous les Anglais sont en haillons. Elle a ce réflexe d'essuyer sa manche chaque fois qu'on la frôle.

– J'vas où, m'dame, interroge le porteur, faudrait p'tet savoir !

– Avançons, mon mari va finir par arriver, je ne vois rien, cette brume soudaine…

– M'dame, z'arrivez d'où, ma jolie ? C'pas du brouillard ça, c'est la fumée, y a une bombe qu'a explosé avant-hier, en pleine nuit, un carnage ! Z'imaginez pas ! Elle a détruit les bureaux d'York Road, y a eu des morts, l'incendie y dure depuis tout c'temps ! Et puis l'*blackout*, vous connaissez pas ça, ma p'tite dame ? P'us d'lumière quand le soleil y s'couche, faut pas que les Fritz y nous r'pèrent.

– Oh ! bon, suivez-moi.

– Oui, ma p'tite dame. Bon, vous le voyez, l'monsieur ?

Elle sort un mouchoir brodé de son sac et le plaque contre sa bouche, des effluves nauséabonds brûlent sa gorge. Des lamentations juste à côté d'elle, une infirmière aide un blessé à émerger d'une voiture, il sanglote, la moitié de son visage est arrachée. On le place sur une civière.

Une jeune femme apprêtée l'observe, effarée, elle croise l'œil valide du malade et défaille. On se précipite, on l'allonge à côté du blessé défiguré, elle agrippe sa main, sans le regarder.

Doris discerne le bout du quai maintenant. Cette silhouette, cette rondeur, est-ce lui, est-ce Valentin ? Une pelisse, un col de fourrure, elle agite les bras. Il répond avec son chapeau melon, Valentin, sa figure ronde, ses joues rouge vif et son ventre énorme ! Il tient un bouquet de roses de Noël à la main, c'est si mignon.

– Valentin, Valentin !

Elle court, perd un soulier, revient en arrière, le remet, n'écoute pas le porteur qui baragouine. Valentin enfin. Elle est contre lui, il a refermé ses bras sur elle. Son odeur de tabac ambré, elle en a tellement rêvé. Elle ne bouge plus pour l'éternité. Elle entend battre son cœur. Il résonne et lui insuffle tant de fougue. Comment a-t-elle pu le quitter ? Comment a-t-elle osé le torturer ? Il est la puissance faite homme, il est celui dont elle a toujours eu tant besoin. Elle lève les yeux vers son visage bienveillant, il est immense. Il la contemple avec bonté, tendresse et un rien de… gêne peut-être. Elle est déconcertée, un frisson glacial glisse le long de son dos, elle l'interroge du regard, mais il pouffe, tout son corps tressaille, elle est soulagée, cet homme est le dernier des seigneurs. Elle plonge le nez dans les fleurs.

– Tu as toujours aimé le blanc, n'est-ce pas ?

Son rire est exagéré, elle veut lui plaire, elle en fait trop, elle joue les affranchies. Il s'occupe des malles, du taxi, donne des ordres, tend des billets, elle se laisse faire, enfin la légèreté. Au-dessus de l'entrée, l'immense vitrail portant l'écusson de la compagnie des rails a explosé, tandis que la frise répertoriant les comtés desservis par le chemin de fer a résisté. Le viaduc de John Street, à l'extérieur de la gare, a été détruit par une bombe. Il faut le contourner. Le taxi traverse la ville éventrée. Doris est pelotonnée tout contre son mari, il tient sa main, il la serre trop fort. Ce qu'elle aperçoit dehors l'anéantit.

– Le *Blitz* a fait près de quarante-trois mille morts, pour la plupart des civils, explique Valentin. Des gens qui ont fait la bêtise de s'abriter chez eux plutôt que de descendre dans les abris antibombes, comme le métro.

Elle ne veut rien voir, ne rien entendre, simplement profiter de la douceur de l'instant. Plus rien de néfaste ne pourra jamais lui arriver, il la protégera, elle a confiance en lui. Alentour, des bâtiments en ruine, des pans entiers d'immeubles effondrés, réduits à l'état de briques et de morceaux de bois, laissant pendantes les armatures quadrillées de béton armé. Certaines habitations, demeurées intactes, soulignent par contraste les destructions. Les conduites de gaz sont brisées pour la plupart, le réseau téléphonique et l'électricité fonctionnent par intermittence. Des équipes de secouristes s'affairent dans les décombres. Le taxi descend Park Lane, l'avenue fourmille de bicyclettes, charrettes, carrioles en tout genre.

Valentin installe Doris au Dorchester, l'un des rares immeubles de la capitale construits en béton armé et en acier. Une telle forteresse attire un monde fou. À la réception, il prépare le séjour de sa femme. Il précise qu'il la rejoindra dans deux heures pour dîner. Qu'elle se repose un peu, elle en a certainement besoin. Puis il s'éclipse, un peu trop vite…

Dans le hall d'hôtel aux colonnes de marbre et à l'élégance edwardienne, Doris croise Chips Channon qui l'observe, incrédule. Surprise, elle sourit amicalement.

– *Hello*, Chips !

– Doris !

– Je suis rentrée.

– Je vois.

Cette morgue des diplomates… Doris patauge lamentablement.

– On se verra, peut-être bientôt.

– Peut-être, Doris, peut-être pas. On ne peut pas dire que tu aies brillé par ton patriotisme. C'est assez choquant pour ceux qui ont survécu au *Blitz*.

Il s'incline sur cette phrase assassine et rejoint Jock Whitney, ils ont rendez-vous au Queensberry Club pour dîner avec Dickie et Edwina Mountbatten.

– Qui est-ce ? interroge Whitney, étonné par la froideur de son ami.

– Une vieille courtisane sans intérêt.

Doris s'est apprêtée. Elle a appliqué du fard sur ses joues, du rouge sur ses lèvres, elle a laqué ses ongles de vermillon. Elle a eu le temps de dormir un peu et se sent apaisée. Elle veut être belle pour lui, elle doit lui plaire, le séduire à nouveau. Même si c'est déjà fait depuis longtemps. Où iront-ils ? Quaglino's ? Kit-Kat ? Il n'a pas précisé. Elle porte une de ces robes américaines qui moulent le corps, en lamé doré avec un dos nu, une mode lancée en France par Gabrielle Chanel, avant la guerre. Elle le retrouve au bar, il l'attend en lisant le *Daily Express*, une cigarette coincée au bord des lèvres. Elle a mille choses à lui demander, à lui raconter, presque toute une vie. Il se lève pour l'accueillir. Comme elle aime se sentir fragile face à la stature massive de Valentin Castlerosse ! Encore ce regard trouble qui la pétrifie, une bonté certaine teintée de honte, de la gentillesse plus que de l'admiration. Elle éclate d'un rire embarrassé et s'agrippe à son bras.

– Où allons-nous, mon chéri ?

Elle veut briller de mille feux, que tout Londres la remarque au bras de son mari. Elle souhaite être célébrée, redevenir le toast de la capitale. Elle n'a pas apprécié l'aparté de Chips Channon, elle n'a pas compris, elle a besoin d'une revanche.

– Dînons ici, Doris, c'est plus sûr.

– Je pensais…

– La guerre, petite fleur, la guerre.

Il y a quelque chose de raide en lui, de forcé. Soudain, elle est terrifiée, cette affabilité, cette bienveillance sont factices. Il est contrarié, mais pourquoi ? C'est lui et ce n'est pas lui. Doris a une peur bleue de l'abandon. Ce qu'elle ressent la paralyse. Où sont ses repères ? Elle se met à trembler sans raison, elle se sent honnie, comme si elle était sale et impure. Ses gestes sont hasardeux, son attention perturbée. Il se saisit de la carte et choisit pour eux deux, elle prend une cigarette dans un étui Cartier cabossé qu'il reconnaît. Il le lui a offert il y a des années. Il tend une allumette, elle aspire, il l'observe avec soin. Il le découvre dans toute sa vérité, ce visage abîmé. Il n'en revient pas. Il ne s'attendait pas à tant de dommages. Dans son souvenir, elle rayonne, elle est lumineuse, l'opalescence de son teint, l'aigue-marine de ses yeux, le miel de sa chevelure. Aujourd'hui, son front n'est que rides, ses yeux sont creux, marqués par des cernes. Sa coiffure est plate, sa poitrine rentrée et sa mine terne. Elle fume et boit plus que de coutume. Ses dents sont trop écartées, c'est la première fois qu'il le remarque, ses manières erratiques et son discours haché. Ce qu'il prenait pour de la gaieté tout à l'heure n'est que de l'anxiété. L'amertume et la solitude ont fait de la reine de Londres une femme prématurément abîmée et perturbée. Il voudrait l'aider, mais elle parle trop et trop fort, lui si peu. Il est choqué par son apparence, elle est affolée par ce qu'elle pressent. Alors oui, c'est vrai, elle parle, elle parle sans arrêt. Comme pour l'empêcher de prononcer les mots qu'elle refuse d'entendre. Il le faut pourtant. Va-t-elle cesser ? Et soudain, elle hésite, cette phrase qui lui brûle les lèvres, osera-t-elle ou pas ?

– Alors, mon chéri, quand nous marions-nous ?

– Nous ne nous marions pas, petite fleur. Pardonne-moi, rétorque-t-il d'une traite et dans un souffle.

On dirait qu'il a répété sa réplique. Il en est lui-même stupéfait et se tait. Un spasme la secoue. Elle est sidérée et transie, cela part des omoplates et la vrille jusqu'au creux des reins. Un poignard déchire sa peau, déchiquette ses chairs, encore et encore. C'est une gifle mille fois assénée, des coups de fouet infligés avec virulence, une condamnation à mort, irrévocable.

– Valentin, tu avais dit… Valentin, alors, tu ne m'aimes plus ? chuchote-t-elle, hagarde.

– Oh ! si, Doris, je t'aime, je t'aime toujours autant, malgré ce que nous avons connu. Mais je ne peux plus. Je ne te crois plus. On ne change pas, Doris. Ni toi ni moi, on vieillit, voilà tout. J'ai peur de toi, j'ai peur de ce que tu me feras. Tu m'as trompé pendant tant d'années, pourquoi te calmerais-tu ? Et puis, Doris…

– Si, je me suis assagie, je te promets…

– Il y a une autre femme, petite fleur.

– Quoi ?

– Enid.

– Mon Dieu !

– Enid est la bienveillance même, elle m'apaise, vois-tu, elle me donne…

– Tout ce que je ne t'ai pas donné ?

– Tout ce que ma mère ne m'a jamais donné : la tendresse, la bonté, la paix. Avec toi j'ai connu la fièvre, la folie, la passion, on était jeunes, on pouvait le vivre, mais plus jamais cela, non, j'ai besoin de tant de quiétude dorénavant. Je fuis tout conflit, je veux m'installer à Killarney, jouer au golf, aller à la pêche. Et puis, Mère l'adore, j'ai sa bénédiction, Doris chérie, je suis navré, je vais épouser Enid dans quelques semaines.

– Tu avais dit, le télégramme…

– Pardonne-moi, je n'ai pas osé, je suis si lâche, tu le sais bien pourtant !

Elle ne peut faire semblant. Ça la dépasse, le pire est là. Être rejetée par Valentin. Répudiée. Elle est dévastée. Elle se lève, sans trop savoir comment, trébuche, son pas est hésitant. Elle n'entend pas la coupe de champagne se briser, oublie son sac, ses cigarettes, son étole. Elle ne voit pas les regards insistants, l'air scandalisé des personnes attablées. Elle ne sait pas que cette scène, il l'avait prévue, même imaginée. Il a songé que cela serait plus simple de dîner sur place. Il ne pensait pas que cela serait aussi douloureux. Valentin Castlerosse est damné pour l'éternité, Doris démolie. Elle file vers l'ascenseur, elle suffoque, le groom ouvre la grille, elle s'y précipite. Elle ne se rend pas compte qu'il la suit, il grimpe les escaliers quatre à quatre, il est essoufflé, il a chaud, son col le serre, il dénoue son nœud papillon. Il arrive en haletant au troisième étage. Elle est assise par terre, contre la porte de sa chambre, le regard vide. Il l'aide à se relever, elle l'interroge du regard, un dernier espoir, il lui tend sa bourse et son châle en cashmere. Elle éclate en sanglots, frappe son torse de ses petits poings. Une femme de chambre fait vite demi-tour. Doris gémit comme une fillette, elle hoquette en murmurant : « Valentin, salaud, Valentin, pourquoi ? » Il caresse sa tête, sa tête minuscule, elle tient tout entière dans sa grosse main. Doris tambourine et tambourine encore contre sa cage thoracique. Valentin Castlerosse est défait. Il s'est égaré, il se demande s'il fait le bon choix, il ne sait plus rien. Et puis il pense à sa mère, à son golf, à Killarney. Il ne pourra jamais y accueillir Doris. Il est aujourd'hui comte de Kenmare, il a besoin d'une véritable comtesse à ses côtés. Valentin Castlerosse aime comme un fou cette femme en train de sombrer. Toutefois, il est certaines puissances que l'on ne peut combattre. Et la fascinante Enid Lindeman a instillé son poison. Valentin est ferré. Il ouvre la porte de la chambre, s'allonge sur le lit avec Doris. Elle est épuisée, elle sait bien qu'Enid a gagné. Elle s'endort, lovée contre lui.

Elle est réveillée au petit matin par des coups martelés sur la porte. On cogne. Elle se redresse, hébétée, dans un cauchemar. Encore une hallucination ? Non, des heurts rapprochés, des cris, elle entend son nom. Qu'est-ce encore ? Rien ne peut l'atteindre, elle a connu le pire. Le cœur au bord des lèvres, elle se dirige vers l'entrée à pas hésitants, elle ouvre, deux hommes en complets noirs et chapeaux de feutre pénètrent sans manières. Ils constatent la mine défaite de la femme, décoiffée et en robe du soir à 8 heures du matin, pathétique.

– Scotland Yard, madame, nous avons des questions, merci d'y répondre.

– Quoi ?

– Vous pouvez vous rafraîchir, nous attendrons, si vous le souhaitez.

Elle s'enferme dans la salle de bains, en ressort quelques minutes plus tard, présentable. Elle s'assied sur le fauteuil qu'on lui désigne. Elle ne dit pas un mot, elle attend, à peine consciente de ce qui lui arrive. Et la boîte de Pandore laisse échapper tous les maux du monde.

– Lady Castlerosse, est-ce bien vous ?

– Oui, répond-elle.

Elle redresse la tête et repousse ses cheveux en arrière, un geste qui les rendait tous fous, alors.

– Vous avez fait partir hier soir, de la réception du Dorchester, un télégramme à destination d'un certain Isaac Bernstein, domicilié à Rutger's Street, New York, vous lui réclamez des diamants, saphirs et autres pierres précieuses. Reconnaissez-vous les faits ?

– Oui, Bernstein est un usurier auprès de qui j'ai déposé mes bijoux avant mon départ des États-Unis. Il faut qu'il me les renvoie, j'en ai besoin pour assurer mon train de vie.

– Il est interdit de vendre des joyaux en période de guerre, cela s'apparente à de la trahison, c'est passible de prison. Comprenez-vous, madame, ce que je vous explique ?

– Je ne savais pas, comment aurais-je pu d'ailleurs ?

– Tous les envois à l'étranger sont examinés par Scotland Yard. Vous êtes soupçonnée de traîtrise envers notre pays. Nous menons une enquête. Vous êtes assignée à résidence au Dorchester.

– Il faut prévenir Winston, c'est une erreur innommable…

– Vous n'avez pas le droit de quitter la ville. Avez-vous bien compris ? Vous êtes sous surveillance constante.

– Vais-je pouvoir, je veux, enfin mes bijoux, je dois les récupérer !

– Ils sont saisis, madame, en ce moment même. Ils vous seront restitués à l'issue de cette guerre.

– C'est tout ce que j'ai ! Comment voulez-vous que je survive ? Mon mari vient de me laisser tomber.

– Au revoir, madame.

Ils se lèvent d'un mouvement brusque et sortent sans attendre sa réponse. La porte claque. Doris l'entend résonner dans sa tête, elle est en enfer. Abasourdie. Elle n'a plus d'argent, plus d'amis, juste une famille, et c'est déjà pas mal. Comment rejoindre Angela et les enfants si elle ne peut quitter la ville ? Il faut qu'elle appelle Churchill. Or, Churchill a d'autres chats à fouetter. Elle lui a fait du chantage une fois, elle peut toujours le menacer à nouveau, elle possède encore les trois tableaux. Elle a été bien inspirée de les rapporter. Elle va les mettre en lieu sûr, au plus vite.

Doris Castlerosse est une fille bien. Sous ses allures de catin, elle cache un cœur d'or et une moralité singulière. Brandir le glaive du chantage deux fois de suite est au-delà de ses forces. Elle a besoin de réfléchir, de marcher, de retrouver ses esprits. Elle enfile sa fourrure et sort précipitamment. Seule dans le froid, sous la pluie glacée. Qu'ils sont loin le palais Venier et les soirées chaudes du Lido ! Elle songe à Diana Mosley en train de pourrir dans sa prison de Holloway pour avoir aimé l'homme qu'il ne fallait pas. Doris est terrifiée, le déshonneur est à sa porte, elle s'agrippe à des souvenirs. Si seulement elle croyait en Dieu, elle pourrait trouver quelque raison à ce purgatoire, survivre patiemment en attendant le grand pardon ! En ce 8 décembre 1942, lady Castlerosse ne croit plus à rien. Et surtout pas en l'homme. Or, c'est sur lui, l'homme, qu'elle a bâti toute sa vie, fatale erreur.

Doris traverse Hyde Park au milieu des bourrasques et rejoint Kensington. Des câbles traînent ici et là, des pans de murs ont coupé la chaussée, des quartiers entiers sont rasés, les vitres des fenêtres sont remplacées par des planches, censées protéger du froid, l'hiver est rude. Les magasins sont détruits, les maisons, les hôpitaux, les églises endommagés. On fait la queue avec des tickets de rationnement pour la nourriture. Un jeune garçon joue de l'harmonica sur un tas de gravats, elle laisse ses dernières pièces dans la boîte en fer qui tinte. Il entonne pour elle un morceau de Cole Porter, *Du Barry Was a Lady*, elle éclate d'un rire nerveux. Des pompiers s'affairent à nettoyer les débris d'une boutique. Une fille est assise à l'extérieur d'une maison éventrée, son chat sur les genoux. À la bibliothèque de Holland House, des passants choisissent calmement leurs prochaines lectures alors que des poutres calcinées menacent de tomber… Et le roi George VI et son épouse Elizabeth arpentent les vestiges de leur pauvre royaume, sidérés.

Doris songe à ceux avec qui elle a passé ces vingt dernières années. Mad Boy a été envoyé sur le front paraît-il, il en est revenu indemne, il a toujours été le meilleur pour se tirer des situations les plus compliquées. Beaton est reporter de guerre en Afrique du Nord. Lord Berners s'est retranché à Faringdon. Et Valentin épouse un serpent à sonnette. Doris est littéralement tombée des nues, elle se figurait que tout serait comme avant, que ses amis la célébreraient.

Lady Castlerosse est seule, exclue, chassée comme une malpropre, les Britanniques détestent les traîtres. Une espèce de folle vertu s'est emparée de la perfide Albion. On fait payer leur fuite aux renégats, ils ne sont plus reçus nulle part, condamnés à l'opprobre par toute une nation, perchée sur ses ergots moralisateurs.

Dans le hall du Dorchester, Doris croise Gertie Lawrence, à qui elle est heureuse d'offrir une paire de bas en nylon, la denrée est si rare ici ! Or, Gertie la repousse avec fiel.

– Je ne veux rien de toi, Doris, tu as déserté, va te cacher !

– Gertie, je t'en prie…

– Mais enfin, regarde-toi, tu portes les dernières créations à la mode, tu es couverte de zibeline, les gens crèvent de faim dans la rue, ouvre les yeux, Doris ! Participe à l'effort de guerre, si tu veux te racheter. Engage-toi auprès de la Croix-Rouge, rapproche-toi des infirmières, arrête de pleurnicher sur ton sort, tu es navrante, tu l'as toujours été. Tout tourne autour de toi, tu ne vois le monde que par ton prisme, c'est pitoyable.

– Peux-tu me prêter cinq cents livres sterling ? Je n'ai plus rien.

– Personne n'a plus rien, Doris, personne.

Et Gertie de sortir, la tête haute. De l'arrogance des anciennes prostituées, de la probité des dépravées…

Épouvantée, Doris se hâte vers sa chambre. Tout concourt à lui nuire, on se croirait dans une tragédie grecque. Se souvenir de lire Eschyle dans une autre vie, cela peut servir. Dormir, se dissimuler à tous, oublier. Elle croise dans le corridor le duc de Marlborough, l'oncle de Churchill, qui lui jette un regard odieux, marmonnant quelque chose à propos de ces félons qui ont choisi l'exil. Lady Eleanor Smith, qui connaît à peine Doris mais se pique de littérature, commet un pamphlet intitulé *Lady Rat*. Quatre personnes bien intentionnées le glissent sous la porte de sa chambre. Doris est assaillie, elle se sent harcelée, on deviendrait paranoïaque pour moins que cela.

Valentin a réglé la note du Dorchester pour une semaine. Doris aimerait rejoindre Angela, réfugiée chez ses parents en Cornouailles avec les enfants. Mais elle ne peut quitter la ville à cause de cette stupide histoire de diamants. Non, Valentin est l'unique solution, elle doit le récupérer. Effort de guerre, oui, peut-être, soudain Doris a une illumination. Son visage est abîmé. Valentin ne l'aime plus à cause de cela, elle va se faire faire un lifting. Et tout rentrera dans l'ordre. Son Enid n'est pas si jolie que cela après tout, elle a vu des photos dans les magazines, une blonde un peu fadasse, un rien hommasse.

Dormir pour y voir plus clair, établir un plan pour l'avenir, tout n'est peut-être pas perdu. Un lifting, la Croix-Rouge, des blessés, les nuits de Doris sont agitées, elle déraille. Les bombardements, des sirènes. Elle se réveille en plein cauchemar, se bourre de somnifères, elle délire. Un mariage, la notoriété. Doris divague. Des amis fidèles, des amants nombreux. Elle erre dans un océan de folie. Ils sont tous là, autour d'elle, grimaçants et vociférant, pourquoi ? Doris se bouche les oreilles mais ils crient si fort, si fort !

– Va-t'en, Doris, hurle Gertie Lawrence, dressée de toute sa hauteur sur l'avant-scène d'un théâtre du West End. J'ai honte pour toi !

– Mes chers parents connaissent ta réputation, s'emporte Angela Delevingne depuis la tour crénelée d'un château, à Penzance. Ils ne veulent pas de toi auprès de leurs petits-enfants.

– Ah ! ah ! ah ! éclate d'un rire cynique Enid Lindeman, Valentin est à moi. À moi !

Son visage se fond dans celui du chat du Cheshire d'*Alice au pays des Merveilles*. Elle écrase un minuscule Valentin qui s'époumone :

– Petite fleur, petite fleur !

– Vieille courtisane ! souffle Chips Channon, en passant comme un voleur.

– Je ne t'ai jamais aimée, Doritzin, jamais, siffle Cecil Beaton en plein désert de Libye.

– Moi non plus ! assure Margot, odieuse, au bras d'un Richard Hoffman cadavérique. Tu es maudite !

– Je suis Atlas, explique Winston Churchill. Tu me gênes, disparais, pauvre Doris ! Tu vois bien, je soutiens le monde. Va-t-en !

Or, le monde s'embrase, une boule de feu explose sur le dos du Premier ministre et l'engloutit. Quel est cet incendie ? Il est nourri par des tableaux aux couleurs criardes qui se consument comme des bûchettes. Les peintures de Churchill, celles de John Lavery, le visage parfait de Doris Castlerosse se brouillent, avalés, gobés par des flammèches avides, bleues et orangées. Elle porte ses mains à ses joues, ses doigts sont visqueux, tout a fondu, Doris n'est plus. Elle se réveille en sueur, trempée, elle hurle de peur.

Cette nuit-là, les sirènes retentissent, les bombes incendiaires illuminent Londres d'un feu mortifère. Doris ne descend pas à la cave. Que peut-il lui arriver de pire ?

« J'ai connu la douceur de vivre », songe-t-elle avant d'avaler deux somnifères. Ou trois, ou quatre, à moins que cela ne soit la boîte dans sa totalité. Et puis les a-t-elle vraiment ingérés ? Qui peut le dire ?

Le 9 décembre 1942, la femme de chambre du Dorchester a beau frapper, la suite impériale ne répond pas. Le groom, le directeur, le portier s'en mêlent. Rien. On finit par défoncer à la hache la porte en merisier. Doris est allongée sur son lit, dans sa plus belle chemise de nuit en soie. Elle est dans un coma profond. Pourquoi la porte est-elle verrouillée de l'extérieur ? La pièce a été fouillée, c'est évident. Que cherchait-on ? Il n'y a rien ici qu'une ancienne reine de beauté, oubliée de tous.

Transférée immédiatement au St Mary's Hospital de Paddington, Doris passe trois jours entre la vie et la mort. Valentin, à son chevet, pleure toutes les larmes de son corps. Angela se précipite avec Dudley, en permission. Il ne reconnaît pas sa sœur chérie. Un masque à oxygène dissimule son visage. Des tubes sont reliés à ses bras, un trou a été percé dans sa trachée, tout un équipement médical ronronne. Valentin se lamente, sa culpabilité lui explose au visage. Il ne sait pas que Scotland Yard est dans le coup, ainsi que quelques mondains mal intentionnés. Qu'est-il arrivé ? S'est-elle véritablement suicidée ? Il ne peut y croire, Doris est une guerrière, une amazone, les filles comme ça n'abandonnent jamais.

– Quoi d'autre ? murmure un homme en noir à l'oreille de Valentin.

– Qui êtes-vous ? pleurniche-t-il.

– Avez-vous entendu parler des tableaux ?

– Quoi ?

– Jamais, s'écrie Dudley, elle n'a pas fait ça, je le sais, c'est un assassinat ou bien un accident !

Angela cache ses larmes, c'est quoi cette histoire de tableaux ? Elle se jure de la percer à jour. Car Doris ne s'est pas suicidée, elle aimait sa famille plus que tout, et ça, personne ne peut le lui retirer.

Lady Castlerosse meurt le 12 décembre 1942. Elle a quarante-deux ans.

– Affaire classée, *sir*.
– Les tableaux ?
– Introuvables.

Le Premier ministre raccroche. Il a la mine grave, le port sévère, il regarde devant lui, absorbé. Il extrait de son portefeuille une photographie. Un muret blanc, une terrasse pavée, des lauriers en fleur. Une femme allongée sur un sofa, aux jambes interminables. Il est à côté d'elle, debout, en peignoir foncé à passepoil blanc. La secrétaire pénètre dans le bureau et interrompt sa rêverie.

– Envoyez des fleurs, jaunes et blanches, et puis roses aussi, envoyez des tonnes de fleurs à lord Castlerosse. Son épouse n'est plus.

Cette affaire empeste depuis le début, songe Beaverbrook, c'est enfin terminé.

– Je l'ai aimée plus que tout. J'aurais pu la sauver, je l'ai laissée mourir, je ne m'en remettrai jamais, avoue Valentin.

Trois semaines plus tard, le sixième comte de Kenmare épouse en grande pompe Enid Lindeman, ex-Mrs Roderick Cameron, ex-Mrs Frederick Cavendish, ex-lady Furness.

Ce soir-là, au Kit-Kat, à l'Embassy, au Gargoyle, au Savoy et même chez Quaglino's, ils ne parlent que d'elle. Chips Channon, qui un jour suçota ses fesses pour en aspirer le venin d'une guêpe, Randolph Churchill ivre mort avant d'avoir bu un verre, Cecil Beaton tout juste auréolé de ses succès photographiques, Evelyn Waugh en train d'écrire son chef-d'œuvre. Et puis Gertie Lawrence, Noël Coward, Mad Boy en permission… Ce brouhaha est indécent. Ces mots confus et obscènes… Elle était si gaie et fascinante, joyeuse et fabuleuse, elle s'est servie des hommes. Elle a voulu un monde auquel elle n'appartenait pas. En d'autres temps, elle aurait été une grande courtisane et serait morte sur un lit d'or et de perles, de myrte et d'ambre. Elle était ambitieuse, elle voulait sa place dans la société, cela l'a tuée. Elle avait un chic fou. Et les dents du bonheur. Elle a ruiné des hommes mais ils étaient riches, alors quoi ? Vous avez entendu parler de son histoire avec Churchill évidemment, il l'adorait, il adore les putes, regardez sa belle-fille, Pamela ! Quand elle est revenue des États-Unis, elle a reçu un accueil si froid, bien entendu qu'elle s'est suicidée, que vouliez-vous qu'elle fasse d'autre ? Assassinée, tiens, pourquoi pas ? Qui a parlé de chantage ? Doris Castlerosse, oui, bien entendu, elle a traversé la vie dans un insolent galop et puis elle est morte, la haute société a gagné. Cette fille était une bombe atomique.

Notes essentielles de l'auteur

La relation entre Doris Castlerosse et Winston Churchill repose sur un témoignage de John Colville, secrétaire particulier de Winston Churchill, de 1940 à 1941, de 1943 à 1945 et de 1951 à 1955. Ce témoignage a été donné, en 1985, à Correlli Barnett et Pat Ackerman, archivistes au Churchill Archives Centre, Cambridge. Il a été enregistré avec l'accord de John Colville. Il y est fait mention de lettres d'amour entre Winston Churchill et lady Castlerosse. Ces lettres ont été découvertes par Denis Kelly, l'assistant littéraire de Winston Churchill. Un documentaire, *Churchill's Secret Affair*, a été réalisé et diffusé en Angleterre sur Channel 4, en mars 2018. L'affaire a été reprise dans le *Journal of Contemporary History* sous la plume de Warren Dockter, de l'Université d'Aberystwyth, et de Richard Toye, de l'Université d'Exeter. Toutes les références sont répertoriées dans la bibliographie ci-après.

Neuf mois après son mariage, Valentin Castlerosse, sixième comte de Kenmare, meurt d'une crise cardiaque. Il s'agit d'un quatrième veuvage pour la nouvelle lady Kenmare, surnommée « lady Killmore ». Elle essaie de mettre la main sur Killarney et la fortune des Kenmare, elle se dit même enceinte d'un héritier, elle a cinquante et un ans. Mais ceci est une autre histoire…

Dudley et Angela Delevingne auront quatre enfants : Venetia, Edward, Caroline et Charles (né en 1949). Charles Delevingne épousera Pandora Stevens en 1983. Leurs trois filles enflammeront bientôt Londres : Chloé, Poppy et Cara. Cara Delevingne, la petite dernière, née en 1992, deviendra un mannequin célèbre, une actrice controversée, et scandalisera le monde entier avec ses frasques sexuelles. Elle est aujourd'hui le mannequin le mieux payé au monde. Elle se dit pansexuelle ou *gender fluid*, allez savoir ce que cela signifie. Bon sang ne saurait mentir !

Quant aux tableaux représentant la vicomtesse Castlerosse et peints par sir John Lavery, le plus petit des deux sera vendu, en octobre 2014, chez de Vere's, à Dublin, pour la somme de 50 000 euros. Le plus grand sera adjugé chez Christie's, en février 2021, pour 1 023 880 euros.

Enfin, le tableau de Winston Churchill représentant Doris et lui-même sur les rochers, *The Rocks of the Chateau de l'Horizon*, *Seascape Near Cap Ferrat*, a été volé par les Allemands qui ont occupé le château de l'Horizon pendant la Seconde Guerre mondiale. Les trois autres sont la propriété de la famille Delevingne ou d'un heureux collectionneur, à moins qu'on ne les retrouve chez les descendants de lord Beaverbrook, à qui rien n'a jamais échappé. Quoi qu'il en soit, les jambes de Doris s'ébattent pour l'éternité dans un manoir anglais.

Laissons conclure sir Winston Churchill : « La muse de l'Histoire ne doit pas faire la délicate. Elle doit tout examiner, tout toucher, et si possible tout renifler. Elle ne doit pas craindre que ces détails intimes la privent de romanesque ou lui enlèvent le culte des héros. Les broutilles, les cancans rapportés peuvent – et à vrai dire doivent – balayer les personnages secondaires. Ils ne peuvent avoir aucun effet durable sur ceux qui ont connu avec honneur les postes de premier plan pendant les grandes tempêtes. »

Bibliographie

Harold Acton, *Mémoires d'un esthète*, Julliard, 1991.
Janet Aitken Kidd, *The Beaverbrook Girl*, Collins, 1987.
Mark Amory, *Lord Berners, The Last Eccentric*, Chatto & Windus, 1998.
Cecil Beaton, *Cinquante ans d'élégance et d'art de vivre*, Séguier, 2017.
–, *The Wandering Years 1922-39*, Sapere Books, 2018.
–, *The Years Between 1939-44*, Sapere Books, 2018.
Antoine Capet, *Churchill, le dictionnaire*, Perrin, 2017.
Laurence des Cars, *Les Préraphaélites, un modernisme à l'anglaise*, Gallimard, Réunion des Musées nationaux, 1999.
Louis Cazamian, *L'Âme anglaise*, Boivin et Cie, 1948.
Henry « Chips » Channon, *The Diaries 1918-38*, Hutchinson, 2021.
–, *The Diaries 1938-43*, Hutchinson, 2021.
Winston & Clementine Churchill, *Conversations intimes, 1908-1964*, Tallandier, 2013.
Thierry Coudert, *Café Society, mondains, mécènes et artistes, 1920-1960*, Flammarion, 2010.
–, *Les Scrapbooks du baron de Cabrol et la Café Society*, Flammarion, 2016.

Jan Dalley, *Un fascisme anglais, 1932-1940, l'aventure politique de Diana et Oswald Mosley*, Autrement, 2001.
Francis Dorléans, *Snob Society*, Flammarion, 2009.
Jean-Louis de Faucigny-Lucinge, *Un gentilhomme cosmopolite*, Perrin, 1990.
André de Fouquières, *Cinquante ans de panache*, Pierre Horay-Flore, 1951.
Philippe Jullian, *Dictionnaire du snobisme*, Bartillat, 2006.
François Kersaudy, *Le Monde selon Churchill*, Tallandier, 2011.
–, *Winston Churchill*, Tallandier, 2015.
Erik Larson, *La Splendeur et l'Infamie*, Le Cherche-Midi, 2021.
Jean-Noël Liaut, *Éloge des garces*, Payot, 2012.
–, *La Javanaise*, Robert Laffont, 2011.
Robert Bruce Lockhart, *The Diaries of Sir Robert Bruce Lockhart, 1915-1938*, St. Martin's Press, 1973.
Mary S. Lovell, *The Riviera Set, 1920-1960 : The Golden Years of Glamour and Excess*, Little Brown, 2016.
Judith Mackrell, *The Unfinished Palazzo*, Thames & Hudson, 2017.
Elsa Maxwell, *J'ai reçu le monde entier*, Club du Livre du mois, 1955.
Valérie Mendes, Amy de La Haye, *La Mode au XXe siècle*, Thames & Hudson, 1999.
Nancy Mitford, *Love from Nancy, The Letters of Nancy Mitford*, Spectre, 1994.
–, *Noblesse oblige*, Penguin, 1959.
Sheridan Morley, *A Bright particular Star, a Biography of Gertrude Lawrence*, Pavilion, 1986.
Leonard Mosley, *Castlerosse*, Arthur Barker, 1956.
Harold Nicolson, *The Harold Nicolson Diaries, 1907-1964*, Phoenix, 2005.
John Pearson, *The Private Lives of Winston Churchill*, Simon & Schuster, 1991.

Paul Rafferty, *Churchill peint la Côte d'Azur*, Albin Michel, 2021.
Andrew Roberts, *Churchill*, Perrin, 2020.
Brian Roberts, *Randolph, A Study of Churchill's Son*, Hamish Hamilton, 1984.
Lyndsy Spence, *The Mistress of Mayfair*, The History Press, 2016.
Mary Soames, *A Churchill Family Album, a Personal Anthology*, Penguin Books, 1985.
George Malcolm Thomson, *Lord Castlerosse, His Life and Times*, Weidenfeld and Nicolson, 1973.
Hugo Vickers, *Cecil Beaton, a Biography*, Primus, Donald I. Fine, 1985.
Robert Wainwright, *Enid, The Scandalous Life of the Formidable « lady Killmore »*, Allen & Unwin, 2020.
Evelyn Waugh, *Ces corps vils*, 10/18, 1991.
Roger Wilkes, *Scandal, A Scurrilous History of Gossip*, Atlantic Books, 2003.
Desmond Young, *Try Anything Twice*, Hamish Hamilton, 1963.
Sofka Zinovieff, *The Mad Boy, lord Berners, my Grandmother and Me*, HarperCollins, 2015.

PRESSE ET INTERNET

Journal of Contemporary History 2019, vol. 54(2), pp. 401-419, « Who Commanded History, Sir John Colville, Churchillian Networks, and the Castlerosse Affair », par Warren Dockter & Richard Toye.
Daily Mail on Line, « Delevingne Sex Scandal : No, It's Not Supermodel Cara, But Her Very Racy Great Aunt Doris

Who Enjoyed Affairs With Both Winston Churchill And His Son Randolph », par Lyndsy Spence, 30 octobre 2016.

Daily Mail on Line, « Cara Delevingne's Great Aunt Who Scandalized High Society : Portrait Goes Up For Sale Of Viscountess Castlerosse Who Bedded Churchill And His Son, Bought 250 Pairs Of Shoes At Time And Said She Could Turn Gay Men Straight », par Claire Toureille, 3 février 2021.

The Mirror, « Sir Winston Churchill's Secret Four Years Affair with Cara Delevingne's Great Aunt Lady Doris Castlerosse Exposed », par Paul Byrne, 25 février 2018.

Tatler, « Portrait of Society Beauty Viscountess Castlerosse – Cara Delevingne's Great Aunt – Up For Sale At Christie's », par Hope Coke, 1er février 2020.

The History Press, « Doris Delevingne : The Mistress of Mayfair », par Lyndsy Spence.

The Mitford Society, « Doris Delevingne : The Constant Courtesan », 8 septembre 2014.

The Telegraph, « Did Churchill Really Fall For Cara Delevingne's Great Aunt In The Villa Of Edward VII's Former Mistress », par Adam Lusher, 26 février 2018.

PODCASTS

France Culture, « La compagnie des œuvres » : Les années folles ; la vie réinventée, janvier 2020.

Radio Classique, « Franck Ferrand raconte » : Churchill en France, 25 juin 2021.

DOCUMENTAIRES

Channel 4, *Churchill's Secret Affair*, diffusé le 3 mars 2018, Menace Film, produit et réalisé par Denys Blakeway.

Love, Cecil, Fischio Films, réalisé par Lisa Immordino Vreeland, 2017.

TABLEAUX REPRÉSENTANT DORIS

Sir Winston Churchill, *Viscountess Castlerosse on the Terrace at Chateau de l'Horizon*, 1933, huile sur toile.

Sir Winston Churchill, *Lady Castlerosse*, 1933, huile sur toile, 61 × 51 cm.

Sir Winston Churchill, *The Rocks of the Chateau de l'Horizon, Seascape Near Cap Ferrat*, 1933, huile sur toile.

Sir Winston Churchill, *Lady Castlerosse at Chateau de l'Horizon*, 1935, huile sur toile, 35 × 50 cm.

Sir John Lavery, *The Viscountess Castlerosse* (1), Palm Springs, 1938, huile sur toile, 50,8 × 61 cm.

Sir John Lavery, *The Viscountess Castlerosse* (2), Palm Springs, 1938, huile sur toile, 101,6 × 127 cm.

# Remerciements

À Christine Oddo, qui m'a confié le secret de Doris, m'exhortant à le répéter haut et fort.

À Denys Blakeway, producteur de *Churchill's Secret Affair*, qui s'est démené pour que je puisse accéder au film.

À mon cousin Jacques Duthoo, la passion Churchill.

À Scott des Horts, mon pilote, ma fierté.

À Joy des Horts, ma plus belle héroïne.

À mes parents, Catherine et Bertrand de Cournon, présents tous deux, chacun à leur manière.

À mon éditrice, Maëlle Guillaud, en qui j'ai une confiance absolue.

À mon tendre amour, François Fournier.

À Doris Castlerosse, *supersonic lady* !

DU MÊME AUTEUR

Aux Éditions Albin Michel

LA SPLENDEUR DES CHARTERIS, 2011.
LE DIABLE DE RADCLIFFE HALL, 2012.
LE SECRET DE RITA H., 2013.
LE BAL DU SIÈCLE, 2015.
PAMELA, 2017.
LES SŒURS LIVANOS, 2018.
JACKIE ET LEE, 2020.
LES HEUREUX DU MONDE, 2021.

Chez d'autres éditeurs

LA SCANDALEUSE HISTOIRE DE PENNY PARKER-JONES, Ramsay, 2008.
LA PANTHÈRE, LE FABULEUX ROMAN DE JEANNE TOUSSAINT, JOAILLIÈRE DES ROIS, JC Lattès, 2010.

Composition IGS-CP
Impression CPI Bussière en avril 2022
Éditions Albin Michel
22, rue Huyghens, 75014 Paris
www.albin-michel.fr
ISBN : 978-2-226-47186-4
N° d'édition : 24912/01 – N° d'impression : 2064507
Dépôt légal : mai 2022
Imprimé en France